아이랑의 **일기**
중국유학

아이라면 중국유학 읽기

초판 1쇄 인쇄   2008년 9월 20일
초판 1쇄 발행   2008년 9월 25일

지 은 이   전정신
펴 낸 이   손형국
펴 낸 곳   (주)에세이퍼블리싱
출판등록   2004. 12. 1(제315-2008-022호)

주   소   157-857 서울특별시 강서구 방화3동 822-1 화이트하우스 2층

홈페이지   www.essay.co.kr
전화번호   (02)3159-9638~40
팩   스   (02)3159-9637

ISBN 978-89-6023-193-1 03810

아이랑의 중국유학 일기

전정신 지음

차 례

제 1장 청두일기

차 례

차 례

차 례

제 5장 귀국일기

머리말

스무 살의 꿈.
스물이란 단어가 삶에서 사라지기 전에 꼭 하고 싶은 일이 있었다.
'내 손으로 직접 책 한 권 만들기.'
언젠가 보았던 20대에 꼭 해야 할 일에 소개되기도 했던 이 내용은 무엇보다
나의 마음을 강하게 요동치게 했다.

중국에 왔다.
대학 졸업 전에 외국에 한번 나가보고 싶었다.
아니, 앞으로 중국이 뜬다고 하기에 취업전쟁에서 도움이 될까싶어 중국어
라도 배워놔야 할 것 같았다.
충격이었다.
'더럽고 지저분하고 위험하고 무서운 나라'
내가 찾은 중국은 그동안 알던 그 중국이 아니었다.
'아름답고 정이 있으며 수많은 꿈들이 요동치는 나라'
전혀 몰랐던 중국을 보았고, 그 곳에서 새로운 꿈을 발견했다.
행복했다.
지난 2년 동안 무한한 여유와 자유로움 속에 마음껏 대륙을 누볐다.
스무 살을 삶에서 정리하며
이제 갑갑하던 지난 시절의 구속에서 벗어나려 한다.
가식 없는 모습 그대로 여기 내가 본 중국을 담는다.

베이징 올림픽.
야구 한일전이 열렸다.

'찌아요우 찌아요우 르번뚜이(일본 파이팅).'
충격이었다.
한류가 가득했던 중국이기에,
일본을 그토록 싫어하는 중국이기에,
당연히 중국 관중 모두가 한국을 응원할 줄 알았다.
상식적으로 중국은 한국을 응원했어야 했다.

우려했던 일이 생기고야 말았다.
지금 중국에선 한류가 아닌 혐한이 극에 달했다고 한다.
수많은 이유 중 그 근원은 하나였다.
'아직도 우리는 중국을 모른다.'

도로 위를 활보하는 삼륜차를 중국으로 볼 것인지
도로를 가득 매운 고급 외제차를 중국으로 볼 것인지,
흙 담이 세워진 농촌의 집을 중국으로 볼 것인지
세계 초고층의 빌딩을 중국으로 볼 것인지,
길바닥에 엎드려 구걸하는 사람만을 중국인으로 볼 것인지
대한민국 인구보다 몇 배는 많은 대륙의 부자들을 바라 볼 것인지.

조금이나마 중국의 현실을 살피는데 여기 실은 글이 도움이 되길 바란다.

끝까지 괴롭힌 나 때문에 평소보단 몇 배는 애쓰셨을 손형국 이사님과 출판사 직원 분들께 감사드립니다.

제 一 장

청 두 일 기

대륙에 오다

청두 도착을 앞두고 비행기에서 내려다본 중국 대륙. 끝없는 산맥의 연속. 드디어 중국에 왔다.

오늘 드디어 국제선 항공기를 타고 난생 처음 외국에 간다. 누구나 그렇듯 설렘 반 두려움 반으로 출국 비행기에 몸을 싣는다. 사실 두려움이 가득하다.

중국에 가기로 결정을 하고 나자 주위에서 엄청난 태클이 쏟아졌다.

"뭐 하러 중국에 가냐, 그 위험한 데를 꼭 가야하냐?", "널 그런 데 보낼 수밖에 없는 아버지를 용서해라." 등등 아버지부터 친구들까지 모두가 나의 중국행에 평소 없던 관심과 걱정을 무지하게 보인다. 공항에서 출국 전 마지막 안부 인사를 나눌 때 수화기 저편에서 울려오는 온 식구들의 울음소리. '내가 꼭 이 길을 가야하나 가서 정말 살아서 돌아올 수 있을까' 내가 지금 유학 가는 것인지 군대 가는 것인지 인류구원을 위해 십자가에 못 박히러 가는 것인지 모르겠다.

'그냥 가지 말까'

출국장에서

출국부터 어리바리 허둥지둥 난리도 아니었다. 출발 시간 15분 전에만 탑승하면 된다고 해서 공항 여기저기 둘러보다 나름 여유부리며 천천히 수속 심사대로 갔다. '근데 이건 뭐야' 몇 줄로 길게 늘어선 줄은 그 끝이 어딘지 모를 정도로 사람들이 어마어마하게 줄지어 서 있었다. 맨 뒤에 그렇게 서서 한참을 기다리는데 어째 내 발밑이 아까 밟고 있던 그 바닥 그대로다. 전혀 움직일 기미조차 없다. 비행기 출발 시간은 45분, 이래저 래 초조한 가운데 시간은 이미 30분. 난 아직도 줄 거의 맨 뒤에서 얼쩡대 고 있으니 이러다는 틀림없이 비행기를 놓칠 판이다. 마침 옆으로 지나 가는 공항 직원이 있어 비행기 표를 보여주며 어떻게 하면 되겠냐고 안 절부절 물으니 당장 맨 앞으로 뛰어(!)가서 양해 구하고 얼른 비행기 탑 승하란다.

첫 외국 나들이. 좀 점잖게 여유부리며 느긋하게 비행기에 오르려했는 데 그 출발부터 꼴이 우습게 됐다. 난 눈에 보이는 것만 줄의 전부인줄 알 았다. 그런데 꺾어져 보이지 않던 곳에 더 긴 사람들의 행렬이 있었다. 족 히 100미터는 돼 보이는……. 그제야 비로소 나의 안일함과 공항이란 어 떤 곳인지 온몸 가득 느낄 수 있었다. 줄 맨 앞에 있던 사람들에게 뭐라 말했는지도 모르겠다.

막 새치기를 했다 싶었는데 그때 갑자기 한분이 날 붙잡더니 뇌주질 않는다. 말투를 보아하니 옆 섬나라에서 온 아줌마 같다. 표정으로 봐선 절대 양보를 안 할 태세다. 말이 통하지 않아 무조건 시계를 가리키며 온 몸으로 상황의 급함을 표현하자 그제야 온갖 짜증 섞인 얼굴로 빨리 가 라고 등을 밀어낸다.

'뭐, 내가 잘못을 하긴 했지만 이해해줄 수 있는 거 아닌가. 그리고 여 기 우리 땅이잖아!

신발을 벗었는지 몸수색을 했는지 어쩐지 모르겠다 그저 엄청 뛰어 겨 우 탑승게이트에 다다랐다.

'뭔 외국 나가는 사람이 이렇게나 많아 원래 국제공항이란 이런 곳인가 정확히 출발 1분 전에 비행기에 올랐다. 처음 들어선 국제공항의 웅장함이나 멋스러움 그리고 각종 명품이 늘어선 면세점도 빛의 속도로 뛰어가는 내 눈엔 들어올 리 없었으니. 이렇게 나의 중국유학은 시작되었다. 한국에서의 마지막 모습은 이렇게 처절했다.

비행기 탑승 후

(얼마나 긴장을 했던지, 얼마나 뛰었던지) 한 겨울에 몸은 땀으로 흠뻑 젖었다. 자리에 앉고 나서야 마음이 가라앉으며 안도의 한숨이 나온다. 비행기. 초등학교 6학년 때 서울에서 광주까지 타본 이후 처음이다. 벌써 10년도 더 지났다. 더군다나 이번엔 국제선이다. TV에서 본 게 있어 그런지 별로 낯설진 않다. 그래도 되도록 촌티를 내지 말아야지. '근데 왜 안 가지? 시간이 좀 지난 것 같은데 비행기가 그대로다. '뭐야?

간밤에 내린 눈으로 인해 좀 늦게 뜰 거란다. 그렇게 난리를 치며 올라탔건만. 이럴 거면 눈 치우고 비행기 닦는 동안 구경이나 더 하라고 미리 안내방송이라도 해줬으면 좋았잖아. 얼마나 안절부절 가슴 졸이며 죽도록 뛰었는데…….

한 시간 가까이 지난 10시 40분, 드디어 비행기가 움직이기 시작했다. 처음엔 그냥 달리는가 싶었는데 곧 나는 촌놈의 모습을 유감없이 보이고야 말았다. 갑자기 빨라지는가 싶더니 순식간에 하늘로 솟구쳐 오른다. '어~ 놀랐다 이렇게 빠른가.

매 시간마다 천정에 달린 모니터로 고도며 속도를 체크했다. 수백 킬로로 수천 미터의 상공을 날아간다는 게 그 안에 있는 내겐 무척이나 신기했다. 하늘에서 바라본 세상은 정말 아름다웠다. 강렬하게 내리쬐는 태양, 해발 9000m를 넘는 이곳은 온통 하얀 구름이 이룬 끝없는 설원의 연속이었다. 구름 밑 세상은 한참 눈발 날리는 찌뿌듯한 날이었는데 구름을 사이로 이렇게 다른 세상이 존재한다. 유리창을 통해 몇 컷의 사진을 찍어보았지만 역시나 맨 눈으로 바라본 것만 못했다. 이 아름다움 너무나 신비스럽다고 해야 할까.

오늘 촌놈 제대로 놀랬다.

드디어 중국 땅에

드디어 쓰촨 성 청두에 도착했다. 4시간여 만에 중국 땅 그것도 저 안쪽에 도착한 것이다 서울에서 목포까지 고속버스타고 가는 정도의 시간에 난 벌써 외국 땅을 밟게 됐다. 좀 전에 인천에서 난리를 친 게 맞나 싶을 정도로 아직도 실감이 나지 않는다. 두렵다. 이제부터 내가 무엇을 해야 하는지 난감하기 그지없다. 내리기 좀 거시기 한데 그냥 내리지 말고 계속 앉아있을까. 가방은 어디서 받아야 하지? 어디로 어떻게 가야하지?

그저 앞사람들이 가는 데로 무작정 따라갔다. 처음으로 본 중국인, TV에서나 본 빨간 오성기가 새겨진 녹색제복의 중국공안들을 보며 약간 주눅이 들었고 한글은 한 글자도 적혀있지 않은 공항 안내 표지판을 보면서 눈까지 얼어붙었다. 앞 사람 하는 대로 수속대에서 여권 건네주고 말시키면 어쩌나 하는 불안한 가운데 잔뜩 긴장했었는데 다행히 아무 일도 일어나지 않고 그렇게 수속을 마치게 됐다. 또 사람들 뒤꽁무니를 쫓아가 다행히(?) 짐을 찾고 또 따라가 그렇게 출국장을 나섰다.

그때 갑작스럽게 카메라 플래시 세례가 쏟아졌다. '이 사람들이 날 어떻게 알아보고. 한국에서도 존재감이 없는 나를……' 하며 잠시나마 착각에 빠져 있었는데, 한 무리의 사람들이 휠체어에 앉아있는 한 노인분을 향해 연신 카메라를 들이댔다. 피켓도 여기저기서 춤을 춘다. 잔뜩 긴장했었는데 그나마 볼게 있어 마음이 조금은 놓였다. 그때 공안이 길을 터주면서 뭐라 뭐라고 했는데 분명 내 귀에는 '나와 나와' 라고 들렸다. 우리말을 공부했나? 근데 왜 반말로 해? 당연히 중국말이겠지만 아직은 그 뜻을 도통 알 길이 없다. '나와 나와?'

다행히도 마중 나온 쓰촨 대학교 픽업기사와 마침 같은 비행기로 유학온 한국 형님 두 분을 만나 비로소 혼자라는 두려움에서 벗어나게 됐다. 학교로 가는 도중 배우 한채영이 모델인 삼성전자 광고판과 도로를 질주하는 현대자동차 그리고 짝퉁으로 말 많던 짝퉁마티즈들을 보면서 순간 애국심이 불쑥 가슴속에서 올라오는 것을 느꼈다. '역시 외국에 나와 봐야 고국이 소중한 걸 알게 되나보다.' 도착한지 한 시간도 체 못돼 그런 생각을 했다.

쓰촨대 외국인 기숙사에 도착

기숙사에 도착하자 우리를 싣고 온 기사 아저씨는 그대로 차를 몰아사라져 버리시고 우리 3명의 나이든 무리는 뭘 할 줄 아는 게 없어 그저서로 멀뚱히 쳐다만 봤다. 중국말을 한마디도 할 줄 몰라 한참을 방황하는데 마침 한국말이 들려왔다. '살았다' 로비에서 운 좋게 만난 한국 유학생들에게 부탁해서 겨우 방 배정을 받을 수 있었다. 유학원 말로는 여권 보여주면 바로 예약된 방으로 안내해줄 거라고 했는데, 막상 와서 보니 여권과 상관없이 그 자리에서 아무데나 빈곳으로 배정해준다. 어쨌든 2인실, 같이 온 형 한 명과 지내게 됐다.

짐을 대강 정리하고 중국에 온 걸 실감할 겸 학교와 그 주위를 둘러보러 밖으로 나왔다. 모든 게 신기했고 처음 놀이동산에 온 어린아이처럼 마냥 다른 세상이 마냥 즐겁기만 했다. '여기가 중국이구나. 이 사람들이

다 중국사람 이구나 그럼 난 외국인이네' 간만에 초롱초롱한 내 두 눈을 느껴본다.

마침 국제 전화를 할 수 있는 곳이 있어 잘 도착했다고 집에 전화를 했다. 통화 음질이 너무 좋아 전혀 외국에 있는 것 같지 않다. 그러나 얼마 후 그렇게 빙빙 돌아다니다 결국 길을 잃어버렸다. 너무 서로를 믿고 생각 없이 걷고 걸은 게 결국은 또 서로의 얼굴만 빤히 바라보게 되는 처지에 놓이고야 만 것이다. 말 한마디 못하는 우리가 다시 기숙사로 찾아 들어오기까지 얼마나 고생을 했는지.

기숙사에서 도움을 받은 선배 유학생들과 함께 저녁식사를 하면서 유용한 현지 정보 등을 얻을 수 있었다. 나처럼 무작정 지른 사람도 어떻게 어떻게 다 풀리게 되나보다. 최소한의 준비는 하고 왔어야 했는데 난 도대체 뭘 믿고 그렇게 생각 없이 지냈는지. 다행히 한국 유학생들을 만났으니 망정이지 만약 나 혼자였다면? 오늘, 날 살려준 이들에게 감사한다.

저녁식사 때 선배 유학생들은 맛있다고 잘들 먹는데, 오늘 처음 중국 음식을 입에 댄 우리는 그저 뜨는 둥 마는 둥 했다. 쓰촨(四川)요리, 우리나라 음식처럼 매운 게 특징이다. 그러나 우리의 매운 맛과는 분명 다르다. 어찌나 입 안이 얼얼하던지 작은 쌀알만 한 것을 씹었는데 순간 화끈함이 온 입 안에 퍼지더니 마비된 것처럼 저절로 혀가 입 밖으로 나왔다. 이 친구들은 이걸 폭탄이라 부른다고 했다. 먹기 전에 가르쳐줬어야지 왠지 어린 이 동생들에게 당한 것 같다. 이 음식들이 가장 맛있고 우리 입맛에 맞는 것이라 데려왔다는데 아직 적응이 안 된다. 내가 먹을 것을 마다했으니 앞날이 걱정이 된다. 근데 밥값은 참 쌌다. 8명이 맥주를 곁들여 제법 먹었는데도 우리 돈으로 15,000원 정도밖에 안 나왔다.

중국에서의 첫날밤. 아직도 가슴이 콩닥콩닥 뛴다. 다들 중국말 참 잘하던데 나도 저렇게 할 수 있을까 부럽기도 하고 걱정도 된다. 근데 하품이 쉴 새 없이 쏟아진다. '하여간 적응하나는 타고났다니까' 내 인생에서 가장 긴 하루, 훈련소 이후 이렇게 긴장 가득 하루를 보내본 적이 있었을까. 졸리다. 얼른 자자.

앗! 집단 구타 '뭐야 오자마자'

차오판(炒飯 볶음밥).
유학 초기 버틸 수 있었던 일등공신. 한 달 내내 하루 세끼 이것만 먹었다. 유일하게 적응이 필요 없는 음식. 게다가 양도 엄청많고 가격도 무척 싸다. 우리 돈으로 6, 7백 원 정도.

여기저기 신체검사니 거류증이니 해서 중국 도착 후 며칠째 강행군의 연속이다. 어찌나 진이 빠지는지 기숙사로 돌아오자마자 바로 푹푹 쓰러지고 있다. 이삼 일새 두 명의 새로운 한국 유학생들을 만났고, 또 이들의 도움으로 도저히 혼자서는 해결하지 못했을 일들을 처리할 수 있었다. 특이한 건지 어쩔 수 없는 건지 만나는 사람마다 다 나와 처지가 같거나 나보다 나이가 많은 사람들뿐이다. 중국 오기 전엔 유학생 중 내가 제일 나이가 많지 않을까했는데, 막상 와서 보니 난 중간정도. 다행이랄까 먼저 와서 자리 잡고 있던 이 친구들이 워낙 꼼꼼하고 알뜰하게 사는 스타일이라 없이 온 난 초반에 별로 돈들이지 않고 일처리들을 하게 됐다.

또 우리 입맛에 맞는 현지 음식이나 저렴하게 식사를 해결하는 방법 등을 시행착오 없이 알게 돼 얼마나 다행이고 고마운지 모른다. 스스로 부딪히는 것도 좋겠지만 말 한마디 할 줄 모르는 현실에 비추어보면 이들은 나의 은인이다. 물론 덕분에 온 종일 모든 길을 걸어서 다니게 돼 저녁나절이면 파김치가 되는 신세는 면하지 못하지만.

"야 저기 좀 봐봐"

"어디?"

"무슨 일 있나 본데"

"아니 뭐야 저건!"

어제 오후 기숙사로 돌아오던 중 충격적인 장면을 목격했다. 길가에 한 무리의 사람들이 빙 둘러 서 있었다. 뭔 일인가 하고 보니 쓰러져있는 한 사람을 몇몇 사람들이 정말 무자비하게 발로 밟고 얼굴을 걷어차고 있었다. 도둑질을 했는지 뭔가 큰 잘못을 한 모양인데, 그렇다고 반격 한 번 못하고 쓰러져 있는 사람을 어떻게 저렇게 무자비하게 떼거지로 팰 수 있는지. 정말 무슨 일이라도 날 것만 같았다. 백주 대낮 큰길가에서 조직(?)의 구타. 우리는 말려야겠다거나 신고해야겠다거나 그런 생각은 전혀 들지도 않았고 그저 말로만 듣던 공포의 중국에 질려 멀찍하니 피해 돌아갈 뿐이었다. 비겁쟁이들. '어쩔 수 없었어. 무섭잖아. 아직 말 한 마디 할 줄 모르고. 뭐 내가 중국인도 아니고 중국 사람도 안 말리는데 우리가 뭐' 우리에겐 핑계뿐이다. 그나마 한참 때리던 이들이 이제 분이 다 풀렸는지 그만 돌아들 갔고, 크게 다쳤으리라 여겼던 그 사람도 보기에 별 문제 없는 듯 훌훌 털며 일어났다. 모였던 구경꾼들도 금세 사라지고 그 사람도 유유히 뜨고.

'아무튼 조심해야 돼 괜스레 말도 안 통하는데 재수 없이 잘못 엮이는 날엔 끝장이지 뭐'

며칠 중국을 둘러보니 이곳은 교통질서도 없고 쓰레기고 침이고 아무데나 버리고 뱉고 도로는 사람과 차가 섞여 그야말로 무법천지다. 지키지도 않을 신호등은 뭐 하러 만들어놨는지. 파란불에 횡단보도 건널 때도 들이대는 차 때문에 여간 불편하고 불쾌한 게 아니다. '참 어떻게 저렇게 막 살아가지' 온갖 불평을 늘어놓다가도 불편 같은 건 모르고 살아가는 듯한 중국 사람들을 보면 그저 '중국이니 스스로 잘 지키는 수밖에' 이런 생각만 하게 된다. 오자마자 잘 적응한다 싶었는데 괜히 저런걸 보니 오기 전에 걱정했던 중국의 여러 이미지가 다시 스친다.

'아버지 꼭 살아 돌아갈게요'

찬란한 짝퉁 그리고 나이트의 미녀들

이건 생일 선물로 받은 나이키 농구화. 120위안 우리 돈 15000원 정도. 정품이라고 똑똑히 적혀있는 짝퉁이다. 한 두어 달 신었나 결국 다 찢기고 터져서 버릴 수밖에 없었다. 벌써 몇 켤레 짼지.

운동화가 필요해 청두의 중심 춘시루(春熙路)를 찾았다. 그간 헬스도 끊고 매일매일 부지런을 떨며 청두의 이곳저곳을 누비며 지냈다. 물론 걸어서 말이다. 평소 움직임이 적었던 탓에 요사이 난 중국 땅에 온 이후 매일 밤 녹다운이 되고 있다

역시 시내라 다르긴 다르다. 쭉쭉 뻗은 초고층 빌딩들과 잘 닦인 쇼핑 거리 그리고 수많은 인파들, 서울의 명동거리보다 오히려 더 깨끗하고 나은 느낌이다. 중국에 와서 느낀 건데 현대화된 것은 오히려 우리보다 더 나은 것 같다. 즐비한 명품관에 백화점, 카르푸같은 대형마트도 참 많다. 땅이 넓어 그런지 길은 뻥뻥 시원하게 트여 있고.

전반적으로 저렴한 중국 상품이지만, 이번에는 정품과 똑같이 생긴 짝퉁을 하나 샀다 (중국에 와서도 명품은 고사하고 진짜 나이키도 하나 못 살 형편이라니) 유학생들끼리 하는 말이지만 중국에서 정품을 사는 게 바보다. 맞는 말이다.

"뚜오샤오 치엔? (얼마예요?)"

"우바이콰이! (500위엔)"

"타이꾸이러 피엔이이디알 (너무 비싸요, 좀 깎아주세요)"

헬스를 다니느라 지금 신고 다니는 신발이 냄새가 심해(빨지를 않으니) 운동화를 하나 샀는데 서울 동대문 지하상가와 거의 같은 구조로 이루어진 지하상가에서 100위엔(한화 13,000원)에 구입을 했다. 이곳에선 물건을 살 땐 언제나 흥정이 함께한다. 보통 상식선에서 출발하는 그런 흥정이 아니다. 익히 들어서 아는 중국식 흥정이다. 보통 판매가격보다 기본적으로 10배 정도를 부르는 주인과 맞서 우리는 또 우리대로 부른 가격에 반이나 반에 반을 부르면서 서로 값을 조율해 나간다.

이 과정이 재밌기도 하고 많이 깎아서 기쁘기도 하고 하여간 황당하게 값이 떨어지는 것을 볼 때면 대체 원가가 얼마기에 하는 의구심도 들면서 중국 쇼핑문화를 재밌게 습득하고 있다. 물론 중국 사람들이 같은 물건을 훨씬 싸게 구입하겠지만 큰 손해 안보고 구입한 것 같아 그걸로 만족한다.

여기저기 짝퉁을 파는 곳이 참 많다. 온종일 돌아봤는데 난 이름도 들어보지 못한 명품들, 신발, 시계, 가방, 정장 등 얼마나 많고 또 어찌나 진짜 같이 만들어놨는지 그리고 싸던지 정말 중국이란 나라는 짝퉁의 천국이다. 함께 온 형이 듀퐁 서류가방을 하나 샀는데 그 형 말로는 정교하기란 전문가도 구분을 못할 정도의 특A급이라 한다. 또 이 정도면 아무리 짝퉁이라고 해도 우리나라에선 상당히 값이 나간다고 했다. 워낙 그쪽에 해박한 사람의 말이니 대강 중국의 짝퉁시장이 왜 유명한지 알 만하다. 가격은 280위엔, 엄청 싼 거라던데 '귀국할 때 잔뜩…….'

오늘 저녁은 우호우츠(武侯祠)근처 조선족이 경영하는 한국식당에서 삼겹살을 먹었다. 일주일 만에 맛본 한국의 맛, 일주일 갖고 뭘 그러냐 싶겠지만 우리 일행은 정말 미친 듯이 먹어댔다. 몇 년 굶은 사람들처럼. 정말 눈물 날 정도로 그리운 맛있었다. 양도 푸짐하고 가격은 또 얼마나 저렴하던지. 사장님이 같은 동포라며 15위엔 깎아주셨다. 다섯 명이 삼겹살 4인분(300g/1인분)에 소주 2병, 김치세트, 된장찌개(10위엔. 가격에 비해 양은 엄청난 크기의 뚝배기에 가득 펄펄. 제일 그리웠던 고국의 맛), 쌈, 물냉면 대(大)로 5인분을 해치웠다. 여긴 기본 양부터가 사람을 놀라게 한다. 게다가 가격은 전부해서 우리 돈으로 2만 원 정도. 앞으로 청두로 유학 올 동포들이여 싸게 한국음식 먹고 싶다면 여기로 오길 이름은 천지(天地). 정말 배불러, 배불러 죽겠다. 그래서 너무 좋다. 이제 뭘 하지.

쇼핑도 하고 저녁도 간만에 한국식으로 배불리 먹었겠다, 무지 행복한 이 기분을 살려 우리 한국노땅 오형제는 곧바로 중국 밤 문화 탐방에 나섰다. 처음 접해보는 중국의 나이트. 과연 중국의 젊은이들은 어떻게 놀까? 물은 또 어떨까?

그 큰 땅덩어리와는 안 어울리게 우리 나이트보다 면적도 좁고 스테이지도 한참 협소했다 쇼를 하는 사람도 NOM이었다 NOM! '이상해 이상해' 스테이지가 작아서 그런지 모두 술 마시는 자리 주변에서 그냥 이리저리 흔드는 게 고작. 나이트가 아니라 클럽인가? 작업들은 하려나? 그러나, 그러나 물(?)만큼은 정말 최고였다. 9시가 조금 넘은 이 시각 모든 테이블은 이미 가득 매운 사람들로 발 디딜 틈도 없었고 아무리 내가 눈 낮다고 친구들에게 한소리 듣는 놈이긴 하지만 정말 이곳을 찾은 청두의 여인들은 한 미모 하는, 말 그대로 장백지들 뿐이었다. 천국이 바로 이곳이 아닌가 싶다.

우리 행동대장 바로 옆 걸들에게 멘트 쏘며 작업개시하고 나는 그저 어서 합석할 기회가 오기만을 애타게 기다렸다. '앗! 그런데 어떻게 해' 순간 난 제일 중요한 것 한 가지를 깜빡 잊고 있었다. 그건 바로 그것은 바로 바로 내가 중국어를 아예 못한다는 것. 세상에 이렇게 억울하고 한스러울 수가 없다. 그 새 합석, 옆에 온 장백지가 나에게 이야기를 해대는데 난 그냥 웃는 거, 그거 말고는 할 게 없었다. 아니 속에선 눈물이 났다. 중국어를 잘했으면 하는 바람이 간절하게 드는 순간이자, 태어나서 처음으로 열심히 공부 해야겠다고 다짐을 하는 순간이었다. 내 오늘은 비록 이 모양 이 꼴로 이곳을 떠나지만, 머지않은 훗날 당당히 와서 멋지게 작업해 보이리라. 이 미녀들과 다음을 기약하며 그렇게 헤어져야만 할 때 아쉬움에 절은 짜이찌엔을 연발하며 나의 마음은 그저 찢어졌다.

우리 행동대장 어렵사리 전화번호 따는가 싶었는데 결국 속았다. 아무 번호나 눌러준 모양, 없는 번호란다. 중국에 온 후 매일 매일 새롭고 즐거운 나날의 연속이다.

갈 곳 없는 고국의 뭇 남성들이여 다 이곳으로 오라 쓰촨 청두로.

장물시장에서-자전거 구입기

촉(蜀 = 쓰촨성)
바로 삼국지의 유비가 세운 나라. 그 촉한의 중심이었던 청두(成都). 고도의 숨결을 곳곳에서 느낄 수 있다.

"얼마예요?"

"150위엔이요"

"너무 비싸요 50위엔 어때요?"

"안 돼요 그럼 100위엔 합시다"

"에이 비싸다 다음에 올게요"

"알았어요 알았어. 50위엔에 줄게요"

장물시장에 들러 자전거를 둘러보았다. 그동안 얼마나 걸어서 다녔는지 힘이 들기도 하거니와 앞으로 중국에서 지낼 날들을 생각해서 자전거를 하나 장만하기로 했다. 자전거의 나라답게 이곳 청두 역시 자전거 이용인구가 엄청나다. 평소에도 많지만 특히 출퇴근 등하교 시간엔 진정한 자전거 세상을 엿볼 수 있다. 땅이 넓어서 그런지 자전거도로도 아주 넓게 잘 갖춰놨고 또 자전거 주차장도 도시 안에 가득이다. 자전거를 타고 다니는 사람들에게 상당한 편의를 제공. 이건 땅 넓은 중국이 참 부러운 부분이다. '땅 넓어 좋겠다' 여하튼 이제 나도 드디어 대륙의 자전거 부대에 합류하게 됐다.

맘에 꼭 드는 새것은 도난의 우려가 커 사지 못하고 중고로 120위엔에 구입했다. 먼저 온 친구가 이것보다 안 좋은 자전거를 같은 가격에 구입했으니 난 싸게 잘 샀다고 생각한다. 기어도 있고 스피드도 제법난다. 드디어 내발에 날개가 달렸다.

중국 참 신기한 동네다. 외국 유학생이 불과 며칠 만에 이런 장물시장이니 짝퉁시장을 알 정도라면 공안국 같은 공공기관에서는 이미 이런 상황을 다 파악하고 있을 텐데, 대낮에도 버젓이 상행위가 이루어지고 있다. 들리는 말로는 가끔 공안들이 순찰을 돈다는데 형식적으로만 할 뿐 그다지 단속에 열을 올리지 않는단다. 공안들이 대충대충 일처리를 하는 것인지, 먹고살기 위한 생계형 범죄에 대해선 관대한 것인지, 그것도 아니면 주민들이(도둑인가?) 법을 무서워하지 않은 것인지 도통 모르겠다. 어쩌면 알면서도 어쩔 수 없이 봐주는지도 모르겠다. 인구가 그렇게 많으니 정부가 일자리를 만들어 주는 게 애초에 불가능, 이렇게라도 살아야 하는 사람들을 어찌할 수 없겠지. 실업자가 억 단위라는데 억!

아, 장물시장에 대한 소개가 빠졌군. 쓰촨대(四川大) 동문 근처에 지우엔치아오(九眼橋)라는 다리가 하나 있다. 바로 그 다리 일대가 장물시장이다. 낮에 이곳에 가보면 많은 사람들이 자전거를 하나씩 세워놓고 지나가는 사람들에게 매매행위를 하는 걸 쉽게 볼 수 있다. 그런데 문제는 이 자전거들이 모두 훔친 것이라는 것 괜히 장물시장일까. 매우 저렴하게 살 수 있어 현지인들은 물론이고 나 같은 유학생들도 종종 찾아가는 이 지역에서 유명한 곳이다. 멀리서 보면 수년째 공사를 중단하고 방치된 회색빛의 콘크리트 건물에 음침함이 감도는데 정작 들러보니 장물거래의 긴장감이 감돌기는커녕 사람들의 생생함이 살아 넘치는 하나의 시끌시끌한 시장 같았다.

사실 입성 사나워 보이는 이 도둑(?)들을 보면 측은한 생각이 들기도 한다. 가끔씩 공안들이 떴을 때 흙먼지를 일으키며 엄청난 속도로 도망들 간다는데, 세상사는 방식은 어디나 비슷한 것 같다. 경찰 떴다 싶으면 우리도 바로. 다만 우리는 뒤에서 몰래 숨어서 하는 거고, 여긴 공개적으로 아예 대놓고 한다는 것이 차이랄까. 언젠가 공안에 쫓겨 부리나케 도망가는 자전거부대를 볼 날이 오지 않을까 싶다. 나도 훔친 거 샀으니 공범인가? 팅부동(무슨 말인지 못 알아듣겠어요)만 외치면 된다고 했으니 몰라 잡히면 난 무조건 팅부동이다.

장물시장에서 좀 더 안으로 들어가면 자주 장을 보러가는 대형마트 카르푸가 나온다. 이곳에도 대형 할인마트가 여기저기 자리 잡고 있어 편리하게 장을 볼 수 있다. 역시나 가격은 엄청 싸다. 세 명이 장을 본 게 총 50위엔(한화 6000원)어치인데 오렌지주스 2리터 두 병, 식빵 두 봉지, 물 2리터 두 병, 햄 등. 싼값에 비교적 많은 것들을 살 수 있었다. 하여간 이곳은 먹는 거 하나는 엄청 싸다.

중국이 더럽고 무섭다고 하지만 와서 보니 우리와 별반 다른 점이 없다. 매일매일 맘대로 지내고 있으니 천국이 따로 없는 느낌이랄까. 한국에선 상상도 못했을 일들이 이곳에선 현실이 되니 점점 더 중국이 매력적으로 나가온다. 너무 갑갑하게 국내에서 아등바등 사느니 여기서 좀 누리면서 편하게 사는 게 현명한 게 아닌가싶고. 빨리 돈 벌어 중국으로 이민 와야지.

'오늘은 또 어디를 가볼까? 나의 애마여, 스피드를 올려라.'

대한민국 축구, 중국에 무너지다

쓰촨대 유학생 기숙사
타 지방에 비해 저렴한 게 매력이다. 외국친구가 이곳은 한국인 기숙사라고 했다. 중국 어느 대학이나 마찬가지겠지만 이곳도 역시 한국 유학생이 제일 많다. 약60% 정도. 여기서 제일 많이 들리는 인사말은 '니하오'가 아니라 '안녕하세요'다.

"씨에씨에 니"

"???"

"아 뭐야 이럴 땐 뚜이부치 해야지"

아침부터 우리 노땅클럽은 웬일로 부지런을 떨며 운동장으로 공놀이를 나갔다. 골대를 향해 냅다 슛만 질러대던 우리에게 유니폼 잘 갖춰 입은 중국아저씨들이 한게임하자고 제안해 왔다. 말을 알아듣고.안 게 아니다. 그냥 느낌으로 '아, 한 판 하자는 거구나' 알았다.

'한게임 뛰어주지'

'월드컵 4강국의 실력을 유감없이 보여주마.'

'선진축구의 기술을 한 수 가르쳐 드리지요'

우린 공한중에 떨고 있는 중국 축구를 맞아 엄청난 공격을 쏟아 부은 게 아니라, 시종 열세를 면치 못하며 결국 무릎을 꿇고 말았다. 8대6. 동네축구에서 심심찮게 나오는 스코어다. 졌다. 평계를 대자면 상대팀이야 매일 발맞춰온 수준급의 아저씨들이지만 우리는 유학생들 사이에선 숨

길 수 없는 노땅들이고, 나 역시 축구란 걸 해본지가 까마득한 상태라. 사실 상대팀에 비해 나이만 어렸지 애초에 실력과 체력 면에서 비교가 안 됐다.

실로 몇 년 만에 운동으로 숨이 할딱거리는 지경을 느껴보는 건지. 한참 팔팔해야할 20대가 아저씨들에게 끌려 다니며 졌다는 것은 솔직히 부끄럽고 창피하다 변명의 여지없이. 국가대표 경기 땐 우리 선수들이 중국 선수들 데리고 놀기에 일반인 경기에서도 그럴 줄 알았는데. 대한민국 축구에 오점을 남긴 하루 깊이 반성합니다.

중국. 사실 외국이란 낯설음이 없다. 오늘도 처음 본 중국아저씨들과 쉽게 어울렸던 것처럼 현지인들과 어울리는 데 별반 문제가 없다. 아직까지 느낌이지만 한국 사람을 대하는 이곳 사람들의 모습은 하나같이 반기고 신기해하고 좋아한다. 중국에 오기 전 한국 사람을 노리는 현지인들의 범죄가 많다고 들었는데, 글쎄 그런 건 전혀 모르겠고 오히려 만나는 중국 사람들 모두가 하나같이 친절하고 정겹게 대해줘서 그간 중국에 대해 너무 편견에 사로잡혀 살아온 게 아닌가 하는 생각이 든다.

축구 시합 중에도 우리 편(한국 유학생) 한 명이 실수로(? 고의는 아니었으니) 중국 아저씨 다리를 냅다 걷어차 아저씨가 부상을 입고 말았다. 그런데 걷어 찬 이 친구 중국말로 '미안하다' 라고 한다는 것을 그만 '고맙다' 라고 해버린 것이다. 걷어 차 놓고 아파서 쓰러져 있는 사람한테 가서 고맙다니. 뭐가 고마워? 걷어 채여 줘서 고마워? 쓰러져 줘서 고마워? 못 뛰게 돼 줘서 고마워? 순간 우리는 '죽었다' 생각했다. 그런데 아저씨들 그저 외국학생들이 아직 중국말 잘 몰라 그런 거겠지 하며 그저 웃으시며 이해해주신다. 뒤늦게 '죄송합니다' 했더니 아주 환한 표정으로 손사래를 치시며 괜찮다고 걱정하지 말라고 아무렇지도 않다고 하신다. 분명 이렇게 말했다고 옆 친구가 통역했다, 물론 아저씨 얼굴에 다 그렇게 쓰여 있어 나도 느낌(!)으로 알았다. 이렇듯 만나는 사람마다 모두 잘 대해주고 인정 있는 모습들뿐이다 생긴 모습까지 비슷해 외국에 있는 것 같지가 않다. 다음에 또 한판 하기로 하고 아저씨들과 헤어졌는데 걸어찬 이 친구 오늘 '씨에씨에' 와 '뚜이부치' 는 정말 확실히 공부했을 것이다.

아직도 할 수 있는 말이라곤 '니하오' 밖에 없지만 매일매일 인사하며 지내는 식당 아줌마, 슈퍼 아줌마, 기숙사 복무원 친구들이 있어 조금씩 중국말을 느껴가고 있다. 비록 더듬이 잔뜩 세워 느낌에만 의지해야 하지만 점점 중국의 매력에 빠져드는 요사이다. 중국이 정말 이랬어?

너무 힘든 중국어

쓰촨 대학교 정문(북문)
학교가 아닌 하나의 도시라고 해야 할 듯하다. 학생 4만 8천 명에 교직원 1만 2천명, 총 6만 명이 이곳에서 생활하고 있다. 걸어서 학교를 다 돌아보려면 으~생각만으로도 극심한 피곤이 몰려온다. 대학건물부터 유치원, 초등학교, 병원, 시장, 아파트 단지까지 학교 안에 없는 게 없다. *절대필수품· 자전거

드디어 내일이 개강이다 본격적으로 중국어와의 전쟁에 돌입한다. 두렵다. 엊그제 반 편성 고사를 치렀다. 시험지에는 온통 한자뿐이었다. 그래도 중국 오기 전에 한자능력시험 공부도 하며 나름 한자 적응 훈련을 했었는데, 정작 오직 한자로 도배된 시험지를 보자 '소화 덜된 음식물' 이 마구 몰려나올 것만 같았다. '까막눈' 이란 바로 이럴 때 하는 말인가 보다. 알고 풀 수 있는 문제는 한 개도 없었다. 아니 단 한 글자도 읽을 수 있는 게 없었다. 차마 빈 시험지 그냥 낼 수 없어 다 찍었다. 그리고 누구보다 먼저 나왔다. 구술시험이 있었지만 할 수 있는 말은 '니하오' 밖에

없으니 하나마나 그래서 바로 기숙사로 돌아와 그냥 누워서 잤다. 시험 결과, 이미 짐작하고 있었듯 총 12개 반 중 제일 아랫단계인 초급반, 그중에서도 기초1반에 이름을 올렸다. 친하게 지내는 주위 사람들이 다들 나보다 높은 반이라는데 그나마 위안들 삼고 있다. 두고 보라 한 달에 한 명씩 다 따라 잡아주마.

개강일 아침. 자전거를 타고 등교를 했다. 조금은 쌀쌀한 아침기온에 첫 외국에서의 수업이 약간은 긴장이 된다. 초급1반 교실에 들어서니 노란머리 파란 눈의 외국인들이 심심찮게 보인다. 하긴 나도 여기선 외국인이다. 다른 반과 마찬가지로 우리 반도 한국 학생들이 가장 많았다. '자 이제 자리를 잡아볼까' 선생님과의 잦은 접촉을 위해 가장 앞자리 한가운데를 점령했는데 글쎄 내 양 옆 뒤 그 옆까지 모두 한국 학생이다. 역시 어딜 가나 학구열에 이글거리는 한국인들이다.

담임선생님, 잠깐 소개를 하셨는데 대강 느낌으로 고개를 끄덕거렸다. 언제까지 더듬이 세우고 느낌에만 의존해야 하는 것인지⋯⋯. 그리고 본격적인 수업, 언제 시작해서 어떻게 끝났는지 모르겠다.

"칭 건 워 두(자, 따라 읽어보세요)."

"마~ 마~ 마아 마!"

8시 30분부터 시작된 수업이 하루 두 과목 해서 12시에 끝이 났다. 수업 시간 내내 발음연습만 했다. '니하오'도 안 배웠다. 3시간 내내 냅다 소리만 질러댔다. 어찌나 질러댔던지 배가 고파 죽을 지경이다. 다른 반 친구들은 쌩쌩한데 나만 기운 없이 어깨가 처진다. 초급기초반만의 비애, 제일 재미없고 힘든 발음연습. 말마다 높낮이가 다 다르고 혀는 왜 그리 꼬는지. 내가 내는 건 다 틀렸단다. 으이그~ 하여간 중국말 보옥잡하다.

처음으로 외국인들과 한 반에서 함께 공부를 하게 됐는데 글쎄 이게 오히려 편하게 느껴진다. 다른 문화권의 사람들과 함께하다 보니 나까지 덩달아 발랄해진 기분이랄까. 한국에서 느끼던 수줍음, 창피함 그런 게 이상하게 신경이 쓰이지가 않는다. 맘이 우선 편하다. 다 같은 수준이라 그런가? 살다보니 나를 외국인으로 바라봐주는 진기한 경험을 해보기도 하고 매일매일 저 파란 눈의 친구들과 어울릴 거라 생각하니 색다른 재미도 있을 법 싶다. 하여간 사람은 젊었을 때 좀 나가봐야한다. 세상구경도 하고 다양한 사람도 만나봐 생각도 넓어지고 깊어지지. 좋은 기회다.

'아자, 열심히 공부도 하고 놀아보자! 근데 대화가 안 되니'

방과 후 까르푸에서 장을 봤다. 오리고기, 돼지고기 등 이것저것 저녁으로 먹을 것을 사왔는데 그 중 딸기가 가장 압권이었다. 모든 제품이 우리랑은 비교할 수도 없을 만큼 싸지만, 특히 중국에서의 과일은 조금만 과장하면 그냥 주워 먹는다는 표현이 맞을 정도로 싸다. 우리나라에서는 못 해도 3,4천 원은 줘야 살 수 있을 양의 딸기를 3위엔(400원)도 안 되는 가격에 샀으니. 워낙 땅덩어리가 넓어 생전 첨 본 과일도 많고 또 제철과일들은 얼마나 많이 쏟아져 나오던지 매일매일 과일 속에 푹 빠져 지낼 판이다. 중국 유학 준비생들의 교과서 《한비야의 중국견문록》에서 중국에서 누리는 제일 큰 호사가 바로 과일호사라고 했는데 100% 맞는 말이다. 한국에서 못 누린 고기와 과일을 이곳에서 실컷 먹을 셈이다. 아예 싸놓고 숨 쉬듯 입 안에 쳐 넣으리라. 그래봐야 중국산 아니냐고? 두고 보자 이 매력에 빠져드는지 안 빠지는지.

"어이 복무원 친구, 잘 들어봐. 아~ 아~ 아아 아! 어때? 뭐? 또 틀렸다고?"

청두의 시내버스

청두(成都) 씬난먼(新南門)버스터미널 앞
사진에 보이는 도로가 바로 자전거 전용도로
이다. 중국이 부러운 건 차도와 인도 사이에
자전거 도로가 아주 넓게 잘 갖춰져 있다는 것
이다.

시간 참 빠르기도 하다. 벌써 3월도 다 지나간다. 몇 달 전만 해도 내가
중국에 있을 거라 상상도 못하며 지냈었는데 어느새 적응 다하고 살고
있으니. 출국을 앞두고 혼자서 며칠 후엔 중국에서 어떻게든 살고 있겠
지 하는 생각을 했었는데 그 시절 상상이 이미 현재 진행형이 되어있다.
지금까진 다 좋다 말이 안 느는 것만 빼면.

"와~ 달려라 달려 오호~!"
"야, 조용히 좀 해 쪽팔리게. 2층 버스 첨 타냐?"
"응, 처음 타는데"
며칠 전엔 어학연수 온 동생 둘을 데리고 공안국에 다녀왔다. 오가는
버스 편을 알고 나서 나 혼자 이끌고 다녀온 것이다. 그간 얼마나 시내 여
기저기를 쏘다니고 다녔던지 이제 눈 감고도 청두지도를 그릴 판이다.
벌써 내가 누군가를 데리고 중국을 돌아다닌다는 사실이 스스로도 참 대
견스럽다. 사실 내가 한 거라곤 버스 태우고 오간 거 밖에 없었다. 말이야
나보다 훨씬 잘들 하니 뭐 내가 할 일이 없었지.

그사이 달라진 게 있다면 혼자서도 편하게 움직일 수 있게 된 점이다.
중국 오기 전 가졌던 생각은 다 편견이고 오해였다. 직접 와서 보니 도시

시스템이 생각보다 잘 갖춰져 있어 말 못하는 나 같은 외국 사람들도 불편을 잘 모르겠다. 버스노선도 잘 갖춰져 있고, 교통도 많이 편리하고(비록 신호는 잘 안 지키지만) 조금 후진 게 더러 눈에 띄어서 그렇지 전혀 걱정할 만한 수준은 아니다.

우리가 천편일률적이라면 중국은 모든 종류의 버스를 다 모아 논 시내버스 집합소 같다. 우리랑 비슷한 시내버스도 있고, 두 대를 붙인 긴 것도 있고, 2층 버스도 많고, 상태가 별로인 것도 있고, 엄청 새것도 있다. 버스 요금도 우리처럼 카드로 찍기도 하고 현금으로 내기도 하는데, 몇몇 버스는 아직도 승무원이 있어 직접 표를 팔기도 했다. 보통 우리처럼 앞으로 타고 뒷문으로 내리는데 승무원이 있는 버스는 앞뒷문 할 것 없이 승하차를 한다. 특히 버스에 올라탈 때 줄을 서지 않고 서로들 먼저 오르려고 몰리는 통에 여기서도 한바탕 몸싸움이 일어난다.

청두에 특히 많은 게 2층 버스이다. 우리나라에서는 거의 본 적이 없어 버스 탈일이 생기면 일부러 2층 버스를 타는데, 2층 맨 앞에 앉아 시내를 달리다 보면 새로운 각도에서 바라보이는 세상에 놀이기구 탄 것처럼 재미도 있다. 차비는 보통 1위엔, 우리랑 비교도 안 되게 싸다. 하긴 여기 택시비도 우리 버스비보단 싸다 (청두 택시 기본요금은 5위엔. 600원 정도). 버스를 타고 시내를 돌다보면 정거장 마다 들리는 안내멘트에 듣기 공부도 되고, 현지 서민들의 모습도 구경하고, 그 속에서 그들과 함께 동화돼는 느낌도 좋다. 그래서 어디 먼 곳 갈 때면 택시보다는 버스를 이용한다. 나중에 말 좀 늘면 택시 타고 기사 아저씨와 잡담도 해볼 작정이지만, 아직은 사랑하는 내 보물 자전거와 정감 있는 시내버스로 할 참이다.

또 시내버스에서 즐기는 나만의 놀이가 있다. 일부러 한국사람 티를 내려 우리말로 떠들어 댄 적이 한두 번이 아니다. 한류의 영향이 대륙 깊숙한 이곳까지 미쳐 한국 사람을 상당히 반긴다. 생긴 것은 영락없이 그들과 같은 중국 사람인데(내가 입안열고 있으면 절대 외국인인 걸

모른다), 외국인이었다는 사실에 다들 순간 놀라고 신기해하는 표정을
볼 때면 솔직히 재미있다.

아~ 이제 유학관련 서류상 절차는 모두 끝났고 신경 쓸 일이 다 사라졌다.
무한한 이 자유 내일은 또 어디를 가볼까.

천진만두집

오른쪽이 내가 매일 가는 제2의 어학교 톈진
(天津)만두집이다. 참 지저분하고 곧 쓰러질 듯
하지만, 모두들 인정 넘치고 여기만 가면 항상
좋은 일이 생긴다. 나의 중국어 학습의 장이자
고픈 배를 채워주는 나만의 안식처. 왼쪽은 청두
시내에서 쉽게 볼 수 있는 자전거 수리점이다.

"정말 이 집 만두는 맛있고도 싸요"

"맞아요 맞아. 네 개에 1위엔밖에 안돼요"

청두에 온지 3일 만에 헬스장을 끊고, 헬스를 다닌 날부터 단 하루도
빠짐없이 들르는 곳이 있었으니 톈진만두집이 그곳이다. 수업이 없을 때
는 아침에 들러 아침을 해결하고, 수업이 있는 날은 운동 후 들러서 저녁
을 해결하고 있다.

곧 쓰러질듯하고 안은 또 어찌나 지저분한지 갓 중국에 온 사람이라면
감히 들어갈 엄두가 나지 않는 곳이 바로 이곳이다. 나도 처음에는 바닥
에 넘치는 쓰레기들로 발 디디기도 거북스러웠지만, 저렴한 이 집의
만두 맛에 반한 후로는 이제는 마치 내 집 지나들듯 매일매일 서슴없이
드나들고 있다.

우선 이곳에 오면 한국 학생이라고 만두집 식구들 모두가 좋아하고 반

겨준다. 나 또한 가장 중국다운 식당을 구경하고, 좋은 현지친구들을 사귈 수 있어 특히나 이곳을 좋아 하게 됐다. 중국까지 와서 나태하게 지내기 싫어 운동을 시작했는데, 매일 좋은 중국친구들과 어울릴 수 있는 공간에 기회까지 얻게 되니 참 복 받은 느낌이다. 게다가 식비 또한 상당히 아낄 수 있어 일석이조 아니 삼조 사조 오조, 다조다.

초급기초1반에서 배운 내용 외에는 할 줄 아는 말도 들리는 말도 없어 이곳에 가서도 꿀 먹은 벙어리 마냥 나에게 막 떠들어대고 웃어대는 이 사람들 구경하는 것 밖에 없다. 하지만 그날그날 배운 내용을 바로 이곳에서 써 먹을 수 있어서 좋고, 쉼 없이 중국말을 떠들어줘서 듣기 적응 훈련이 되니 어학연습의 장으로도 손색이 없다. 특히 사투리가 심한 청두에서 톈진(天津)사람들이 와서 하는 곳이라 모두들 표준어를 써주니 이 또한 얼마나 다행인지 모른다.

대화가 안 돼 정확한 건 모르겠지만, 이곳은 일가족이 운영하는 것 같다. 사장이 아빠, 엄마 그리고 종업원이 아들하고 이모로 온 가족 친척이 다 나서서 식당을 꾸려나가는 듯. 특히 어린 아들은 한참 학교에 다녀야 할 나이에 공부 안하고 일찍부터 부모 밑에서 가업을 이을 셈인 것 같은데, 학교가고 싶지 않냐고 물어보고 싶었지만 중국말로 뭐라고 해야 하는지 몰라 더 이상 알아낼 수 있는 게 없다. 이것저것 묻고 싶은데 현실은 아직 날보고 참으라 한다. 그저 우리 사이에서 가장 정확하고 확실하게 하는 중국어는 '니하오' 와 '짜이찌엔', 한국어는 '안녕'이 전부이다.

근데 왜 내가 먼저 앉아서 먹고 있는데 내 테이블에 묻지도 않고 맘대로들 앉는 건지. 순간 놀랐다 아는 사람인가 싶어서. 여긴 뭐 누가 있든 말든 빈 의자만 있으면 아무렇지도 않게 앉아 같은 테이블에서 식사를 한다. 거 참. 이것도 중국식인가?

내 자전거 어딨어? 자전거!

왕지앙(望江)변의 음악광장
쓰촨 대학교 기숙사와 하오사(浩沙)헬스장 중간
지점에 위치한다. 이른 아침엔 태극권 하는 사
람들로 넘치고, 밤엔 사교댄스 하는 사람들로
가득하다. 자전거를 잃어버려 이 길을 당분간
걸어서 다니게 됐다.

자전거를 잃어버렸다 아니 도둑맞았다. 있어야할 내 자전거가 어디론가 사라져버렸다. '우째 이런 일이' 중국에서 자전거 잃어버리는 일이 이렇게 빈번하게 그리고 내게도 일어날 줄은 정말 꿈에도 생각 못했다. 어제는 같은 반 한국 동생이 잃어버렸고, 오늘은 내 룸메이트와 내가 하루에 모두 잃어버렸다. 아니 잃어버린 게 아니라 도둑맞은 것이다.

요사이 여기저기서 자전거를 많이 도난당하는데, 특히 학교에서 많이 잃어버리고 있다. 외국 학생들이 수업 받는 곳인 걸 알고 일부러 표적을 삼는다는 말들이 많다. 어쨌든 내 것은 항상 그대로라 안심하며 다녔건만 난 참 오늘 묘하게 잃어버리게 됐다.

학생식당에서 막 저녁을 먹고 나올 때였다. 바로 내 눈앞에서 웬 아줌마가 자전거를 그것도 내 자전거를 아~무렇지도 않은 표정으로 막 끌고 가려는 게 아닌가. 분명히 자물쇠 잘 채워놨었는데, 그 새 이미 풀어버렸고 막 가지고 도망가려는 순간 딱 운 좋게 발견한 것이다. 말로만 듣던 자전거 도둑을 현장 검거한 또 하나의 대륙체험. 도둑이라고 하면 좀 험상궂고 뭔가 도둑의 이미지가 있어야 하는데, 아니 최소한 걸렸으면 도망이라도 치는 성의(?)라도 있어야 할 텐데, 글쎄 이 도둑아줌마(30대 중반쯤 돼 보이는) 너무 해맑게 웃고만 있다. 원래 열쇠가 잠겨 있지 않아 주인이 없는 건줄 알았다나 어쨌다나 말도 안 돼는 변명만 늘어놓으며 연신 웃고만 있다. 해맑은 도둑 아주머니 나도 해맑게 웃으며 그냥 보내 드렸다. 옆에선 다들 현장에서 바로 잡았으니 그냥 보내지 말자고 했지만, 잃어버리지도 않았고 오히려 도둑맞을 뻔한 순간 되찾아 액땜은 물론이고 앞으로도 절대 안 잃어버릴 것 같은 원인 모를 느낌이 들었다. 역시 난 운이 좋다고 좋게좋게 생각했다. 그러나 이것이 곧바로 일어날 일에 대한 경고였을 줄이야. '누가 감히 내 것을. 내가 너희들처럼 그렇게 XX같이 잃어버릴 것 같으냐 하하하' 착각이 도가 지나쳤다.

이 사건이 있은 지 불과 몇 시간 만에 이번엔 정말로 잃어버렸다. 운동하러 헬스장에 갔는데 그날따라 길거리 보관소가 쉬는 날인지 아저씨가 없었다. 둘러보니 건물 입구 한쪽에 자전거가 몇 대 세워져 있기에 별 생각 없이 옆에 같이 새워 놨다. 물론 자물쇠 꼭꼭 잘 채워서. 그런데 운동 후 나와 보니 있어야 할 자전거가 보이지 않는 것이다. 그 사이 자전거가 감쪽같이 자취를 감춰버린 것이다. '누가 옮겨놨나?' 현실을 애써 부정하며 한동안 그 자리에 서서 자전거를 기다려봤다. 설마가 정말로 마음에 와 닿을 때까지 자전거를 찾아 건물을 빙빙 돌면서 도둑을 저주하고 또 저주했다. '혹시 그 아줌마 내 뒤를 쫓아왔나? 어디 잡히기만 해봐라 이번엔 절대 그냥 안 보내줄 테야' 별의별 생각이 다 들었다.

자전거를 다시 사자니 또 잃어버릴 것 같아 불안하고, 안 사자니 이동에 불편이 이만저만이 아닐 것이라 참 난감하다. 중국에 잘 적응한다 했더니 이제는 도둑맞는 것도 적응해야 하다니. 요사이 주변에서 많이들 잃어버리던데 보기엔 그저 평화롭기만 한 이곳이 순간 도둑들이 이글이글거리는 범죄자의 소굴같이 느껴진다. 하나같이 선한 모습을 하고 있는 이 사람들, 갑자기 모두 도둑으로만 보인다. 속지말자 해맑게 웃는 저 미소아래 두 손은 열심히 자물쇠 따고 있을지 누가 알아. '아, 짜증나!'

그래도 단골이라고 우리 톈진(天津) 만두집 식구들이 이런 날 위로해

준다. 앞으로 자전거 사면 아무데나 세워놓지 말고 여기 가게 앞에다 놓으란다. 확실히 지켜줄 테니 앞으론 무조건 맡기란다. 얼마나 고마운 분들인지. 그런데 요건 또 무슨 시츄에이션?

오늘도 평소처럼 삶은 달걀을 꾹꾹 씹어 삼키며 얼굴가득 자전거 잃어버림의 분노를 나타내고 있었다. 다가온 우리 주인아줌마, 시판(묽은 쌀죽) 좀 먹으라고 권했다. 위로 겸 그렇게 챙겨 주려나보다 하고 고마운 마음에 아무 말 없이 그냥 받아먹었다. 그런데 글쎄 나올 때 그것까지 다 계산하는 것이 아닌가. 마치 그냥 줄 것처럼 해놓고선 해맑은 표정으로 아무렇지도 않게 계산에 포함하는 우리 아줌마. '우거 찌단 이완 시판 이꽁 쌴콰이(달걀 다섯 개, 죽 한 사발 모두해서 3위엔).' '응?' 하고 대꾸하는 나를 '뭐가?' 하는 표정으로 바라보시는데 순간 자전거 잃어버린 것보다 더 극심한 충격이 날 어지럽게 만들었다. '당했다!'

오늘은 기분이 별로다. 자전거도 잃어버리고 단골집에서도 당하고(?) 하여간 기분이 안 좋다. 이런 내 기분을 더 비참하게 만들려는지 비도 온다 한 방울 한 방울씩. 여기 비는 참 특이하다. 비 온다고 말하기도 뭣하게 보슬보슬 가랑비만 내리다 그걸로 끝이다. 이런 비가 매일 밤 되풀이된다. 기숙사로 오는 내내 이 비를 맞으면서 왔다. 가랑비에 젖는다고 내가 지금 딱 그 꼴이다.

'꿀꿀한 날이여, 아, 내 자전거. 난 중국을 몰라도 한참 몰라.'

아, 창피해

"오늘은 내가 중국 만두에 대해서 설명을 해주겠다. 우선 중국의 만두는 크게 세 가지로 만토우(饅頭), 빠오즈(包子), 지아오즈(餃子) 가 있다. 만토우는 한자로는 만두이지만 정작 만두라고 불리기에는 많이 어색한

굳이 우리말로 하면 앙꼬 없는 찐빵이고, 빠오즈는 둥글 평퍼짐한 속 꽉
찬 왕만두스타일, 지아오즈는 가장 우리네 만두랑 비슷한 반달 모양의
만두를 가리킨다. 물론 물만두, 튀김만두도 지아오즈의 일종이다. 알긋
나? 중국내기 초짜들이여. 캬캬캬"

"저눔이 맨날 만두집만 드나들드마 그 새 만두란 만두는 다 도통했네
그려"

"잉 그라구마 아조 장하다 장혀"

오늘도 만두집에 들러 중국어 한마디를 배웠다. 날씨가 꾸물꾸물 거리
고 냉기가 으스스 돌아 어제 학교에서 배운 대로 '찐티엔 티엔치 헌 렁(오
늘 날씨 매우 추워요)' 했더니 스푸가 '티엔치 페이창 렁(날씨가 매우 춥
네)'는 안하고 '하오, 찐티엔 치원 디' 하며 받아 주셨다. 무슨 뜻인가 하
고 사전을 찾아보니 '오늘 기온이 낮다'라는 뜻이었다. 앗, 예상 밖의 수
확! 그간 샤오즈(숟가락), 콰이즈(젓가락), 쭈오즈(식탁), 이즈(의자)등 식
당 관련 어휘를 배워왔는데 오늘도 새로운 말 한마디 배우게 됐다.

종일 사전 들고 다니며 만두가게고 헬스장에서고 실전대화를 해보았
다. 역시 교과서의 갖춰진 틀을 벗어나면 하나도 들리지 않고, 하고 싶은
말 한마디를 하기위해선 사전을 찾고 또 찾느라 얼마나 많은 시간이 걸
리던지 말하는 나나 들어주는 사람들이나 지치기는 마찬가지였다.

오늘따라 내가 한국인이라는 사실이 헬스장에 퍼지면서 사람들이 몰

려들었다. 첨엔 잘 생겨서 그러려니 했는데 웬걸 동물원 원숭이가 따로 없었다. 이 동네에서는 한국인이다 하면 가다가도 돌아보고, 밥 먹다가도 대놓고 쳐다보고, 연인끼리 싸우다가도 웃어댄다. 정말 하늘을 찌르는 인기(?)를 매일 매일 실감하고 있다. 오늘도 뭐라뭐라 떠들면서 말을 걸어오는데 내가 들려야 말이지, 사전 들고 난리를 친 끝에야 겨우 의미를 알 수 있었다. 말이 이렇게 안돼서야. 한번 의미를 깨우치려다간 날 샐 지경이니 등에 다 땀이 찬다.

아무튼 그래도 오늘은 중국인들 다수와 안면을 터 다음부터는 좀 더 편안하게 대화의 장을 열지 않을까 싶다. 물론 잘은 안 들리겠지만, 믿는다. 멀지 않은 미래에 난 이들과 아주 편하게 막힘없이 대화를 나눌 것이다. 그것이 꼭 중국말이 될는지는 확신할 수 없지만.

이렇게 만나 앞으로 친구하기로 한 녀석이 있다. 생긴 건 일본 축구 선수 나카타와 꼭 닮았다. 이 녀석, 한국 배우들은 또 어찌 그렇게 잘 알던지 장동건, 송승헌, 원빈, 전지현, 박지윤, 배용준 등. 한류가 열풍이다 하더니만 이렇게 털 북슬북슬하게 난 수컷들에게까지 깊숙이 파고들 줄이야. 뭐라고 했었나. 박지윤을 특히나 좋아한다고? 이 말을 알아들은 내가 참 신기했다. 나도 한마디 해줬다 "워 헌 하오 전지현" 반응이 없다. 무슨 말인지 모르겠단다. 몇 번을 다시 말해도 모르겠단다. '왜 몰라?'

'워 헌 씨환 츄엔즈씨엔' 이렇게 말해야 알아듣지라고 기숙사에서 한국 친구가 알려줬다. 그러고 보니 그 녀석이 박지윤을 좋아한다고 했는지 박지윤 노래가 좋다고 했는지 헷갈린다. 그렇다 '하오' 는 좋다는 뜻이고 '씨환'은 좋아한다란 뜻이다. 또 '전지현'은 중국에서 '츄엔즈씨엔'이라고 한다. 창피해 죽겠다. 이름은 그렇다 쳐도 나도 성이 전 씬데 성조차 발음을 못했으니. 참고로 성룡은 '청롱' 이고 장백지는 '짱바이즈' 이다. 성룡, 장백지 하면 여기 중국에선 아무도 못 알아듣는다. 뭐 다 안다고? 좋겠다!

핸드폰 (통화 no! 작업 ok!)

핸드폰 문자「니 츠판러마 - œ로마 아님. 발음조심)」

한참 됐지만 난 지금 쓰촨 대학교 학생으로 전공은 없고 소속은 한어반이다. 자유를 갈구하는 내 영혼이지만 소속감이 주는 안정은 어쩔 수 없나 보다. 그러고 보면 무소속은 자유가 있되 불안이 함께하고, 어딘가에 소속됨은 얽매임은 있으나 안정감 역시 있는 것 같다. 자유냐 안정이냐 그것이 문제로다. 주말을 맞아 할 일 없는 아침 잠깐의 고민.

헬스장 가는 길에 초급반 퉁슈웨(同學, 학급동무) 2명과 위에난(越南, 베트남) 메이메이(妹妹 여동생)2명, 니뽀얼(네팔)친구 1명을 데리고 우리 만두집에 갔다. 스푸를 비롯한 친절한 식구들이 얼마나 반겨주던지. 식당에 사람을 데려가면 좋아하는 건 세상 어디나 똑같다. 여섯 명이서 배부르게 먹었는데도 6위엔(우리 돈 800원) 밖에 안 나왔다. 이곳은 정말 싸고 맛있는 곳이다.

운동을 마치고 또 만두집에 들러 살찌기 프로젝트에 맞게 지단(鷄蛋, 중국에선 계란을 지단이라고 한다. 프랑스 축구선수 지단이 중국에선 계란이 된다)을 먹고 있는데 식당 식구들 서로 농담하며 재밌게들 떠들고 있다. 한마디라도 해야겠다 싶어 오늘은 식당 식구들 한 명씩 잡고 한마디씩 물었다. 다들 천천히 알기 쉽게 말을 해 주는데 꼭 한 아줌마만 내 생각은 해주지도 않고 말을 너무 빨리한다. 천천히 말해 달라고 하는데도 절대 천천히 말해주는 법이 없다. 나중에 알았지만 가족은 아니고 이곳 청두 토박이란다. 푸통화(중국 표준어)도 못 알아듣는데 쓰촨 사투리를 내가 알아들을 리가 없지. 다들 서로 날 사이에 놓고 말장난하느라 야단법석이다. 좋게 이름은 안 가르쳐주고 이 사람은 루오뽀(무)다 뭐다 하며 서로들 웃고 화내고 나보고 그렇게 불러보라며 다들 쓰러지는데 눈치로 알아듣고 나도 한바탕 같이 뒤집어졌다. 다행히 루오뽀(어제 심심해 사전 뒤적거리다 우연찮게 본 것인데 용케 바로 오늘 듣게 되다니)를 알아들어서 다행이지 이걸 몰랐으면 오늘도 나는 혼자만의 세상 속에서 홀로 외로울 뻔 했다.

우리 주인아줌마가 뽀루오(파인애플. 루오뽀 뽀루오 발음이 비슷비슷)를 먹길래 내가 손 내밀며 '게이워(給我)' 했더니 그냥 바로 주신다. 중국어를 하면서 느낀 건데 높임말이 없다보니 우리 같은 한국 사람들은 습관 속에서 고민이 될 때가 종종 있다. 선생님께 '니' 라고 하기가 송구하고 위처럼 '좀 주세요' 와 '줘 봐' 라고 하는 말 자체가 구분이 없어 참 어색하다. 높임말이 있으면 당연히 그렇게 쓰겠는데 어쩌겠는가 중국에선 중국 법을 따르는 수밖에. 아직 내가 높임법을 모를 수도 있지만, 한국 사람들끼리 중국말로 떠들기로 해놓고선 아랫놈이 '니니' 했다간 바로 한주먹이니 하필이면 '니' 라는 발음이 우리와 중국이 뜻이 같아(물론 상대방이 느끼는 느낌은 다르지만) 유독 한국 사람끼리만 문제가 된다. 이건 애초 중국말의 높임법과도 상관없는 단지 한국 사람만이 느끼는 그런 거라 어쩔 수 없다. 근데 중국어에 정말 높임말이 없는 게 맞나? 관점을 어디다 두느냐에 따라 반대로 반말이 없다고도 할 수 있는 건 아닐까?

오후에는 또 우리 노땅클럽이 뭉쳐 청두의 명동 춘시루에 나섰다. 미녀의 고장으로 유명한 이곳 쓰촨. 그리고 그 중심 청두. 그리고 그 중심 춘시루. 이곳엔 항상 사람들로 북적북적하다. 미녀들도 또한 많다. 그래서 노땅클럽은 자주 이곳을 찾는다. 혹시 모를 인연이 있을까 하고.

오늘은 그간 고민했던 핸드폰을 하나 지르기로 했다. 한국에서 핸드폰 없이 살아본 적이 없어서 핸드폰의 구속에서 벗어나고자 했는데, 여기도 사람 사는 세상이라 이거 없이는 또 불편이다. 사실 없어도 되는데 굳이 핑계를 대자면 다른 사람들도 모두 가지고 있고, 중국 친구들하고 연락할 때도 좋고, 주고받는 문자에 싹트는 우정, 늘어가는 중국어 실력, 여기에 그냥 나도 묻어가기로 했다.

중국의 핸드폰은 크게 2가지로 쇼우지와 샤우링통이 있다. 쇼우지는 우리 핸드폰과 거의 같은 것이고 특이한 게 샤우링통이다. 샤우링통은 해당 지역에서만 쓸 수 있다. 청두를 벗어나면 사용할 수가 없다. 그래도 한국이건 베이징이건 걸려오는 전화는 다 받을 수가 있으니, 청두를 벗어날 일이 없는 나는 여러모로 저렴한 샤우링통을 구입했다(쇼우지도 일반적으로 다른 지역을 갈 때는 이동통신회사에 들러 만요우(漫游)개통, 즉 전국개통을 해야만 한다). '자, 이제부터 이것은 통화하는 전화기가 아니야 중국어 공부하는 학습기, 언제든지 원하는 시간에 실시간으로 현지 중국인들의 음성을 들을 수 있는 어학기가 되는 것이야'

중국 핸드폰이 우리랑 조금 다른 점이 있다면 샤우링통은 그렇지 않은데 쇼우지는 번호가 내장된 sim카드를 따로 구입해야만 한다. 우리처럼 기기에 번호가 내장되는 것이 아니라 sim카드를 구입하고 핸드폰 배터리 안쪽에다 끼워 넣음으로써 통화가 가능하다. 또 중국은 후불제가 아니라 미리 sim카드에 통화료를 충전해놓고 사용하는 선불식이다. 충전 금액은 제한이 없다. 내 핸드폰에 배터리가 없을 때 친구 핸드폰을 빌려 내 sim카드를 끼고 사용하면 된다. 유학생들은 보통 50 또는 1백 위엔씩 충전해서 사용하는데 1백 위엔이면 일반적으로 한두 달은 넉넉히 쓰는 것 같다.

그리고 중요한 사실 하나, 중국에서는 전화를 받는 사람도 통화료를 낸다. 아무것도 모를 때 핸드폰이 뜨거워질 때까지 중국 친구와 통화를 한 적이 있는데 나중에야 이 사실을 알고 괜스레 그 친구에게 미안한 마음이 들었다. 물론 우리 생각에는 통화료가 비싼 건 아니지만 받는 사람도 통화료가 나간다고 하니 이것도 은근히 신경이 쓰인다.

이제 핸드폰도 생겼으니 여기저기 번호를 실컷 뿌려야겠군. 근데 여기 중국, 핸드폰 살 때도 흥정을 해야 한다. 구입한 곳이 핸드폰 거리라 알아볼 만큼 알아봐 바가지 쓰는 일은 없었지만 하여간 무슨 물건을 하나 살라치면 항상 가격싸움을 해야 되니 재밌는 것도 한두 번이지 시간이 지나면서 이제 이것도 귀찮아진다. 어차피 왕창 깎이게 될 걸 알면서도 저렇게 터무니없이 값을 올려 부르는 이유는 뭘까? 많이 깎은 듯한 느낌을 줘서 행복하게 해주려는 판매자의 깊은 속뜻인가? 그건 아니겠지.

내 샤우링통은 문자도 된다고 씨앙따가 엄청 부러워한다. 샤우링통 중에서도 아주 싼 것은 문자가 안 되니 중국어 공부에 도움이 될 거 생각해서 샤우링통을 사더라도 기왕 살 땐 문자되는 걸로 구입하길. 말이 안 되는 초창기엔 문자로 의사 주고받는 게 우선은 더 편하고 장점도 많다.

"씨앙따 나 문자 보내는 것 좀 도와줘"

"누구한테 보낼건데?"

"유심이"

"뭐야 내 거 뺏겠다는 거야?"

"응"

"어휴, 내건 왜 문자가 안 되지"

적응해야 해. 하지만…….

체험 중국의 현장.

오늘 헬스클럽에서의 일이다. 윗몸일으키기를 할까하고 먼저 하고 있던 젊은 중국 여인네의 운동이 끝나기를 옆에서 기다렸다. 20대 초반쯤 돼 보이는 이 여인네. 트레이닝 차림으로 민소매 상의를 입고 있었다. 아무 생각 없이 그 옆에 서 있었는데 그녀가 팔을 머리위로 재끼는 순간 난 봐선 안 될 것을 그만 똑똑히 보고야 말았다. 생각지 못한 것들의 갑작스런 출현. 그 팔과 겨드랑이 사이에 길게 내비치는 그것은……정말 깜짝

놀랐다. 잠시 이 사람이 여자가 맞나하는 확인과 곧 충격 그리고 밀려오는 패닉. 무방비상태에서 확 들이닥친 대륙 여인의 겨드랑이 털 공격에 난 그대로 얼어붙을 수밖에 없었다. 새까만 도저히 여자의 것이라고는 상상하기 힘든 그것이 적나라하게 모습을 드러내고 있었다. '이럴 수가 나보다 더 길잖아!'

주위를 둘러봤다. 여기저기 눈에 띠는 여인네들. 대부분 민소매차림의 그녀들이다. 난 변태처럼 그녀들의 겨드랑이만을 주시했고 곧 나도 모르게 눈은 감기고 고개는 떨궈졌다.

'중국에서의 털은, 여성의 겨드랑이 털은 그저 자연스러운 일이었어.'

얼굴 가득 놀램과 충격을 감추지 못한 나……를 물끄러미 바라보는 코치 칭후이. 그녀의 가득한 털 사이로 자신의 팔을 낀 체 아무렇지도 않게 운동을 이끌고 있다. 난…….

그런데 이것이 끝이 아니었다. 처음 중국에 가려고 했을 때 걱정되는 것 중 하나가 바로 화장실이었다. 화장실에 문이 없고 또 칸막이가 낮아 모든 걸 서로 보고 보여주면서 볼일 본다는, 언젠가 들었던 그 말에 여간 나로선 적응하기 힘들 것 같았다. 그러나 기우일 뿐 실제 내가 생활하는 공간에선 그런 화장실은 보이지 않았다. 가끔 밖에서 볼일을 보게 될 때에도 마이당라오(맥도날드)나 컨더지(KFC), 백화점 화장실 등을 이용할 수 있어서 화장실로 인해 문제될 건 사실 하나도 없었다.

'없었다고~ 근데 이건 뭐야..........'

오늘, 이 헬스클럽 아주 날 보내버릴 셈인가 보다. 배가 아파 화장실을 갔는데 이런 이런 이런 화장실 안에 한 뚱뚱한 아저씨가 적나라하게 하체를 싹~ 드러내놓고 큰일을 보고 있는 것이 아닌가. 문을 활~짝 열어놓고 말이다. 냄새는 제쳐두고라도 하필이면 왜 그때여야만 했는지 역겨울 정도로 적나라하게 밀려나오는 그것은……. 정말 이럴 땐 이상하리만치 내 눈이 그곳에 초 집중을 하고 있다. 그 앞을 아무렇지도 않게 지나다니는 이곳의 아저씨들은 또 나만 이상한 나라에서 온 촌놈으로 만들어 놨다.

이곳은 청두에서도 생활에 여유가 있는 이들이 찾는다는 헬스클럽으로 시설도 좋고 현대식 인테리어에 꽤 폼이 나는 곳이다. 나름 중산층과 교양 좀 있다는 현지인들의 공간에서 그만 전혀 생각 못한 중국의 모습을 가장 생생하게 체험하고야 말았다. 1미터도 안 되는 최단거리에서. 그것도 두 개나.

문화란 우월이나 기준, 판단 이런 것들로 규정해서는 안 된다고, 난 누구보다도 각기 다른 문화에 대해 열린 놈이라고 그간 자부해왔었건만……. 아~ 몰라 몰라 몰라.

어서 잊어버려야 해, 왜 자꾸 떠오르는 거야, 왜! 왜! 왜!

새로운 언어를 만드는 중…….
미치겠다! 발음 때문에

드디어 햇살이 비추던 날 무시무시한 대륙의 도박단을 만나게 되었다. 따스한 햇살아래 수를 헤아리기 힘든 사람들이 공원에 나와 이렇게들 마작놀이에 한창이었다. 이런 모습들에 내가 중국 땅에 있는 걸 실감하게 된다.

중국어 입문 한지 한 달여. 난 요새 새로 생긴 푸다오 선생(과외선생. 우리끼린 그냥 푸다오라고 부르고 있다)과 매일 전쟁을 치루고 있다. 아직 기초회화도 못하는 내게 오직 중국어로만 설명을 해대니 못 알아듣는 게 당연한 나와 '이것도 못 알아듣냐' 하는 표정의 과외선생. 둘 다 정말 답답해 죽을 지경이다.

수업 내내 "알아?" "몰라 무슨 뜻인데?" "이것은 이런 뜻이야. 알겠어?" "응? 뭐라고?" 이런 말만 오가고 있다. 기초도 없어 이렇게 과외수업을 받는 것인데 이런 나의 상태를 몰라주는 푸다오가 솔직히 좀 밉다. 그리고 모르겠단 말만 할 수밖에 없는 현실이 그걸 또 아주 당당히 쏟아 뱉고 있는 내 주둥이가 이토록 부끄러울 수가 없다. '내 돈 내고 하는 건데 이거 매일 깨지기만 하니 기분 참 그렇네' 나보다 어린 푸다오에게까지 깨질 줄 몰랐다. 매일 푸다오에게 당할 수밖에 없는 그런 짜증나는 삶을 살아가고 있다. 그런데 이런 내게 아주 절호의 기회가 왔다. 드디어 이 푸다오에게 복수할 기회가 온 것이다. 이날도 우린 "알겠어?" "아니"만 반복하다가 불쑥 내가 물었다 "그거 영어로 뭔데?" 그러자 푸다오가 한 말은"췬즈"

췬즈? "써봐" 그래서 그녀가 쓴 것은 바로 'change'

"캬캬캬 췬즈가 뭐야 체인지지. 발음이 그게 뭐냐 캬캬캬" 대놓고 웃어줬다 정말 웃겼다. 내게 그동안 발음 갖고 엄청 면박을 주더니만, 너 잘 걸렸다. 네가 감히 그런 똥발음으로 나를 비웃어? 그동안의 한을 맘껏 풀며 살짝 미친 듯 웃고 있는데 볼이 붉어진 우리 푸다오 내게 조용히 묻는다. "체인지는 뭐야?" "응? 체인지가 체인지지 뭐야. 방금 니가 쓴 거" 그 순간 '픽식' 하며 고개를 옆으로 트는 그녀. '아니 이건 또 뭐야. 나 지금 또 무시당한건가'

수업이고 뭐고 바로 그때부터 우리는 서로 자기 발음이 더 낫다. 네 발음은 썩었다(이런 뉘앙스로) 이러면서 결론 없는 싸움에 돌입하게 됐다. '다른 건 내가 다 양보해도 '체인지' 만큼은 절대 양보 못해' 난 정말 가슴이 답답해 터지는 줄 알았다. 이런 우리에게 때마침 포청천이 다가왔다. 에디(미국친구)가 나타난 것이다.

우린 에디에게 발음전쟁 그 끝을 부탁했다.

나 : (아주 당당하게) "체인지"

우리 푸다오 : (역시 당당하게) "췬즈"

에디 : (전혀 망설임 없이) "췬즈가 더 나아"

이후 상황은 생략한다. 나의 너~무 지저분한 따짐과 불복의 모습이 미칠 듯이 전개되었으니(에디보고 네 발음도 썩었다 그랬다)

정말 내 발음이 썩은 건지 아니면 한국식 영어교육에 문제가 있는 건지 그것도 아니면 한국 사람의 혀는 영어를 써서는 안 되게 만들어진 것인지 하여간 제! 대! 로! 충격이었다. 그런데 이 날의 충격이 가시기도 전에 또 하나의 사건이 날 또! 기다리고 있었다.

쇼킹 사건 둘.

한국사람(나), 쿠바사람(오리에타), 중국사람(딴딴) 셋이서 같이 밥을 먹고 있었다. 그럼 우리 세 사람이 주고받는 말은 어디나라 말일까? 그거야 당연히 중국말. 나나 딴딴이나 영어도 못하고, 그렇다고 오리에타랑 딴딴이가 한국말을 할리는 더더욱 가능성 없고, 현재 중국 땅에서 중국어를 배우는 입장이니 국제적으로 어울릴 땐 되던 안 되던 중국어를 써야 한다. 그런데 순간 내 귀를 의심하는 소리를 듣게 되었다. 이번 것은 저 위 사건보다도 더 충격적이었다.

"너희들 제발 중국말로 해줄래? 왜 너희 둘만 내가 모르는 말로 이야기하는 거야? 일부러 나 따 시키는 거지?"

참다못한 딴딴이의 외침 그리고 한동안 서로를 바라 볼 수밖에 없었던 나와 오리에타. 대체 이것은 또 무슨 일인가 싶다. 지금 한창 쭝꿔말로 떠들어대고 있는데 저 딴딴이는 중국말로 해달라고 난리고 더 뭐 같은 건 나와 오리에타는 서로 너무나 완벽하게 대화를 주고받고 있다는 것이었다. '아, 너무 혼란스러워' 충격 충격 충격. 함께 중국어를 배우고 있는 오리에타와 난 당연히 중국어로 대화를 했고 또 서로 그 내용을 100% 이해하며 그렇게 자연스러웠는데 정작 중국인인 딴딴이는 우리의 말을 단 한마디도 알아듣질 못하겠단다.

중국어. 발음과 성조가 상당히 중요한 언어. 발음을 잘해도 성조가 틀리면 뜻이 완전 달라지고, 성조를 지켜도 발음을 제대로 하지 못하면 그 뜻을 전하기가 어렵다. 정말 복잡한 언어다. 이런 언어를 성조도 안 지키고 발음도 무시하고 지껄여대고 있으니 이걸 듣는 현지 중국인이 설마 자기네 말일 거라고 미처 생각을 못할 수도 있겠다. 단지 나와 쿠바친구가 서로 잘 통했던 이유는 서로 할 줄 아는 말이 정해졌고 아주 간단한 단어 하나로도 상대가 무슨 말을 하려는지 그 깊숙한 의미까지 미루어 이해할 줄 아는 초급반만의 그런 통함이 있어서였을 것이다. 아무튼 중국말 하다가 제발 중국말로 해달라는 말도 들어보고 이거 참 웃어야할지 울어야 할지 모르겠다. 뜻하지 않게 오리에타와 새로운 언어를 탄생시킨 순간이었지만 이거 문제가 심상치 않다. 정말 뺀찌로 혀를 뽑던지 빼다 만 먹든지 해야지 어디 이래선 입도 못 열겠다.

이후 난 발음은 완전 포기했다. 틀렸다 그러면 무조건 '네'하고 인정하고 나보다 더 더러운 발음을 하는 일본 친구들이 내 발음보고 이상하다고 해도 말없이 고개를 끄덕인다.

'그래 나도 다 알아. 내 발음 안 좋은 거 안다고'

얼마만큼 사랑해? 생쥐가 쌀을 사랑한 만큼

당신의 목소리를 들었죠 특별한 느낌이 생겨요.........사랑해요 사랑하고 있어요 생쥐가 쌀을 사랑한 것만큼 (앗싸 해석했다)

드디어 「첨밀밀」에서 벗어났다. 중국가요도 정말 좋다. 지금 중국에서 인기를 끌고 있는 노래들은 유학생들 사이에서도 이미 유행가가 됐다. 그간 노래에 관심이 없어 한국서 가져온 「첨밀밀」만 지겹도록 들었었는

대낮 시내 중심상가에서 버젓이 팔리고 있는 해적판 DVD. 중국이 당장 좋은 이유, 전 세계 최신 영화부터 드라마, 음악, 세계 유명가수 콘서트, 게임, 각종 프로그램 시디까지 장당 5,6위엔 이면 구입할 수 있다는 것. 가끔 엉뚱한 자막(특히 「와호장룡」 자막이 많음)이 나와 황당하기도 하지만, 대부분 화질도 좋고 품질도 좋다. 주 고객층은 한국 유학생들. 그래서 그런지 일본어 자막은 없어도 한국어 자막은 거의 다 있다. 들리는 바에 따르면(옆에서 봐온 바로는) 이들이 귀국할 때 최소 100장씩은 사간다나 어쩐다나.

데 우연히 들린 레코드가게에서 유행가CD 한 장 구입한 게 이렇게 큰 활력소가 될 줄 몰랐다. 내 진작 중국 노래에 관심을 가졌어야 했는데 중국에 대한 선입견이 아직도 나를 묶어두었던 듯싶다. 가사만 다를 뿐 멜로디는 우리 가요와 다를 게 없다. 하지만 당최 들리는 것도 없고 무슨 말인지 어쩌다 맘먹고 한번 해석을 할라치면 한 곡에 밤 새게 생겼으니 당분간은 그냥 듣기만 해야 할 듯싶다. 그래도 그나마 노래 속에서 똑똑히 들리는 게 하나 있었으니 그건 바로 '워 아이 니'

얼마 전엔 리리엔지에(이연걸), 장쯔이, 짱만위(장만옥) 등이 나온 영화 「영웅」의 DVD 타이틀을 하나 샀다. 중국어 공부도 할 겸 정품으로 구입했다. 보통 불법 복제판이 장당 5, 6위엔인데, 완전 정품을 구입해 25위엔을 주고 샀다. 이것도 특가로 나와 엄청 싸게 샀다고 생각했다. 좋아서 기숙사로 돌아왔는데 이런 나의 행적을 듣자마자 주위에서 곧 엄청난 비판과 비난이 끊이지 않고 쏟아졌다. 중국까지 와서 정품을 산 놈(다들 놈이란 표현을 한다)은 나밖에 없을 것이라는 둥, 도대체 생각이 있냐, 돈이 썩었냐 등등 평생 들을 욕을 여기서 다 들은 느낌이다. 그러나 굳이 후회가 되거나 반성을 하지는 않는다. 해적판에 비해 비싼 건 맞지만 평소 좋아하는 영화고 소장하고 싶었었기에 아무래도 품질 좋은 정품 하나 정도면 두고두고 괜찮을 듯싶다, 사실 뭐 내가 그렇게 잘못한 것도 없잖아. 세상에 정품 사고도 이렇게 욕을 먹고 온갖 핑계를 대야하다니.

며칠 전에 푸다오 선생과도 헤어졌다. 하도 뭐라고 해서 자른 건 아니다. 발음은 좋았지만 매일 아무 준비도 해오지 않고 '오늘은 뭐하지'만 하다가 날 새는 스타일이었다. 내가 아무리 초급 중에 초급이긴 해도 선생으로서 최소한의 준비는 하고 왔어야지 매일 날려 먹을 생각만 하고 말이지.

이곳에선 중국어 푸다오를 구하기도 쉽고 시간당 과외비도 굉장히 싼 편이라 유학생 대부분이 정규수업 외에 푸다오 수업을 병행하고 있다. 그렇다고 꽤 괜찮은 수준은 별로 없다. 단지 2시간 정도 중국인과 단둘이서 대화를 할 수 있는 시간을 갖는 것으로 만족을 해야 하는 정도랄까. 그래도 명색이 과외수업이고 돈이 오가는 일인데 최소한의 성의는 보였어야지. 다음에 기회 되면 다시 하기로 했는데 글쎄 다시 볼일이 있을까 싶다. 그래도 지속적으로 볼 중국 사람이 필요하긴 한데……. 어디……. 춘시루라도…….

다모폐인 물렀거라, 여기 유학폐인이 납신다

324호

고도리 한 마리 몰고 가세요. 고도리를 잡기위해 피워 논 담배연기가 온 방안에 자욱하다. 서너 명이 침대 두 개를 붙여 만든 마름모꼴의 친목회 자리에선 중간 중간 마오쩌뚱이 이리저리 획획 옮겨 다니고 있다.

"앗싸, 고 돌아 돌아"

"투고"

"쓰리고에 따블, 넌 따따블 넌 피박광박고박에 따따따따 홈런~"

홍와쓰(紅瓦寺)
쓰촨대 동문과 북문 사이에 있는 거리로 유학
생들의 외로운 밤을 달래주는 곳. 샤오카오
(꼬치구이) 거리로 긴긴 유학생들의 밤을 달래
주던 곳이다. 학교에서 볼 수 없던 얼굴도 여
기만 오면 볼 수 있으니 혹자는 말한다 홍와쓰
나다닌 것의 반의반만 학교에 나갔어도 이미
중국어는 초절정 고수가 되었을 거라고.
*사진 상 인물들은 본 내용과는 상관없음
절대로!

407호

에어컨이 24시간 돌아가는 기숙사방. 누군가 며칠은 씻지 않은 듯한
몰골로 침대에 누워 이불을 덮어쓴 채 TV를 응시하고 있다. 분명 이곳은
중국이 맞는데 TV에선 요사이 잠시도 쉬는 날 없이 한국 드라마가 끊임
없이 방영되고 있다. TV위에 올려 진 건 여전히 자기의 소임을 다하고 있
는 DVD플레이어. 이윽고 파리의 연인 최종회가 끝이 났다.

"아, 이제 삼순이나 볼까?"

326호

"야 저녁에 술이나 한잔 하자"

"오늘도?"

"수업도 못가 기분도 꿀꿀한데 가볍게 맥주나 한잔 하지 뭐"

"그럽시다. 인생 뭐 있나 술이나 마시는 거지"

오후 3시를 넘긴 시간. 부스스 하나둘 일어나 어제 먹다 남은 안주 부
스러기들을 입안에 쳐 넣고 있다. 한 달 안 씻은 거라고 생각하기엔 너무
깨끗한 그들의 얼굴. 떡 진 머리칼과 줄줄 흘러내리는 기름기가 반질반
질 거린다.

중국 친구들이 내게 말했다. TV를 보면 한국 사람들은 애국심이 대단
한 것 같다고. 난 잘 모르겠다고 했다 그러나 곧 내 대답이 틀렸음을 깨달

았다. 한국 사람들은 애국심이 아주 대단해 중국에 와서도 중국 사람은 커녕 중국어에 관련된 것은 수업도 거부하며 오직 한국인들끼리만 어울리고 있었으며, 또 한국어에 대한 사랑과 애착으로 자칫 잠시라도 중국어가 TV에서 뛰어나올까 봐 하루 내내, 단 하루 만에 한국 드라마를 1회부터 마지막 회까지 소화하는 놀라운 애국을 표현하고 있었다. 더 감동스러운 부분은 더 이상 볼 드라마 CD가 없으면 새로 들어온 한국 드라마를 구하기 위해 방문을 기꺼이 나선다는 것이었다. 중국친구가 내게 'TV를 보면' 이라고 했는지 'TV를 보는' 이라고 했는지 헷갈린다.

'아, 이제 다 끊어야겠다'

우리 반 회식 날 그리고 일상

초급1반 회식한 날. 가운데 담임선생님을 비롯해서 우리 반 학생들의 모습이다. 중국 와서 처음으로 깨끗한 곳에서 식사를 했다. 친구들의 국적은 왼쪽부터 미국, 한국, 미국, 중국, 스페인, 스페인, 한국이다. 뒤쪽에 또 다수의 한국인과 쿠바, 프랑스, 독일, 일본 친구들이 있다. 완전 기초반이라 다른 반에 비해 여러 국적의 사람들이 모여 있다.

"저기요 아가씨, 이름이 뭐예요? 나이는? 남자 친구는 있어요?"

오늘은 퉁슈에(반 친구)들과 친절한 두 분의 라오스(선생님)를 모시고 점심을 함께 했다. 중국에 와서 이렇게 좋은 식당에서 밥을 먹어보다니 (그간 자주 가는 곳은 학교 학생식당과 기숙사 앞에 있는 한 끼에 4위엔이 넘지 않는 곳들뿐이었다) 또 이렇게 서비스가 친절한 곳은 내가 중국에 온 이래 처음이다. 1인당 16위엔씩을 내고 평소에도 즐겨먹던 탕추리우

(糖醋肉, 탕수육), 후이궈러우(回鍋肉), 찐지앙러우쓰(醬肉絲), 마포또우프(마파두부), 또우프탕(두부탕), 시훙스지단 등을 먹었다. 무엇보다 선생님, 통슈에들과 함께 어울렸다는 게 좋았다.

식사 도중 우리 라오스(선생님) 내게 이것저것 엄청 시켰다. 교실을 벗어난 실습이라나 뭐라나. 시아오지에(아가씨. 여기선 여직원)에게 주문도 해봐라, 차 좀 달라고 해라, 밥도 더 달라고 해라, 나중에 계산도 해보고 깎아달라고도 해보란다. 우리 추지이반(초급1반)의 명예를 걸고 열정적으로 했다. 오버를. 안 시킨 이름, 나이도 물어보고 남자친구 있냐고도 물어봤다. 벌써 내 중국어가 이만큼 성장했다.

점심을 먹곤 집에 돌아가 또 다시 식곤증에 잠이 들었다. 꼭 밥만 먹고 나면 낮잠에 빠져든다. 그리고 나서 떨떠름하게 깨고 나면 컨디션은 엉망이고 대체 내가 뭣하고 있는지 내 자신이 참 싫어진다. 이래저래 싱숭생숭 답답할 때면 무조건 가는 곳이 있다.

만두집에서 저녁을 먹고 있는데 언제나 그렇듯 손님들이 나를 빙 둘러싸고는 신기한 시선을 보내며 자기들끼리 떠든다. 내가 중국어를 한마디 할 때마다 사람들의 반응은 마치 원숭이가 말을 하는 것처럼 바라보며 배꼽을 잡는다. '왜 그러는 데? 대체 왜들 그러는 건데? 내 말투가 그렇게도 웃겨?

그러다가 옆에 앉은 한 쌍의 커플과 이야기를 하게 됐는데, 여자가 너무 예뻤다. 남자는 솔직히 영 아니다 라고 말하고 싶다. 둘이 사귀냐고 물었더니 말은 못하고 서로 눈치만 살핀다. 딱 보기에 서로 좋아하긴 하는데 아직 고백 전으로, 본격적인 연애질에 들어갈까 말까하는 상태로 보인다. 내가 다니는 헬스클럽과 같은 건물에서 일한다는 여자는(이름은 까오티엔-高天) 연락처를 주면서 언제든지 찾아오라고 했다. '맘 같아서야 낼 당장 가겠지. 근데 저 녀석이 걸려서.'

엊그제는 여기서 식사하던 한 중년의 부부를 만났는데, 남편이 내게 명함을 주면서 꼭 한번 찾아오라고 했다. 이곳 청두(成都)는 아직까지는 외국인이 드문 모양인지 어디서든 관심의 대상이 된다. 아니 최소한 난 이래저래 항상 관심 받고 있다. 중국오기 참 잘했다고 생각한다.

'어디서 이런 관심을 받겠어.'

우리 만두집 스푸(師父 사부) 이제는 나와 대화가 조금은 된다. 농담도 하고 이런저런 이야기도 하는데 본래는 안후이 성 사람이란다. 텐진이란 명패는 스푸의 스푸가 텐진 사람이라 이렇게 만든 것이란다. 시간이 흐르니 조금씩 주변에 대해 알게 된다. 춘절 때는 고향에 가는데 기차로만 무려 40시간이 걸린다나. 워낙 큰 땅덩어리라 여기선 별 신기한 일도 아니겠지만 우리 같으면 상상도 못 할 일. 통일돼서 백두산에서 시작해 끝으로만 동해 돌고 남해 돌고 서해 돌아 다시 백두산으로 이렇게 두 바퀴 돌면 비슷해지려나 모르겠다. 나의 꿀꿀한 마음도 풀어주고 이제는 자기네 저녁 식사 때 불러 밥도 자주 먹여주는 우리 단골집, 내일 또 봅시다.

오늘 우리 반 통슈에 리치아오(미국이름은 Joe다)가 나보고 아파트에서 같이 살지 않겠냐고 물어왔다. 석 달에 2000위엔이고 전기 수도는 나눠 내는 것이란다. 기숙사 2인실과 비슷한 금액에 개인방을 얻는다는 게 맘에 들었다. 바로 학교 앞이라 등하교도 어렵지 않을 듯싶고, 외국인과 함께 지내는 경험도 해볼 것 같아 우선은 긍정적으로 생각하고 있다. 하루하루 소리 없이 지내는 가운데 새로움 들이 조용히 밀려오는 요사이 중국생활이다.

만두집의 비밀

"아니 아빠가 아니었어?"

"아니야 우리 사부님이야"

매일 가는 텐진 만두집. 드디어 이 집의 비밀을 파헤치게 됐다. 그동안

춘시루에서, '이 땅도 내가 접수했다' 엉덩이 붙이는 것으로 영역 표시를 하는 나. 이런 나를 이상하게 쳐다보는 중국 학생들.

일가족이 함께 하는 곳인 줄 알았는데, 오늘로서야 이들의 관계를 확실하게 알게 됐다. 라오반(老板 사장) 내외와 부인의 언니는 관계가 맞고 철썩 같이 부부의 아들이라 믿었던 시아오핑(小平)은 아들이 아니라 종업원이자 제자였다. 또 시아오핑은 나이가 열여덟, 우리 나이로 스무 살이 되는데 키는 중학생만 하고 얼굴도 많이 어려 보여 전혀 스무 살이라고는 생각도 못했다. 그리고 보니 뚱뚱한 스푸 내외와 깡마른 시아오핑은 닮은 데가 없다.

이제야 이런 의문들이 풀리고 보일 것이 제대로 보인다. 하여간 더듬이 세워 느낌에만 의지해 내 맘대로 그동안 온갖 설정을 다 해 놓았었다. 드디어 스스로 빠진 착각의 늪에서 벗어나게 되었다.

시아오핑, 여기 올 때마다 옷이며 얼굴이며 여기저기 밀가루 잔뜩 묻힌 채로 가느다란 팔로 쉬지도 않고 반죽하기에 여념이 없었다. 어린 나이지만 가계를 물려받으려 참 열심히 하는구나 싶어 내심 대견해했다. 목표가 있는 분명한 삶이 부럽기도 했다. 그런데 오늘은 왠지 이 녀석을 바라보는 내 맘이 짠하다. 아버지와 어머니는 어디 있냐고 묻고 싶었지만, 한창 학교 다녀야 할 나이에 집이 아닌 곳에서 사는 것으로 보아 분명 가정형편이 어려울 것 같았다. 괜히 물었다가 맘만 아프게 할까봐 물을 수가 없었다. '시아오핑. 늘 지금처럼 웃으며 살아. 그리고 중국 최고의 만두집을 경영하길 바랄게. 스푸(師父)도 시아오핑 잘 가르쳐서 꼭 성공할 수 있게 잘 이끌어줘요'

나중에 중국에 오게 되면 꼭 시아오핑 가게를 볼 수 있으면 좋겠다. 그리고 함께 나눌 많은 시간들을 서로 이야기하며 웃음꽃을 나누고 싶다. 스푸말에 따르면 시아오핑이 가게를 차리게 되면 자신이 그랬던 것처럼 사부님의 가게 이름을 그대로 이어가게 된단다. '天津美味包子' 이것만 찾으면 되겠네 그럼. 시아오핑 찌아요우(힘내자)

그런데 담배는 좀. 열세 살부터 피웠다고 아무렇지도 않게 말하던데, 이것도 문화차인가. 어디 사부랑 같이 맞담배질을. 때끼!

공짜 없는 중국이라고?

학교에서 단체로 판다공원에 갔을 때. 중국은 판다가 국가공식대표동물로 판다를 죽인 자는 사형에 처해진다. 사람보다 더 중요한 동물이 여기 있었다. 전 인민의 전폭적인 사랑을 받고 있는 씨옹마오(熊猫 판다). 무더위에 탕속에 앉아있는 저 자세하며 표정이라니. 우리는 눈자위가 시커멓게 되면 다크서클이라고 부르는데, 여기선 시옹마오엔징(熊猫眼睛 판다눈)이라고 한다. 역시 중국식.

"내가 살게요"

"아니에요 이러지 마세요"

"괜찮아. 사장님 여기 있어요. 총각 다음에 봐"

오늘도 어김없이 만두집에 앉아 만두며 시판을 먹고 있는데 앞에 웬 아줌마가 앉았다. 중국 참 특이한 게 식당에 그냥 빈자리만 있으면 물어보지도 않고 같은 테이블에 앉아 아무렇지도 않게 식사를 한다. 첨엔 정말 어색하고 실례라고 생각했었는데 나도 이젠 '에라 모르겠다 중국에 왔으니 중국 법을 따르는 수밖에' 하며 종종 빈 테이블이 없을 땐 그냥 빈 의자에 앉아 같이 테이블을 쓰고 있다. 단 한 번도 먼저 차지한 사람이 불편해 하거나 기분 나빠한 적이 없었다. 그저 자기 먹는 일에만 신경 쓸 뿐. 이제 나도 그렇고.

오늘도 테이블 합석해서 같이 식사를 하게 되었는데, 우리 만두집 식구들 으레 그랬듯 앞에 앉은 아줌마에게 내가 한국 사람이네, 언제 왔다네, 지금 뭐 한다네, 우리 가게에 만날 온다네 하며 신명나듯 떠들어대고 이 아줌마도 언제나 늘 그렇듯 놀라워하며 반가워한다. 못 하는 중국어지만 사람을 처음 만나면 늘 똑같은 질문을 받고 대답을 하며 함께 밥 먹는 동안 실컷 떠들게 됐다.

그런데 이 아줌마 식사 끝나고 계산할 때 그냥 내 것까지 다 내는 게 아닌가. 오늘 이 자리에서 처음 만나 잠시 서로 이야기한 게 전부인데 밥을 사준 것이다. 워낙 싸서 큰 부담은 아니었겠지만, 서로 충분히 친해졌거나 앞으로 만날 기약이나 그런 말조차도 없었는데 기분 좋게 한턱내고 가신다.

중국 사람들 자기 잇속에만 강하고 절대 공짜는 없다고 들었는데, 난 참 좋은 경험을 하는 것 같다. 며칠 전엔 기숙사 근처 아이(阿姨. 아줌마) 슈퍼에 달걀을 사러 갔다. 원래 달걀은 안판다기에 그런가 보다 했는데 잠시만 기다리라고 하더니 아줌마네 식구들 먹으려고 산 달걀을 내오는 것이었다. 몇 개나 필요하냐기에 두 개가 필요하다고 하고 또 받아들고 계산하려고 했더니, 아니 무조건 됐단다. 그래도 받으라고 몇 번을 말해도 무조건 괜찮단 말만 하시고 결국은 공짜로 얻게 됐다. 아줌마의 정을 팍팍 느낀 날 이었다. 오늘도 이렇게 집 나와서 고생한다는 아줌마의 관심어린 말씀과 자식 보듯이 챙겨주는 모습에서 예전 중국에 대한 나쁜 이미지가 눈 녹듯이 다 사라졌다.

어딜 가나 사람 사는 곳은 다 똑같은 것 같다. 나쁜 사람도 있고 좋은 사람도 있고, 단지 타지에 대한 이야기는 안 좋은 쪽에만 크게 신경을 쓰고 항상 그럴 것이라고 선입견을 갖고 바라보게 되니 그런 거에서 오는 실제 경험에서의 오해가 종종 생긴다고나 할까. 한자가 길에 많아서 그렇지 한국과 다른 걸 잘 모르겠다. 그러고 보니 헬스장 식구들도 먹을 것도 잘 주고 파는 물도 나에게 만큼은 공짜로 주는 군 서로 잘 아는 사이이니까. .... 아닌가?

'혹시. 내가 없어보여서? 에이 설마.'

三國同居

나의 새 보금자리 난푸진. 야외 수영장도 있고 각 입구마다 경비원은 물론 출입문도 비밀번호를 눌러야 문을 열고 들어갈 수 있는 최신식 아파트이다. 내 생일날 집들이 겸해서 주변人들과 함께했다. 이날이후 기숙사엔 대대적인 이사 바람이 불었다.

삼국지의 땅 청두. 그래서 나도 삼국(三國)동거를 하기로 했다 말 되나? 이사를 했다. 드디어 쓰촨대 기숙사를 벗어나 외주(外住)를 하게 되었다. 기숙사에서 바로 강 건너 맞은편 난푸진이란 꽤 좋은 아파트로 거처를 옮겼다. 방 3개, 화장실 2개, 거실 등 잘 갖춰졌고, 무엇보다 맘에 드는 건 바닥이 중국에서 보기 힘든 고급스런 나무 바닥이란 점이다. 중국에 오니 생각도 못한 호사를 누리게 된다. 이렇게 좋은 아파트 그리고 모든 똥씨(東西, 중국에선 사물, 물건을 가리키는 단어가 바로 동서(東西)였다 여기선 TV, 냉장고, 세탁기, 가스레인지, 에어컨, 소파, 탁자 등등)까지 다 제공하고 한 달에 인민폐 2000위엔이 전부이다. 한 사람당 석 달 치방세가 곧 2000위엔, 기숙사 2인실과 비슷하고 1인실보단 무척 싼 편이다. 개인방이 생김은 물론이고 조용하고 포근한 집다운 집에서 살게 되었으니 이번 이사는 여러 면에서 만족한다.

우선 새로운 가족구성원 소개를 하자면, 우선 나와 현등이(한국인 2명)에 같은 반 조(Joe, 미국인 1명) 그리고 Joe의 여자 친구 링(중국인 1명)이다. 조와 링이 화장실 딸린 큰 방을 차지했고, 나와 현등이는 비교적 아담한 방을 하나씩 차지했다. 방값과 관리비는 링 빼고 셋이서 삼등분을 한다. 중국애는 Joe에 붙어사는 처지라나. 집에 중국애 하나 있으면 여러가지 면에서 도움이 될 것 같기도 하다. 기숙사 2인실의 불편함에서 벗어나 이제 나만의 방이 생겼으니 우선 눈치 볼일 없어 편하고 좋다. 그리고 새집에선 오직 중국어만으로 대화를 해야 하니 이것도 공부에 도움이 될 듯싶다. 또 외국인들과의 동거라니, 유학 와서 해 볼 것은 다 해보는 것 같아 후회 없이 시간을 보낼 것 같은 느낌이다. 좋은 기회라 생각하고 새로운 생활에 기대를 해 본다.

오늘 이사다 뭐다 해서 관리실에 오가는 등 일련의 이사 절차를 밟게 되었는데 그곳에서 만난 직원들이 나를 중국인으로 착각, 조와 둘이 있는 자리에선 나한테만 계속 말을 걸어왔다. 그런데 아직 중국어가 워낙 서툴고 게다가 이 사람들 하는 말이 또 심한 쓰촨 사투리라 전혀 알아들을 수가 없어 그저 야릇하게 미소 지으며 조만 바라보았다. 이 녀석 상황 파악하고 관리소 직원들에게 나 역시 외국 사람으로 한국에서 왔다고 알려준다. 그러자 직원들이 놀란 눈으로 자기네랑 똑같이 생겼다며 조 보는 것보다 더 신기하게 쳐다본다. 베이징이나 상하이 또 동북삼성 지역엔 한국 사람들이 이전부터 많이들 몰려와 한국 사람들에 대한 이미지가 좋지만은 않다던데, 다행이랄까 청두에선 한국인이라서 대접 참 잘 받는다. 만났던 모든 현지인들이 늘 웃는 얼굴로 맞아주고 챙겨 주려고 들 해 가끔씩 내가 마치 한류스타가 아닌가 하는 착각에 빠질 정도이다.

'근데 조, 너 왜 그 직원들한테 나 중국어 못한다고 했어? 뭐라고 할 말 있으면 너한테 하라고? 같은 초급반 주제에 도토리 키 재기지.'

라오똥지에(노동절 5. 1) 일주일간의 휴식 그리고 고민

무후사 옆 골목. 서촉(西蜀)의 전통거리를 꾸며놓은 곳으로, 현대화된 청두에서 과거를 느낄 수 있는 곳 중 하나이다. 가끔씩 공연이 열리기도 하는데 그럴 때면 이 골목도 치사하게 입장료를 받는다. '이 문만 넘으면 무후사는 공짜다'

4월을 맞이하면서 날씨가 푹푹 찌기 시작하더니 5월 들어선 한국의 한여름 못지않은 무더위가 이어진다. 내복을 치마 밖으로 자랑스럽게 입고 다니던 중국 여인네들이 어느새 속옷이 다 비칠 듯한 완전한 노출을 일삼는 요즘이다. 공기가 별로라 좀 그렇긴 하지만 나처럼 나가 놀고자하는 사람들에겐 최고의 계절이 왔고, 한없이 그 꺼리들을 제공해주는 무한정한 매력이 있는 곳이 바로 이곳 청두라 하겠다.

중국 대륙이 들썩이기 시작했다. 대륙 3대 명절 중 하나인 라오똥지에가 시작된 것이다. 우리의 가장 큰 명절인 설날과 추석이 당일 포함해 앞뒤로 하루씩 3일을 쉰다면, 여긴 5월 1일 노동절(우린 근로자의 날, 사회주의국가라 그런지 노동계급에 대한 기념일이 최대 국경일이다) 당일부터 일주일씩 휴가를 맞이한다. 땅이 커서 그런지 사람이 많아서 그런지 노는 날까지도 이렇게 큰 차이가 있다.

긴 휴가를 받으면 정말 계절의 여왕이라 불리는 5월, 최고의 날씨에 최고의 기분과 추억을 만들고자 전국각지에서 인민들이 약속이나 한 듯이 동시에 봉기, 전국 사방각지의 명소로 발걸음을 옮겨 놓는다고들 하니, 진정한 중국을 느껴보고자 한다면 이 기간에 중국을 여행하길 추천한다.

나 역시 이 긴 휴가 동안에 여기저기 돌아다니고 싶은 마음이야 굴뚝같지만, 다른 계획을 짜 논지라 어쩔 수 없이 이번 여행은 포기했다. 절대 표구하기가 하늘에 별 따기라 포기한 것이 아니다(이미 표는 없다 암표 구하기가 하늘의 별따기) 어딜 가도 넘치는 사람들 때문에 제대로 된 관광을 할 수가 없어서도 아니다(명소구경이 아닌 중국 사람들 구경이란다). 또 여행 경비가 연중 최고 수준이어서도 아니다(성수기도 이런 성수기가 없다 이때만 피하면 최대 50%이상 아낄 수 있다) 이 기간 동안 여행했다 짜증 속에 안간 거 보다 못해서도 아니다(돈은 돈대로 쓰고 기다리는 줄은 왜 또 그렇게 긴지 땀 냄새에 56종족 각 특유의 냄새 그리고 살갗을 강하게 비벼대는 끊임없는 행렬들의 분비물 접촉은 여행의 매력인가?) 난 그저 미리 계획이 있어서 이 좋은 중국체험 기회를 어쩔 수 없이 애석하게도 그냥 보낼 수밖에 없는 것이다. 내 계획? 在家里休息(집에서 놀기)

요사이 생활패턴이다. 오전 학교 가기 전에 준비해온 강의 파일 하나 보고 수업 듣고 와선 한자 좀 보다가 숙제하고 운동 갔다가 저녁엔 매일 한국 친구들과 인생에 대한 토론에 주(酒)님과 함께 보내고 있다. 그래도 하루에 해야 할 일들은 해내고 있어 그나마 다행이지만, 매일같이 한국 친구들과의 모임은 조금 고민이 된다. 처음엔 의지가 되어 좋았지만, 어느 때가 되니 통하는 사람, 안 통하는 사람이 생기기 마련이고 그러다 보니 굳이 불편해하면서까지 만나야 하나 싶다. 중국 유학은 다른 곳보단 그래도 누리며 할 수 있는 외국 생활이다. 그런데 이 아깝고 소중한 시간을 스스로 불편하게 보낼 필요도 없고 또 본래의 의미를 찾고자 한다.

그래서 이번 휴일에는 일절 한국 사람들은 안 만나보기로 우선 작정을 했다. 친한 사람들한테는 좀 미안하지만 이 기간 동안 유학생활에 대한 고민을 조금 해보고 앞으로 후회 없이 보낼 연구도 하고 그간 밀린 공부도 할 참이다. 참 적절한 시기에 충분한 시간을 허락 받은 것 같다. 들리는 말에 이 긴 휴가동안 풀어질 데로 풀어져 더는 학교에서 구경 못할 人들이 왕창 늘어난다고도 하는데, 요사이의 위기를 넘기느냐 마느냐는 전적으로 이번 기간에 달렸다.

일주일의 휴식, 매일 밤낮 동포들과 어울리며 술에 빠져 지내다가는 그 누구의 터치도 없는 이곳에서 아주 자연스럽게 다음은 보장되는 것이다. 뭐? 저 앞에서 언급한 유학폐인.

앗! 교통사고

스치이위엔(시제7병원). 간호사는 모두 수다스런 아줌마에, 의사 선생님은 손을 벌벌 떨며 사투리밖에 할 줄 모르는 할머니뿐이었다. 사고로 절망스럽던 게 어째 이 병원에만 오면 또 이들로 즐거움이 생겼다. 그래도 두 번 다시 가고 싶지 않다.

끔찍스런 일이 일어났다. 수업을 마치고 촨따(川大 쓰촨대) 남문 부근 왕빠(PC방)로 향하던 중 마주 오는 전동 오토바이와 그만 정면으로 충돌하고 말았다. 순간 몸이 하늘로 솟구쳐 올랐고 그대로 얼굴부터 땅에 곤두박질쳤다. 순간 팔을 갖다 댔지만 바로 인중이 강하게 부딪혔고 이어 이마가 인도에 닿았다. 잠시 멍해지면서 눈이 떠지질 않았다. 이윽고 통

중과 뚝뚝 떨어지는 피를 보고서야 '아, 문제가 좀 심각하겠구나.' 하는 생각이 들었다. 정말이지 눈앞이 깜깜해졌다.

사람들이 어디선가 삽시간에 모여들어 나를 빙 둘러쌌다. 별로 없어 보이다가도 무슨 사고만 났다하면 눈 깜짝할 사이에 나타나 무리를 이루는 중국인들. 그간 남의 일이려니 했는데 그만 내가 그 원인 제공자, 주인공이 돼버렸다. 솔직히 아프면서도 무지 창피했다. 다들 뭐라고들 하는데 좀처럼 알아들을 수가 없었다. 뭘 어떻게 해야 할지 몰라 당황스러운데다 당장 아픈 게 문제였다. 다행히 몇몇 분이 상처도 닦아주는 등 도움을 줬다. 내게 핸드폰을 건네주며 엄마에게 전화를 걸라는 한 아주머니는 내가 한국 사람인걸 알고서 스스로 뒤처리를 다 해주셨다. 사고를 낸 아이가 도망가려는 걸 붙잡았고, 경찰을 불러주었으며, 사고경위에 대한 목격자 진술 등을 다 나서서 해주셨다. 멀리 타국에서 하마터면 큰 봉변을 당할 뻔했는데 고맙게도 끝까지 도와주셨다.

지금 내 모습은 인중과 콧대에 피부가 찢겨나가 실로 꿰맨 상태며, 당분간은 매일 통근치료를 받아야 하는 상황이다. 병원에 가니 말이 필요 없다. 그냥 바로 마취하고 꿰매 버리는 데야 어찌할 도리가 없었다. 분명 흉터가 질 텐데. 어쩌다 여기까지 와서 이런 일이 생기는지. 평소 조심성이 없었던 것이 죄라면 죄다. 제발 살이 잘 아물고 흉터가 남지 않아야 할 텐데 걱정이다. 팅팅 부어오른 얼굴에 미라가 따로 없이 만들어 놓은 붕대들. 참 인물이다 인물. 요놈의 사고 땜에 노동절 기간 내내 쉰 학교를 또 다시 한참을 쉬어야할 판이다. 한참 중요한 시기 수업을 못하게 돼 맘이 또 우울하다.

어젠 친절한 아주머니와 중국어를 잘하는 친구들이 도와줘 사고 후 처리며 병원에서의 치료 등에 별 무리가 없었는데, 만약 나 혼자였더라면 어떻게 됐을까? 이젠 생존을 위해서도 중국어가 필요함을 절실히 느낀다. 그리고 친구들 수고들 했다. 형이 다 낳으면 한턱 쏘마.

'중국어는 갑자기 무슨 놈의 중국어야. 아파죽겠다.'

사고 직후 바로 소식이 학교로 전해져 선생님들이 총 출동했다. 담임 선생님부터 외국인 유학생 총책임자 그리고 저 꼭대기 원장까지. 병원에 있는 내게 안부며 상황을 묻고 또 남은 수습과 마무리 문제까지 다 처리해주셨다. 특히 담임선생님은 진정 걱정과 염려에 수술(?) 꿰맬 때 아무도 못 들어오게 하는 병실에까지 따라 들어와 수술 끝날 때까지 내 손을 꼭 잡고 연신 괜찮아 하시면서 마치 엄마처럼 곁을 지켜주셨다. 참 감사했고 감동했다. 당연히 당신이 해야 할 일이라며 고마워하지 않아도 된다고 하시는데 교통사고 중에선 비교적 경미하건만(나에게 일어나 주관적 입장에선 경미하지 않지만) 이렇게들 나서서 챙겨주신다. 사고 후 집에까지 데려다주고(정말 내 나이가 몇 인지), 밥도 손수 지어주시고 면목없이 죄송하고 그저 감사할 따름이다.

우리나라에서 내가 이런 사고가 났다면 어땠을까? 대학 입학 전 이라면 담임선생 정도는 오실 수 있겠다 싶다. 그러나 학교 관계자들까지 이렇게 다 나서서 돕고 애쓰고 하는 모습은 상상이 되지 않는다.

중국, 오히려 지금의 우리보다 여기가 더 정이 있고 사람들이 따뜻하다는 느낌이 든다. 사고 후 우리 같으면 잠시 구경하다 그냥 지나쳤을 법도 한데 바로 사람들이 다가와 생면부지인 사람인데도 피를 닦아주고, 지혈해주고, 사고 해결을 도와주는 등의 모습 그리고 선생님들의 돌봄, 또 사고를 낸 그 아이의 라오반(사장님)도 정말 괜찮은 분이라는 생각이 든다. 라오반이 스스로 모든 것을 다 해결해 주겠다고 바로 나서는걸 보면서 이전 중국에 대한 이미지에서 확실히 벗어났다. 괜히 귀찮고 성가셔 그냥 잘라버리면 당신과는 전혀 상관도 없을 터인데 오히려 그 아이를 챙기고, 내게 죄송하다고 허리 숙여 사과를 하고, 최대한의 편의를 제공할 것이니 나보곤 열심히 치료만 받으란다.

이곳 청두가 대도시이긴 해도 사람들의 모습이 오랜 터를 잡고 살아온 듯한 여유로움이 묻어있는 정감 있는 시골 같은 느낌도 없지 않다. 사람 사는 곳은 다 똑같다. 중국에 와서도 이렇게 인간미 넘치는 것들만 경험하고 있지 않은가. 비록 지금 주사 맞은 엉덩이가 많이 아파 바로 눕지도 못하지만, 그래도 마음 한구석엔 훈훈함이 감돈다.

tip. 중국에서 살다보면 무법천지인 것 같은데 당연한 소리겠지만 여기도 법은 엄연히 존재한다. 사고가 터지면 무조건 법에 의해 처리를 한다. 이번 사고도 도로를 역주행 했기 때문에 일어난 것으로, 사고의 책임은 모두 상대방에게 있었다. 매사 공공질서를 준수해야 하는 게 당연한 도리. 고녀석 도망만 안 갈려고 했어도 아무튼 넌 괜찮아서 다행이다. 아, 난 이게 뭐야.

전화위복. 여자 친구가 한꺼번에 3명이나

맨 오른쪽 여인이 바로 병원에서 만난 엄마가 소개해 준 쓰촨 사범대생 구오징이다. 누군가 내게 그랬다 '중국에서는 통하는 얼굴' 이라고 '중국에서도'이겠지.

치료 3일째

주사를 맞고 엉덩이가 너무 아파 한참 벽에 기대 문지르고 있는데, 그 사이 한 아가씨가 역시 주사를 맞고 나온다. 많이 아픈 모양이다. 의자 끝에 살짝 걸쳐 앉아 나처럼 엉덩이를 연신 문질러댄다.

"니텅마? (아파요?)"

(고개만 끄덕끄덕)

간호원 아줌마들 총 출동

"어이, 한국 친구 아직도 아파?"

"당연하죠!"

"한국 사람 이었어요?"

치료 4일째

또 주사를 맞고 아파서 엉덩이를 문지르고 있는데, 간호사 아줌마가 나보고 어디가지 말고 잠깐만 있으라고 한다. 곧 나타난 한 중년 아주머니.

"잠깐만 기다리세요"

한참 누군가와 전화 통화 중 그리고 기다리는 나

"곧 우리 딸이 올 거예요. 한번 만나 봐요"

"네?"

치료 5일째

주사실 밖으로 다수의 사람들이 몰려든다. 한국 사람이 지금 주사 맞는다고 병원이 야단이다. '왜? 한국사람 엉덩짝은 특별한감?' 일부러 주사 맞을 때 아픈 척 오버하며 괴성을 질려봤다. 주사실 밖에선 웃고들 난리가 났다. 난 이렇게 병원에서도 사람들에게 웃음을 주고 있다.

"한국 사람이죠?"

"네"

"저 한국 엄청 좋아해요"

"몇 살이에요?"

"18살이요 그쪽은 19살이죠?"

"???" (캬캬캬)

오늘로 벌써 8일째다. 그동안 학교를 못나갔다. 상처 때문에 요즘 속 좀 끓이고 있다. 하필이면 얼굴일게 뭐람. 얼굴에 두 개의 보기 싫은 흉터가 생겼다. 의사선생님은 평생 흉터가 갈 거라고 하고 우리 담임선생님과 학교 한국 아줌마누님 통슈에들은 좋은 약이 있어 상처에 흉터가 남지 않을 거라고 한다. 걱정이다 공부하러 와서 이게 뭔 날벼락인지.

그런데 요사이 병원에 다니면서 신기한 일이 일어나고 있다. 그간 중국 친구가 3명이나 생긴 것이다. 모두 여자로. 병원에서 주사 맞다가 단지 한국 사람이라는 이유로 18세 고 3소녀, 21세 사범대학생, 24세 쓰촨 음대 교수 등과 뜻밖에 교류를 하게 됐다. 연락처를 주고받은 후 매일 연락하며 지내고 있다. 다들 한국 사람이라고 하니 굉장한 관심과 호의, 친절을 베풀어준다. 이젠 내 스스로 한류스타가 아닌가 하는 착각 속에 살아간다. 장동건 원빈? 여기선 내가 욘사마다.

고 3소녀와 사범대생 친구는 둘 다 본인보다 엄마들이 앞서서 소개해 주었다. 그리고 중국에 있는 동안 자주 만나길 오히려 바랬다. 모두 귀여워서 나야 좋은데, 생각지도 않은 인맥형성에 어리둥절스럽기도 하다. 특히 사범대생 친구는 엄마와 병원에서 며칠 주사 맞으며 알게 됐는데 아예 하루는 나를 자기 가게에 데리고 가 딸을 불러내더니 둘만 같이 밥 먹으러 가라며 적극적으로 자리를 만들어주기까지 했다. 특별한 다른 이유는 없다고 하며 웃는데 뭐가 뭔지 나야 감사할 따름이다. 그리고 오늘 함께 점심을 먹게 된 쓰촨음대 피아노과 교수 엔통. 성격 참 좋고 연락처 받은 이후 매일 두 차례이상 전화하며 관심과 안부를 물어오는데 나야 이렇게 적극적으로 연락해 주는 현지친구도 생겨 더 없이 좋다.

계절의 여왕 5월을 이렇게 사고와 치료로 다 보냈다. 화창한 햇살아래 얼굴 곳곳에 붕대와 반창고를 붙이고 다녀야만 하니 소 잃고 외양간 고치기라고 이제부터라도 조심 좀 하자. 사고 후 기분도 착 가라앉고 모든 게 절망스러웠는데, 생각지도 않은 곳에서 다양한 경험과 현지 친구들이 생겨 일종의 전화위복이 되었다랄까. 사고의 상처 속에서 위안거리들이 생겨 그나마 좀 낫다.

하오펑요우 엔통(내 친구 엔통)

웬 일본사람 흉내를 냈나 싶었는데 저게 바로 중국 한족 전통의상 치파오란다. 24살에 음대 교수를 하고 있는 엔통(피아노과). 비결이 학교 다닐 때 1등만 했다나 어쨌다나.

내가 먼저 전화기를 든 적은 없다. 수업이 끝날 무렵이나 하릴없는 저녁때면 'yantong' 이라는 발신자명이 어김없이 반짝거리며 내 샤우링 통을 자극한다. 이 녀석은 나에게 있어 친구다. 남자에게 있어 여자가 애인이 아닌 친구라면 그 의미를 다들 잘 알거라 본다. 많고 많은 친구들이 생기고 있는 요사이 엔통은 그 도우미 역할에 오늘도 충실하고 있다.

한번은 쓰촨 음대 앞에서 점심을 같이 먹게 되었다. 그런데 저쪽 테이블에서 밥 먹고 있는 귀여운 아가씨가 눈에 띄었다. 나는 엔통에게 "엔통, 좀 도와줘. 쟤 전화번호 따줘" 하며 졸랐다. 내 재촉에 못이긴 엔통. 본인이 그 학교 교수임에도 불구하고 한국 친구의 간곡함에 그대로 내 작업 도구가 되어준다. 그것도 본인의 제자들을 상대로.

'한 번의 작업으로 머지않은 훗날 뜻하지 않은 한중간의 복잡 다양한 인맥들이 형성되었으니, 이후 너의 마판(귀찮음)엔 내 상당히 뿌하오이쓰(미안스럽)다.'

또 한 번은 씨앙따의 DVD수리를 위해 그 무더운 날 AS센터를 찾아 나는 물론이고 엔통도 생전 처음으로 청두 끝 구석진 동네를 헤매고 다닌 적이 있다(중국 사람들도 첨보는 회사 제품을 대체 어떻게 구입했는지). 결국 후미진 아파트 단지 안 어느 가정집이 곧 AS센터였고, 한 달을 기다려 같은 제품 받을 건지, 돈 좀 더 주고 좋은 것으로 바꿔가라고 해서 두 번 다시 올 엄두가 안나 결국 70위엔 내고 새 걸 들고 돌아왔다(나중에 왜 그랬냐고 물으면 난 씨앙따를 천국으로 보낼 것이다). 모처럼 쉬는 날, 나 때문에 땡볕아래 온 종일 고생한 엔통, 모든 탓을 씨앙따에게 넘겨 난 당시의 화를 면했지만 끝까지 보여준 친절에 정말 고마웠다.

엔통이 그랬다. 중국 사람들에겐 러칭 [熱情. 우리말로는 깊은 정(情)]이 있어서 친구사이에서 도울 수 있는 것은 기꺼이 돕는다고 한다. 어째 한국에서 들었던 것들과 반대되는 중국의 연속이다. 그리고 점점 중국 남녀 사이의 하오펑요우(친한 친구) 문화에 적응이 되간다. 만날 나랑 놀면 애인이 기분 나빠하지 않냐는 내 말에 "전혀"라며 애인과 친구는 별거이고, 서로의 삶은 그대로 존중한다는 엔통의 말. 아직도 고지식한 사고의 틀에 박혀 있던 내게 중국 처녀 엔통이 기어이 카운터펀치를 날린다. 중국 젊은이는 21세기인데, 한국 수컷인 나는 아직도 19세기에 살고 있다.

얼통지에(6.1 중국 어린이 날) 중국 싫어!

무슨 날인가. 시끌시끌 어딜 가나 애들 천지에 거리며 가게며 온통 장난감 밖에 눈에 안 띤다. 오늘이 바로 중국의 어린이 날이다. 우리와 마찬가지로 각종 선물에다 여기저기 놀러가고 아이들이 하고 싶은 데로 마음껏 하며 보내고들 있다.

'평소 눈에 가시 같은 존재 어린이들, 오늘을 맞아 내 확실히 밟아주겠어.'

중국 정부의 1가정 1자녀 정책으로, 각 가정에서 아이들이 곧 가족의

오리에타. 중국이름은 신모리. 초급1반 통슈에로 쿠바사람이다. 나이는 21살, 벌써 결혼을 했다. 그것도 중국인과. 내게 에드와르도(영어로는 에드워드)라는 스페인이름을 지어줬고 매일 볼에 뽀뽀 하는(쿠바식 인사)사이가 됐다.

전부가 되었다더니 진짜 황제 공주가 따로 없다. 그런 게 정말 눈에 훤히 보인다. 하나밖에 없는 자식을 위해서 부모는 모든 것을 해주려고만 하고 특히 조부모들의 손자사랑은 이미 그 도를 넘은 듯싶다. 자식의 잘못에 부모가 좀 꾸짖으려 해도 할아버지 할머니가 나서서 무조건 손자를 감싸니 어려서부터 싸가지에 문제가 생겨가고, 갖고 싶은 건 어떻게 해서든 손안에 들어오니 이 녀석들 기세가 장난이 아니다. 게다가 서로간의 경쟁이 되니 이건 우리보다 더 심해 보인다. 중국 친구들 자신들도 그렇게 자라놓고 마치 남 이야기하듯이 한마디씩 하는데 진짜 메이리마오(예의 없이 기른다) 한다고들 한다. 이 친구들 다른 건 몰라도 중국의 자녀교육 문제만큼은 인정한다. 이곳에서 매일 생생하게 목격하는 한 가지만 봐도 쉽게 상태가 짐작이 된다.

특히 하교시간 초등학교 교문 앞을 보면 정말 가관이다. 자전거, 오토바이, 자동차를 끌고 온 엄청난 인파가 항상 장사진을 이루고 있다. 처음엔 학교에서 무슨 행사가 있나보다 했다. 그러나 매일 계속되는 걸 보고서야 그제야 깨달았다. 다들 어린 황제를 모시러 나왔다는 것을. 대부분 할아버지, 할머니들인데 손자 나오는 걸 보자마자 가방부터 받아들고 애를 태워서 심지어 등에 업어서 돌아들 간다. 몇몇 아이들은 오늘 뭔 안 좋은 일이 있었는지 가방을 냅다 땅에 확 집어 던지고 툴툴 거리며 그대로 걸어가고 할아버지는 그걸 집어 툭툭 턴 다음 서둘러 아이를 쫓는다. 어느 학교 앞을 가나 꼭 이러는 놈이 있다.

나날이 대륙을 덮어가는 인구의 증가에 중국정부가 1가정 1자녀 정책을 야심차게 밀고나가는 모양인데, 그 이면의 문제들까지는 예상하지 못했나 보다. 소황제, 소공주 곧 중국의 중심축이 될 세대들, 그리고 다음 세상의 중심이 되고자 하는 중국. 앞으로 뭔가 불길한 징조가…….하여간 어린이들 날 슈슈(叔叔, 아저씨)라고 부르는 것부터가 정말 맘에 안 든다.

기왕 말나온 김에 좀 더. 오늘 드디어 난푸진에서 한미중 3국 전쟁이 시작됐다. 그간 미중의 횡포에 조용히만 지내던 한국인 2명이 드디어 폭발을 한 것이다. 지네들 애정전선에 문제가 생겼으면 알아서 주위에 피해 안 가게 해결들 해야지 이것들이 매일 꼭 새벽 3,4시경에 온 동네를 떠나보낼 듯 지랄발광들을 떨어댄다. 그간 옆집은 물론이고 관리실 직원 총 출동이 한두 번이 아니었다. 그래서 조용히 좀 살자고 딱 한마디 했다. 그랬더니 중국女, 돈 한 푼 안내고 얹혀사는 주제에, 지 집에서 지 맘대로 하는데 뭘 잘못했냐고, 大家里에 피도 안 마른 게 입에 거품을 쏟아내며 달려든다. 그리고 어리바리 미국男, 매번 내게 달려와 저 중국女 자살하려고 한다, 뛰어내리려고 한다, 약 먹으려고 한다, 좀 말려달라고 매일 안달이다. 그간 쫓아내고 데려오는 생쇼를 반복하다 이번엔 자기도 질릴 데로 질려 확실히 쫓아버렸으니 이제 우리 세 명의 삶은 평화로울 것이네 해 놓곤, 다음날 학교가자고 방에 가보면 어느새 새벽녘에 쫓아버렸던 그女와 홀딱 벗은 꼬라지로 내가 있는지 없는지도 모르고 잠에 떡져 있다. 이런 dog들.

엊그제 식당. 음식에서 손톱이 나오고, 면에서 기다란 비닐이 나오고, 머리카락이 쏟아지는데도 미안하다는 말은커녕 '왜 그런 걸 따지냐'는 표정의 종업원들. 가서 이런 일이 생겼다고 사장한테 알리고 이럴 땐 '미안합니다' 부터 하라고 했더니 못내 싫은 표정으로 "미안해요" 툭 내뱉는다. 사장은 또 저만치서 우리를 힐끔 쳐다보더니 종업원에게 한마디하고 사라져버린다. 종업원왈 "그래서 당신들이 원하는 게 뭔데요? 다시 갖다 줘요 아님 이거 공짜로 해달라는 거예요?" 더 이상 할 말도 없고 바로 계산하고 나왔다.

'내가 진건가.'

작업의 거리 춘시루

청두의 중심쇼핑가 춘시루(春熙路)
상당히 넓은 면적에 일본 백화점을 비롯해 수많은 쇼핑몰과 다양한 상점들이 엄청나게 들어서 있다. 그래서 젊은 여인들이 많다. 청두의 패션은 여기서부터.

"여기 장나라가 납셨다"
"하하하 여긴 문근영이다"
12시 수업이 끝나면 우선 마땅히 할 일은 없다. 온전히 자유로운 나날의 연속이 바로 중국 유학이다. 물론 수업도 그다지 부담이 되지 않는다. 여유와 활기 속에서 넘쳐나는 시간들을 최대한 즐길 궁리만 한다. 오늘도 춘시루에 나선다.

춘시루 저 끝 마오쩌뚱 조각상을 돌아가면 (짝퉁) 스포츠용품 거리가 있다. 정말 할 일 없어 돌아다니며 눈이라도 구경을 하고플 땐 이 거리들을 돌아보는데 여기서 뜻하지 않게 장나라를 만나게 되었다. 짝퉁 장나라.

본명 리우텅(劉騰, 20살 대학생 성악 전공). 친구가 하는 가게에 놀러왔다가 한국男의 작업에 기다렸다는 듯이 전화번호를 건네준다. '앗싸, 점점 능숙해지는 나의 문자실력이 또다시 발휘할 때가'

거리 이곳저곳을 거닐다 또는 맥도날드나 커피숍 같은 데서 좀 쉴 때 주위에 괜찮은 여성이 눈에 띄면 용기가득 기세백배로 돌진을 하고, 결과는 거의 100% 성공률로 새로운 인맥이 형성되어간다. 한국에선 해본 적도 없는데 여기에 와선 외국이라는 데 우선 얼굴에 철판이 깔리고 또 너무 잘 받아주니 이젠 당당함을 넘어서 서로 지존을 다툴 지경이다. 지존? 우리끼리 하는 말 '칭원이시아(실례합니다)' 의 지존.

상대방들이 스스럼없이 받아주고 또 한국인이라는 걸 아는 순간 오히려 그쪽에서 더 큰 관심을 보여주니 작업에 별다른 기술 같은 건 필요가 없다. 바로 연락처 주고받고 문자질에 이은 만남약속 그리고 잦은 교류 그것이 이곳에서 재미있게 넓혀가는 인맥의 한 형태라 하겠다. 그렇다고 이상한 짓(?)은 하지 않고 있으니 오해는 사절 단지 한류(韓流)에 살짝 편승해 쭉쭉쭉 거미줄을 뿌려대고 있다고나 할까. 이렇게 만난 중국 친구들을 각자 모임에 데리고 오고 소개하고 소개받다 보니 인맥 형성이 어느덧 중국 대륙만큼 넓어졌다.

중국에서도 특히 이곳 쓰촨이 미녀의 고장이라고 한다. 사실 돌아다니다 보면 정말 눈 돌아가게 예쁜 여인들이 많다. 겨울철 해 구경을 못한다는 게 오히려 피부에 좋은 효과를 준다나. 현대 중국 미녀의 집합소, 작업의 천국 쓰촨 청두.

'앗, 문자왔다! 여기까지만.'

충격! 사라진 만두집

텍사스. 촨따 서문 근처의 레스토랑. 분위기도 좋고 가격도 무척 싸다. 맥도날드보다 더 싸고 맛있고 무엇보다 푸짐하다. 중국에선 이렇게 누릴 수 있는 여유가 존재한다.

'엥?

'만두집 어딨어?'

'웬 공터?'

'저 담들은 또 뭐야'

며칠 운동을 게을리 하느라 만두집에 발길이 뜸했는데, 그새 스푸고 시아오핑이고 식당 자체가 사라져버렸다. 휑한 공터로 변해버린 만두집. 도대체 무슨 일이 있었던 걸까? 시아오핑한테 바로 전화를 했다.

"시아오핑 나야 츄엔"

"응 니하오"

"니하오고 뭐고 가게가 없어졌다."

"응, 어쩌구 저쩌구……(이후 알아들을 수 없음)"

"어디야?"

"지우엔치아오 근처 어쩌구 저쩌구(또 알아들을 수 없음)."

운동도 때려치우고 바로 지우엔치아오(九眼橋. 쓰촨대 동문근처의 다리)로 향했다. 이 쪽, 강 건너 쪽 몇 바퀴를 돌았는지 모르겠다. 아무리 찾고 찾아도 시아오핑은 보이지 않는다. 도대체 어디에 있단 건지. 아직도 중국어가 한참 부족해 전화상으로는 역시 의미파악이 잘 안 된다. 시아오펑이 뭐라고 했는지 모르겠다. 다시 전화를 해볼까 하다 그냥 다음으로 미뤘다. 왠지 느낌이 그렇다. 다시는 그 고소한 옥수수 만토우는 못 먹을 거 같은 예감이, 다시는 만두집 식구들을 못 볼 것 같은 그런 불길한 생각이 든다. 대체 무슨 일이 일어난 거야.

주위를 둘러보니 여기저기 죄다 공사판이다. 기숙사 옆에도 아파트 단지가 들어서려는지 자고 나면 한 층씩 올라간다. 뭔가 다 바뀌는 느낌이 든다. 점점 새것들이 옛것들을 몰아내고 있다. 타이머에 울리는 벨로 항상 빠르고 정확히 튀겨 낸 맥도날드의 포테이토가 장작불의 찜 솥에서 모락모락 서서히 익혀낸 빠오즈를 밀어내고 있다. 만두집 옆의 햄버거 집은 찾는 사람들로 미어터지건만 우리 만두집은 목이 미어터져라 불러대도 찾는 사람들이 별로 없었다. 결국 이렇게 갑작스레 자취를 감춰버렸구나.

자전거 잃어버려 다시 구입할 때 자기가 사면 싸게 산다며 장물시장에서 미리 기다려주기도 하고, 때때로 밥도 주고 중국어도 가르쳐주며 스스럼없는 친구가 되었는데, 동글동글한 얼굴에 항상 싱글벙글 미소를 띠던 우리 스푸 어떻게 지내고 있을까? 다들 어디로 갔을까?

'스푸는 내가 부적 줬으니까(빳빳한 한국 돈 1000원 권 세장을 주었다. 1000이란 숫자에 다들 얼마나 놀래고 좋아하던지) 분명 어디서건 잘 될 겁니다. 나중에 내가 꼭 찾아갈게요.'

안 되겠다. 한 바퀴 더 돌아봐야겠다.

한국 VS 미중연합군

사건의 전말은 이렇다. 개가, 미국男과 중국女가 기르던 개가 7층 난간에서 떨어져 죽었다. 아니 더 자세히 말하자면, 그동안 기르던 개가 아니라

한때는 평온했다 서양친구들 불러 파티란 걸
해본적도 있었다. 그런데 이 사진엔 서양사람
이라곤 내가 젊은이라고 부르는 독일 친구
한 명밖에 없네.

새로 사온 지 3, 4일쯤 되는 개가 떨어져 죽은 것이다. 그렇다면 그동안
기르던 개는 어디 있는가? 글쎄 그건 모르겠다. 왜? 미국男과 중국女가
무슨 피부병에 걸렸다고 바로 내다버리고 왔으니까.

엊그제 집에 와보니 뭔가 좀 이상했다. 누렁이가 점박이로 변해있었으
니까. 나는 처음에 원래 기르던 개를 염색해 논줄 알았다. 결국 진상을 다
알곤 나와 현등이가 어떻게 기르던 개를 그렇게 쉽게 버리냐고, 그리고
아무렇지도 않게 바로 사올 수가 있냐고 한마디씩 해주었다. 돌아오는
대답이란 앞으로도 병에 걸리면 무조건 다 내다 버릴 거란다. 그리고 자
기네 강아지 자기네 마음대로 하겠다는데 무슨 상관이냐는 것이다. '이
런……' 너희들 맘대로 하라고 대신 너희들로 인해 두 번 다시 생활에 불
편을 겪는 일이 생기면 그 땐 정말 가만히 안 있을 것이란 말을 남기고 그
렇게 냉전을 선포했다.

그런데 그 개가 죽었단다. 그런데 현등이가 알려주길 내가 집어던져
죽였다고 했다는 것이다 내가. 이런 美親줄은 내 진작 알았지만 대체 저
런 생각은 어디서 튀어나오는 것일까. 같은 인간이란 종이 맞는지 의심
스럽다. 그래서 오늘은 폭발을 해야만 한다. '너넨 오늘 다 죽었어'

미국男과 중국女를 불러놓고 마음껏 퍼부었다. 물론 한국말로. 맘 같
아서야 정말 죽기 전까지 패고 싶었지만 그럴 수는 없는 거고 그간 쌓였
던 것들을 다 쏟아냈다. 상황으로 봐선 이제 두 번 다시 말썽을 일으킬 것
같다. 미국男이 그런다.

"그동안 너희들은 문제가 생기면 조용히 앉아서 얘기하곤 했는데 오늘은 왜 이렇게 달라? 전혀 다른 사람 같아."

아직도 이 녀석은 상황 파악이 안 되는 중이다. 중국 와서 별 경험을 다 하고 있다. 외국인들하고 같이 살아보는 것 물론 괜찮지만, 돌i는 절대 안 된다. 미국에서 유학경험이 있는 여기 유학생이 말하길 미국 사람들은 문제가 생겼을 때 그때그때 확실히 말을 해줘야 한다고 했다. 말이 없으면 그래도 괜찮은 걸로 생각을 한단다. 그게 말이 되나 사람으로서 최소한의 예의와 상식이 있지 그게 땅이 다르다고 몸뚱이 색깔이 다르다고 그런 것도 모를까.

모든 걸 뒤집어 버린 후 현등이와 내 방에서 다음 작전을 짜고 있는데 얹혀사는 중국女한테서 문자가 왔다.

'너희 세 명은 항상 사이가 좋았는데 이렇게 된 건 다 내 잘못인 것 같아. 내가 여길 떠날게. 다시 너희끼리 잘 지냈으면 좋겠어.' 곧바로 답장을 보냈다.

'그래 떠나라'

이후 한동안은 조용했다.

경찰, 나를 연행하다

"찡차 찡차 (경찰 경찰) 저 놈이 날 팼어"

1교시가 막 끝난 쉬는 시간. 유학생들이 로비에 모여드는 그 한가운데서 중국 경찰이 나를 붙들었다. 당황하지도 놀라지도 않았다. 왜? 눈앞에 저 미국X와 중국X가 보였으니까. 단지 여기 모인 사람들이 경찰에 이렇게 붙들린 날 어떻게 바라볼까 하는 이런 쪽팔림이 견디기 힘들었다. '이건 또……'

중국의 택시. 처음엔 운전석을 보호하는 철장
이 가득했는데 요사인 많이 사라졌다. 대신 카
메라가 설치돼 승객을 실시간으로 찍어대고
있었다. 아직도 택시강도가 많은 모양이다.

난 이것들이 얼마 전 일로 반성을 하는 줄 알았다. 집 안이 조용해지고 더 이상 문제가 생기지 않았으니까 말이다. 단지 집 안의 물건들(주방용품이라든가)이 하나하나 사라진다는 게 요상하긴 했으나 제것들 챙기나 보다 했다.

또 사건의 발단은 이렇다. 미국男과 중국女가 이사를 갔다. 계약기간이 이제 약 2, 3주 남았는데 어차피 함께 연장할 일은 없을 테니 그간 먼저 조용히 이사를 한 것이다. 문제는 돈 문제였다. 전기세고 수도세고 아파트 관리비고 이제 마지막 정산을 해야 하는데 자기들은 이사를 했으니 남은 우리 둘보고 다 계산을 하라는 것이다. 맞는 말일 수도 있고 사이에 따라서 그렇게 해줄 수도 있었다. 그러나 그간 보인 행태 때문에 절대 그렇게 해주기 싫었다. 내 주장은 이랬다. 그간 4명이 살았음에도 3명이서 모든 걸 삼등분해서 냈으며, 또 실질적으로 집에서 산건 네놈들 두 명이었다. 알다시피 나와 미스터태극권은 아침에 나가 밤늦게야 돌아온다. 그간 집에서 밥을 해먹건 에어컨을 24시간 풀가동 했든 간에 그동안 삼등분에 이이를 달지 않았다. 왜? 그렇게 애초에 약속을 했던 것이니까. 그런데 너희들은 며칠 먼저 나가면서 빠지겠다고? 우리 둘보고 알아서 하라고? NO! 였다.

또 내 방 벽 문제. 내가 벽에 붙인 사진을 떼면서 페인트가 좀 벗겨졌다. 그래서 그것을 물어줘야 하는데 중국애가 터무니없는 가격을 내 놓으란다. 그래서 난 빵동(집주인)과 직접 해결을 보겠다고 했다. 정말 이

걸 끝으로 상면자체가 없이 지냈는데 오늘 갑자기 경찰이 학교에 들이닥친 것이다.

어의도 없고 그냥 헛웃음만 나왔다. 모든 상황을 담임선생님과 경찰 그리고 나도 알게 됐다. 경찰에 신고 들어온 건 내가 둘을 죽이려고 해서 그간 극심한 공포 속에 살았고, 집안의 모든 책임을 자기들한테 모두 떠넘겼다는 것이었다. 그렇게 말하는 경찰이 날 보고 웃고 나도 어이가 없어 웃었다. 학교로 경찰을 부른 것 자체에 담임선생님도 어이가 없어했고, 경찰은 경찰대로 자기가 여기 왜 있는지를 모르겠다며 그냥 그대로 가버린다. 난 저 중국X가 엄마뻘 되는 선생님께 막 대드는 걸 보고 끓어오르는 분노와 그저 선생님께 더없이 너무 너무 죄송할 뿐 이었다. 온갖 조롱을 퍼붓는 미국X에게 참지 못하고 가슴으로 살짝 밀쳤더니 바로 '경찰 경찰'을 부르며 내가 팼다고 경찰을 향해 달려간다. 세상이 노랗다.

결국 경찰소동은 이렇게 끝이 났다. 문제는 해결됐지만 달라진 건 하나도 없다. 그래서 더 화가 난다. 이 XX들이 무슨 짓을 하고 다니는지. 이번에도 애써 주신 선생님. 뭐라 드릴 말이 없다. 지난 번 사고 때도 담임선생님께 신세를 많이 졌었는데 이번엔 학교에 경찰까지 오게 만들었다. 이유야 어쨌건 나와 관계있는 일이니 선생님께 정말 면목이 없고 죄송스러웠다.

여름이 빨리 지나갔으면. 무더운 청두. 별의 별 일들로 몸도 마음도 푹 쳐져만 간다.

중국집에 가다

"여보 와서 좀 거들어요"
"네"

무후사 맨 안쪽의 공연장. 베이징에 경극이 있다면 청두엔 촨극이 있다. 역시 일품은 얼굴 바꾸기(변검). 가끔은 아무것도 모르고 왔다가 시간대 맞아 운 좋게 구경도 해본다.

잠시후...

"여보!"

"알았어요. 지금 가요"

중국집. 중국에 있는 집이면 다 중국집 아닌가? 우린 중국집하면 중국요리집을 말하는데 하긴 나도 중국에서 중국 사람집에 가서 중국요리 먹었으니 어쨌든 이래저래 중국집에 간 거네. 괜히 복잡하게 말해봤다. 근데 우린 레스토랑이라 그러지 서양집이라고 하지 않고, 스시집이나 일식집이라고 하지 일본집이라고 하지 않는데 왜 중국 요리집만 유독 중국집이 됐을까?

엔통이 전화로 불렀다. 예전 씨앙따 DVD 땜에 고생했던 그 동네에 다시 갈 일이 생겼단다. 알고 보니 그 동네에 절친한 친구가 살고 있었단다. 그래서 오늘 같이 점심식사를 하기로 했다는데 나보고 같이 가잔다. 특별한 일도 없는 요즘(너무 특별하게 살고 있어 뭔 사건이 없으면 이제 그게 이상할 지경이다) 중국 현지인 집에 가보게 된다는 게 우선 좋아 무조건 오케이 했다. 근데 몸이 좀 으슬으슬.

"엔통아. 나 뭐 물어봐도 돼?"

"응 뭔데?"

"넌 왜 겨드랑이 털 안 밀어? 중국여자들 다 그런 것 같은데"

"그걸 왜 밀어?"

"한국에선 여자들이 보기 싫다고 다들 밀고 다녀"

"한국 여자들 이상하네."

"보기 안 좋으니까 너도 밀어"

"됐어. 이거 밀면 건강에 안 좋아. 바보 같은 소리 하지마. 한국 참 이상하네."

예전부터 가슴속에 꽉 찬 궁금함을 드디어 쏟아 부었다. 결론은 문화차이였다. 그리고 오히려 겨드랑이 털을 미는 고국 여인들을 이상하게 생각한다는 것이었다. 엔통의 말을 그대로 받아들이기엔 아직도 내 머리는 딱딱하게 굳어있는 것만 확인한다.

'여름이라고 치마 짧아졌다 좋아했더니 생각지도 못한 데서 이거 연일 충격이네' 버스 안, 손잡이를 잡느라 당연히 훤히 들어날 수밖에 없는 대륙여인들의 겨드랑이 그것들. 정말 적용할 수 있을까?

찜통더위에 버스를 타고 또 한참을 갔다. 괜히 간다고 한 거 아닌가 싶다. 열이 점점 올라온다. 엔통은 그런 나를 보고도 무조건 괜찮다고만 하고. '이런 남은 죽을 거 같은데 전혀 아무렇지도 않다니 대체 왜 날 끌고 가려는 거여? 옛날 복수 하려고 그러는 거여 뭐여? 하려면 씨앙따한테 해야지. 응?

도착했다. 여기는? 신기하다 그때 그 AS지점이 있던 바로 그 아파트단지다. 그날의 고생 다시는 올일 없을 거라 했던 여길 또 오게 될 줄이야.

초인종을 누르자 문이 열리기가 무섭게 날 향해 뛰어나오며 내 품에 안기는 집주인...이 기르는 무지막지하게 큰 개들 그것도 무려 세 마리. 안 그래도 힘없는데 내 키만 한 개들이 날 올라타고 밀어대고 핥아대고 난리가 아니다. '와, 이렇게 환영을 받는구나. 개들한테'

주인 양반의 제지로 이제 좀 개들이 얌전해 졌다. 웬 어른 키만 한 큰 개를 그것도 세 마리나 기르는지. 이것들 똥 치우는 것도 여간 큰 일이 아니겠다. 침은 또 왜 저리 많이 흘려대는지 '저리가란 말이야'

여긴 대략 30여 평쯤 되는 곳으로 역시 바닥은 타월이 깔려있다. 우리 같은 온돌 장판 문화가 아닌 중국은 일반 가정집 거의 대부분이 이렇게 큰 타월로 바닥을 깐다. 침대문화라 그런지 겨울철 난방도 우리처럼 바닥을 데우는 게 아니라 공기를 데우는 스팀형식이다. 얼마 전까지 살았던 난푸진 아파트는 나무바닥이었지만 같은 아파트라 할지라도 집집마다 다 다르다.

한눈에도 좀 사는 것 같다. TV도 크고 소파도 좋고 오디오도 좋고 피아노도 큰 게 있고 있을 건 다 있는 집이다. 그런데 엔통의 친구는 누구지? 아저씨는 30대 초중반으로 보이는데 혹시 부인과 친군가? 7살짜리 딸이 하나 있는데 설마? 중국은 친구라는 개념이 나이와는 상관이 없다.

오늘도 최대로 더듬이 세워 상황 파악에 나섰다. 중국의 중산층 가정집에 온 듯 했다. 내게 먼 길(?) 오느라 수고했다며 물 한잔 건네는 귀여운 딸아이. 근데 물이 뜨겁다. 우리 같으면 여름철 손님이 오면 시원한 냉수나 주스, 음료수를 먼저 내 올 텐데 여기 중국은 어딜 가나 뜨거운 물을 준다. 무더위에도 말이다. 자기들은 냉수를 우리 한국 사람처럼 마셔대면 바로 배탈이 난다나 어쩐다나. 식당에 가도 냉수를 주는 일은 거의 없다 아니 아직까지 한 번도 없었다. 기본적으로 마시라고 주는 것은 다 뜨거운 차(茶). 중국 사람들 아니랄까봐 여기선 차 마시는 게 우리 물 마시는 것과 같다(괜히 찬물 달라고 했다간 자칫 수돗물을 내올 수도 있으니 조심. 물이 마시고 싶으면 한 통 사먹는 게 제일이다). 워낙 기름을 많이 먹어대고 있으니 차를 그만큼 마셔주는 것이겠지만, 아무튼 오늘도 펄펄 끓는 날씨에 컵라면에 부으면 딱 좋을 물을 받아들게 됐다. 이게 중국식 최대 친절의 표현이란다. 문화가 다르단 말. 몸에 열은 계속 올라만 간다.

우리 집주인 양반 내게 할 말이 뭐 그리 많은지 쉬지 않고 떠들어댄다. 늘 처음 사람 만나면 주고받는 인사말부터, 묻지도 않았는데 자기가 뭐하는 사람인지 또 그 일에 대한 설명 그리고 결국 부인과 어떻게 만나 오늘에 이르게 되었는지까지. 꽤 오래전 일이 문득 떠오른다. 시골 집 마당에 가만히 서 있는데 별안간 흙먼지 회오리가 일더니 내 몸을 마구 휘젓고 쑥 지나간 적이 있었다. 그 때와 똑같은 느낌이 지금 드는 이유는 무엇일까? 왜 내 컨디션이 이렇지. 같이 웃고 떠들고 해야 하는데 모든 게 귀찮아진다. 이러면 안 되는데 몸에 기운이 없다.

엔통이 날 살렸다. 주인양반 이제 엔통에게 화살을 돌린다. 자기 집 피아노 좀 봐달란다. 소리가 괜찮은지 문제는 없는지. 오늘에야 난 비로소 엔통을 다시 보게 되었다. '맞다. 엔통은 피아노과 교수지'

피아노 치는 솜씨가 보통이 아니다. 한참 건반을 쉴 새 없이 눌러대더니 별 이상이 없단다. 엔통 피아노 치는 거 처음 봤다. 전에 연주회 초대 받고도 가지 않았는데, 직접 눈으로 보니 사람이 달라 보인다. 다음엔 꼭 가야지(불러 줄까? 미안해 엔통).

곧이어 비디오 감상이 이어졌다. 시립합주단처럼 보이는 꽤 그럴싸한 연주회를 캠코더로 찍은 거였다. 저기서 바이올린 연주하는 사람이 바로 주인양반 자신이란다. 그리고 첼로를 켜고 있는 분이 바로 엔통의 아버지고. '아, 그랬구나.' 엔통이 왜 피아노를 배우게 되었는지 그리고 이 사람과는 무슨 관곈지 그 한마디에 정리가 됐다. 엔통의 아버지는 현재 충칭에서 여전히 음악활동을 하고 계신단다. 집주인은 음악일은 그만두고 홀로 홍콩에 가서 호텔 지배인을 하고 있고 지금은 휴가 중이라 이렇게 집에 왔다고 했다. 바로 노트북을 꺼내더니 인터넷으로 자기네 호텔 홈페이지를 연결해준다. 그런가 싶더니 바로 사진 폴더에 들어가 자기 아내 사진만 엄청 보여준다. 아무래도 자랑하는 것 같다. 부인이 정말 예뻤다. 부인은 지금 주방에서 한참 음식을 만들고 있다. 주인양반이 주방에 다시 불려 간 사이 난 잠시지만 해방됐다.

드디어 식사시간. 식탁에 앉아 각종 중국 음식을 맛보게 되었다. 중국 음식하면 짜장과 짬뽕이 대명사인데 이곳에 직접 와서 보니 비슷한 건 탕수육 하나 밖에 없고, 이름은 같아도 모양이나 맛은 전혀 달랐다. 또 어느 식당에 가도 깍두기는 그렇다 처도 단무지 한쪽도 구경 못했다. 우리나라 중국집은 중국에서 온 게 아니라 일본에서 왔다는 말을 얼핏 들은 기억이 스친다.

아무튼 중국 가정식 백반을 제대로 맛볼 수 있었다. 고기고 생선이고 야채고 할 것 없이 전부 기름에 볶거나 데쳐 나온다. '이 사람들은 기름 없인 못 살겠구나.' 슈퍼에 가서 식용류 통들을 보면 우리나라와는 그 크기부터가 차원이 다르다. 이게 정말 일반 가정집에 파는 것들인지, 업소용만 모아났나 했는데 이렇게 직접 요리하는걸 보니까 이해가 간다. 끝으로 목을 적신 탕까지 온통 기름이 둥둥 떠다니는 중국 음식, 물론 정말 맛있었다. 애도 아닌데 많이 먹으라고 내 접시에 이것저것 열심히 담아주던 집주인양반 참 다정한 분이다. 다만 식사 시간 내내 날 소외시키기로 작정을 했는지 아직 푸통화(표준어)도 제대로 못하는데 아예 쓰촨 사투리로만 대화를 해서 많이 외로웠다. 게다가 엔통이 그동안 내가 장난쳤던 일들을 다 까발려 몸도 안 좋은데 안 되는 중국말로 해명하느라 그게 또 엄청 힘들었다.

생각지도 못했던 만찬에 감사를 하고 현지 사람들 사는 모습을 보게 돼 즐거운 하루였다. 돌아가는 길 정류장까지 다 따라 나와(개들도) 배웅을 해주며 안 보일 때까지 손을 흔들어주던 이 분들. 엔통 말대로 중국 사람들에겐 러칭(情)이 넘치는가 보다. 돌아오는 버스 안에서 문득 몸이 개운해진 걸 느꼈다.

"엔통아. 나 이제 괜찮은 것 같아. 감기가 아니라 그냥 배가 고팠었나봐"

부자동네 쫑화위엔(中華院)엔
한국인이 가득

날씨 좋은 날 쓰촨대 옆 망강공원 망루에 올라 찍은 사진. 청두를 그렇게 쏘다녀봤지만 언덕은 커녕 오르막도 단 한번 보질 못했다. 끝없이 평(平) 평(平) 평(平)한 이곳 쓰촨분지. 아무리 둘러봐도 산의 형상조차 보이질 않는다. 그 험준한 산들 사이에 이런 대평원이 펼쳐져 있다.

쓰촨대 남문을 나와 쭉 내려가면 뜬금없이 서울의 강남이 펼쳐진다. 잘 닦인 한적한 거리와 그 거리를 메우고 있는 명품점들. 그 뒤로는 복층 복복층의 초호화 아파트들이 뽐내듯 솟아있다. 좀 더 안쪽에 아스팔트 아닌 빨간 벽돌이 깔린 도로가 쭉 펼쳐지는데, 그 길 양쪽으로 전원주택 비스무리한 동네가 또 자리하고 있다. 바로 이곳이 대표적인 청두의 부자동네 쫑화위엔이다. 여기서 사진 찍으면 영락없는 유럽이란 말이 나올 정도로 중국색이 없고 동네가 우선 공기부터가 다르다. '여기도 청두가 맞나?

부러움 가득 받았던 난푸진도 주위에선 빠지지 않는 아파트인데 이곳과 비교해보니 살짝 부끄러워진다. 우선 집값부터 차이가 확 난다 최소 3배. 주재원 부인인 우리 반 큰누님, 나 살던 곳에 문병 차 오셨을 때 내가 좀 뻐기며 난 유학생활 너무 호화롭게 하는 것 같다 그랬더니 픽 웃으시며 이게 호화로운 거야 했었다. 여기오니 그 의미를 알겠다. 이곳에 누가 사는가 하면 당연히 청두 현지부자들이 살고 있고 거기에 많은 외국인들, 대부분 파견근무자들이 이곳에서 생활하고 있다. 물론 그 외국인중 상당수는 역시 우리 한국인이다.

청두 쓰촨대학 한어반의 특징이 있다면 아줌마 큰 누님들이 많다는 것이다. 그분들이 중국에 온 이유는 이곳에 한 3,4년 파견을 받은 남편들을 따라 온 것이다. 가족들이 전부 이곳으로 넘어와 생활들 하고 있는데, 그분들의 삶을 보고 있노라면 정말이지 황제가 따로 없다. 중국이 워낙 싸기도 하지만 특히 국내 내로라하는 대기업 직원들은 회사에서의 엄청난 지원덕분인지 무척 호사스럽게 산다. '나도 저 회사 들어가서 이렇게 나오면 좋겠다'란 생각을 여기 모든 유학생들이 하고 있다고 확신한다.

내가 이제 못가는 향토골(한때 삼계탕에 빠져 매일 가다시피 했던 현지 고급 한식당)을 예사로 가고, 가정부도 둘 이상 두고 산다. 과외선생은 대외한어과 연구생들(중국어전공 대학원생), 등하교는 당연히 택시로(난 대륙을 점령한 자전거 부대와 함께), 주말엔 골프로 몸 풀기(난 주말에도 죽어라 역기 들기 반복. '한개 더'를 외치는 칭후이가 갑자기 생각난다) 부러운 이분들이다.

한번은 국내 재벌기업 S전자 직원분과 식사를 할 기회가 있었는데, 그분 말씀이 쫑화위엔에 사는 이유는 현지 상류층과의 교류가 바로 회사의 방침이라고 했다. 현지 공략에 필요한 인맥 형성을 위해선 그 속에 직접 들어가 그 구성원들과의 잦은 접촉이 필요하다는 것이었다. 그리고 자신들의 고급 이미지를 현지에 심어야 한다고 했다. 웃긴 건 같은 목적으로 같은 곳에서 같은 활동을 하고 있는 L전자 사람들과는 서로 상종을 하지 않는다고 했다. 적이라 이건가.

청두, 시골 이미지가 강할 거란 애초의 생각은 이미 착각이었던 걸 알았지만, 이미 많은 한국 기업들이 진출해 있고 그 직원들이 왕성하게 활동하고 있었다. 중국에서 가장 인구가 많은 성(省, 1억이 넘는다) 그곳의 중심 청두(成都, 1000만이 넘는다), 족히 하나의 국가라 할 수 있는 이곳에 한국인들의 진출이 봇물 터지 듯 밀려들 거란 예감이 든다. 확연히 눈에 보일 정도로 청두의 개발 속도가 빠르다. 자고 나면 건물들이 쑥쑥 올라가고, 이젠 지하철도 뚫을 작정인지 공사도 시작됐다. 돼지 구제역으로 몇 천 명이 죽었네 하면서도 아랑곳없이 쭉쭉 앞만 보고 달려가는 이곳. 갑자기 내가 급해지는 이유는 뭘까?

중국 사람이길 거부하는 링링

"아, 글쎄 어제 집에 가는 길에 뒤태가 완전 예술인 애가 있는거야 그래서 살짝 얼굴 좀 봤더니 완전 확 깨는 거 있지"

"그러게 여기 애들은 몸매는 뭐 그럭저럭. 하여간 생긴 게 다 깨긴 해"

"맞아 맞아"

오늘도 우리 반 큰 누님들의 뒷담화는 어김없이 시작되었다. 여자의 적은 여자라는 말 나는 그 말의 의미를 확실히 알 것 같다. 칭찬하는 듯하다 결론은 모두 흉이 되고 이러면서 동지가 되는 이 세상의 여자들. 다른 별에서 온 게 분명하다.

누님들 말처럼 이곳 여인들의 특징은 다들 몸매가 늘씬늘씬 호리호리하다. 얼굴이야 주관적인 것이니 대놓고 말은 못하겠고 역시 미녀의 고장이란 말을 증명하듯 이곳 여인들은 기본적으로 갖출 것은 갖춰놓고 승부하는 것 같다. 쉽게 말해 얼굴이 괜찮은 사람을 만났다 싶으면 완벽하

청두 맛 집 중 하나인 롱차오쇼우 춘시루 본점과 현지인들이 즐겨먹는 대표메뉴 딴딴미엔. 처음엔 맵고 빨간 양념이 싫어 두 번 다시 입에 안 대려 했는데, 이제 생각만 해도 입 안에 군침이 가득이다.

다는 뜻이다. 물론 외적으로만. 바로 이게 관점의 차이? 남녀의 차이!

　요사이 자주 어울렸던 링링의 이야기를 조금 할까 한다. 개인의 프라이버시가 있는 관계로 이 아이와 관련된 뭇 남성들의 이야기는 생략한다. 아니 쬐끔만 할까. 에잇, 중국 처녀 링링이 5명의 외국 유학생들과 동시에 사귀었단다! 당연히 몰래, 그것도 수개월 동안 말이다. 물론 그 남자들 중엔 한국인도 몇 명(?) 있었다. 다들 감쪽같이 링링한테 속아 넘어갔다. 그중엔 정말 열렬히 사랑을 고백하던 순수청년도 있었는데.

　그러잖아도 말 많던 기숙사가 링링 때문에 완전히 발칵 뒤집혔다. 어째 다들 이때까지 전혀 모르고 지냈는지, 한 건물에서 도대체 무슨 일들이 벌어진 것인지, 아무래도 이 중국 처자의 내공이 보통이 아닌 듯싶다.

　본론으로 돌아와서 링링의 아버지는 쓰촨 성 공산당 최고위급 서열 두 번짼가 세 번짼가 하는 사람으로, 그 끗발이 이곳에선 장난이 아니다. 집도 으리으리한데, 링링 방만 세 개란다(침실, 공부방, 옷 방이 각기 따로 있다. 부럽다.) 현재 대학생인데 거의 수업에 안가고 이렇게 매일 밖으로만 나돈다. 학교 안가도 되냐고 물었더니 안가도 자기는 졸업에 아무런 문제가 없다고 했다. 역시 기대를 저버리지 않은 대답. 얘는 입학도 의심스럽다.

　한번은 술자리에서 내가 "마오쩌뚱이랑 덩샤오핑이랑 사실은 다 한국 사람이야. 아빠의 아빠가 한국인이었으니 사실 그들도 한국 사람이 맞지" 하고 농담을 했더니 즉시 노발대발하면서 자기네 중국은 위대한 나라며, 이 위대한 나라를 만든 마오주석과 덩주석은 당연히 중국 사람이라고 제대로 팔짝팔짝 이었다. 가끔씩 링링과 한중을 비교하며 서로 잘났다고 우기곤 하는데, 그럴 때마다 반격하는 기세가 장난이 아니다. 땅 크고 인구 많은 단순한 걸로 우리 기를 죽이려고 들고 뭐든지 중국이 큰 나라고 더 대단한 나라라는 것이다.

　그런데 더 웃긴 건 "링링 너 참 중국 사람처럼 생겼다" 이러면 더 난리가 난다. 자기는 절대 중국 사람처럼 안 생겼단다. 자기는 한국 사람이나 일본 사람처럼 생겼지 절대 중국 사람처럼 생기지 않았단다. 자기네 중국이 최고다고 목에 핏대 세울 땐 언제고 정작 자신은 중국 사람같이 생기지 않았다며 화를 내다니.

링링을 보고 있으면 중국 특권층의 모습을 적나라하게 살필 수 있다. 밖으로는 대륙의 유구한 역사와 현재의 고속성장을 자랑하지만, 안으로는 계층 간의 끝없는 격차가 이루어지고 있다. 그리고 그 안에서 양산되는 많은 문제들. 지체를 따지며 교류의 폭도 있는 사람들끼리만 하며 이렇게 계층의 구분을 한다(남 이야기가 아니지).

자신을 꾸미는 스타일이나 씀씀이는 나 같은 빈곤한 유학생에게 한없이 부러움만 안기고 있고, 짝퉁 나이키 신고 있는 내발이 링링이 한없이 부끄러워진다. 핸드폰도 아닌 샤우링통을 이용하는 내 옆에서 한국에서도 본 적 없는 초호화(우리 돈으로 100만원이 조금 안 되는) 명품 핸드폰을 만지작거리거나, 자전거는 타본 적도 없다며 항상 택시만 이용하는 모습을 볼 때면 잠시 현지인과 외국인이 바뀐 듯한 착각에 빠지기까지 한다. 같이 어울리는 소위 링링 패거리들도 다들 있는 집 자식들로 비슷한 모습들인데, 너무 놀고 즐기려는 것만 같아 그다지 친해지고 싶지는 않았다.

링링. 우리와 어울릴 때면 항상 안 되는 영어만 써대려는 것부터 한 재수하더니 결국 기숙사에서 그 자취를 감췄다. 그간 유치한 대화들로 재밌긴 했는데 이제 누구랑 싸우나? 하긴 링링이는 장담컨대 지금 이 순간에도 감출 수 없는 내공을 여기저기 쫙쫙 뿌리고 다닐 것이다.

링링 재밌게 살아라.

중국의 남녀평등은 세계 정상급
- 티아오티아오

"한국에선 남녀가 결혼을 하잖아 그럼 여자는 대체로 일을 그만둬. 계속 일을 하더라도 밥하고 설거지하고 빨래하고 청소하고 또 나중에 애보는 것까지 다 여자가 해. 아니 해야만 해."

"그럼 남자는 뭐하는데"

"TV 봐, 소파에 누워서."

이런 대화를 종종 한다. 물론 고국의 현실이 꼭 이렇지만은 않지만, 절대 아니라고도 말 못할 것 같다. 중국 여인들은 말도 안 돼는 이야기라고 펄쩍펄쩍 뛰고, 중국 남정네들은 이때부터 한국 여인들을 동경하게 된다.

또 한명의 친구 티아오티아오로부터 초대를 받아 그 녀석 친구 집에 가게 됐다. 잠시 티아오티아오 소개를 하자면, 엔통과 식사를 하다가 작업한 쓰촨 음대생을 만났고 거기서 쭉쭉 쫙쫙 거미줄이 뻗쳐 알게 된 친구다. 성격이 완전 왈가닥에 어디로 튈지 모르는 다중이의 성격이 약간 있는 이 친구. 그간 모임에 나를 불러내어 중국의 밤 문화를 많이도 가르쳐주었다.

티아오티아오와 같이 간 곳은 남자 둘에 여자 둘이 사는 집, 즉 두 커플이 사는 집이었다. 방 두 칸짜리 오래된 아파트, 바닥은 그대로 시꺼먼 시멘트였고 청소는 하는지 안하는지 내가 '경험이다'를 떠올렸기 망정이지 어서 빨리 도망가고 싶은 그런 집이었다. 마치 마약이라도 나올 것 같은 곳에서 집 주인의 양쯔(모습)가 사람을 잔뜩 쫄게 해 오늘 영 잘못 온 거 아닌가 싶었었다.

역시 사람은 겉으로 판단해서는 안 된다. 무척 반겨주는 이 친구들의 관심과 환영에 긴장은 온데간데없이 사라지고 금방 웃고 떠들며 어울리게 됐다. 비슷한 나인데다(물론 다 나보다 어렸다) 한국에 관심 많은 순진한(?) 친구들이다. 집은 아직도 적응이 안 되지만.

웃통을 벗어 던진 한 친구가 불 쇼를 연발하며 홀로 부엌에서 바쁘다. 배가 좀 고프다 싶을 때쯤 카드, 마작 놀이에 한창이던 녀석들이 테이블을 정리한다. (테이블 보, 깐 이후 단 한 번도 갈거나 빨거나 털지도 않았다고 확신한다) 드디어 식사시간, 음식 가짓수가 장난 아니게 많다. 불 쇼 친구가 마법을 부리나 보다. 맛은? 하오츠!(맛있다)

"와 맛있다. 근데 저 친구는 밥 안 먹어?"

"더 만들게 있나 봐."

"이렇게 많은데 그냥 같이 먹지."

"괜찮아 얼른 먹기나 해."

여자들은 놀고 남자들은 바쁘다. 여자들은 밥 먹고 남자들은 요리 한다. 여자들은 밥 다 먹은 후 쉬고, 남자들은 남은 거에 밥 먹는다. 여자들은 다이어트 한다고 막 흔들어대고, 남자들은 설거지 한다. 여자들은 샤워하러 가고, 남자들은 방 정리한다. 내가 지금 여자와 남자를 반대로 쓰고 있나?

"넌 요리 못해?"

"나보다 쟤가 더 잘해 그래서 난 안해."

"설거지도 남자들이 해?"

"여자들은 약하니까 센 남자들이 해야지. 「곰 세 마리」 불러줘."

"응?"

중국, 좋은 나라다. 여자들한테는 말이다. 남자들이 이렇게 선하고 착할 수가 없다. 저번에 옌통 따라 방문한 집에서도 부인이 부르면 곧장 달려가 돕던데, 이것이 일반적인 모습이었나 보다. 그냥 밖에서 친구들만 만나서 집 안에서의 모습은 잘 몰랐다. 여자들은 약해서 쉬어야 하니 남자들이 다 해야 된단다. 이런 여우들. 인정하기 싫지만 틀린 말은 아니다. 그런데 우리나라는 왜 그렇지? 한국에서 자란 토종 한국 사람이라 머

리는 맞다고 하는데 가슴에선 와 닿질 않는다. '아, 맞다. 한국 여자들은 남자보다 강하지.'

사뭇 다른 분위기는 이미 감지하고 있었지만 자연스럽게 생활 속에 녹아있었다니. 19세기에 갇혀 굳은 내 머리로는 역시나 충격이다.

요전에 중국 친구들과 양국의 남녀문제를 이야기 한 적이 있었다. 그 때도 중국, 특히 여자들은 한국의 가부장적인 모습을 정말 어이없어했다. 옛날엔 중국도 그랬지만 더는 그런 모습이 없단다. 동북쪽(한국과 가까운 쪽)은 아직도 그런 모습이 조금 남아 있는데, 밑으로 내려오면 올수록 여자의 파워가 강하단다. 특히 상하이쪽은 여자의 파워가 최고조 오죽하면 시아오난즈(小男子. 작은 남자들)라는 말이 나왔을까. 서남부의 쓰촨, 여기도 여자들의 기세가 장난이 아니다.

또 예전 모임 중에 조선족 동포가 하나 있었는데 자기네도 마찬가지로 할아버지 그리고 아버지가 이빼이즈(평생) 단 한 번도 부엌일, 집안일을 한 적이 없다고 했다. 웃긴 건 그 친구를 바라보는 중국 여인들의 동정심 가득한 눈길과 그 말을 하는 조선족 여학생의 슬픈 가족사를 들킨 것처럼 불쌍 가득한 모습이란. '왜? 이건 배달민족 고유의 아름다운 풍습이라고!' 그...그런가?

오늘 제대로 봤다. 남자들이 집안일을 하는 게 너무나 당연하다는 중국 여자들과 어쩔 수 없다며 서글서글 웃는 중국 남자들. 이들을 보면서 확실히 깨달은 게 있다. 나도 나중에 약한 여자를 위해 힘든 집안일은 내가 다 해야지 가 아니라, 한국 남자들은 절대 중국 여자 만나서는 안 된다. 세계 평화를 위해 절대로! 점점 한국 남자들이 설 자리가 없어진다. 안 돼.

"그럼 한국 남자들은 아무것도 안 해?"

"아냐 가끔씩 도와주기도 해"

"도와?"

지금 중국은 왕빠(PC방)열풍
– 치아오 난(僑男)

교남이네 기숙사.
한 방에서 8명이 같이 생활 한다. 화장실이 딸린 그중에 좋은 방이라는데, 아무리 남자들 방이라지만 솔직히 쓰레기장 같았다. 중국대학교는 무조건 의무적으로 기숙사생활을 해야 한단다. 나가 살고 싶으면 부모의 동의를 받아와야 하고. 내가 살고 있는 유학생 기숙사와 비교하면, 외국인 기숙사 2인실이 615위엔/月, 1인실이 1230위엔/月, 교남이방은 600위엔/한 학기.

몇 달을 인터넷 없이 살아봤다. 세상이 이렇게 편할 수가 없다. 한국에선 단 한시도 마우스를 손에서 뗀 적이 없었는데, 여기오니 인터넷 없이도 재밌는 게 천지다. 세상의 모든 소식들을 클릭거리며, 리플과 조회 수에 열을 올리던 때가 불과 얼마 전. 막상 손에서 눈에서 사라지니 더 이상 편할 수가 없다.

한동안 왕빠(PC방)에 갔다. 간만에 고국의 오늘을 체크하며 소홀했던 인간관계에도 좀 신경을 써 몇 글자씩 적어 보냈다. 당초 우려와는 달리 시설과 인터넷 속도가 여기도 우리와 다를 게 없다. 다른 게 있다면 그 규모, 역시 중국이다. 컴퓨터가 수백 대다. 우리나라에 이렇게 큰 PC방이 있을까? 이용하는 사람도 항상 많다. 우리나라의 PC방이 유행을 한 번 타고 지나갔다면, 여긴 지금이 붐이다. 현재 중국에서 가장 많이 생겨나는 게 바로 PC방 왕빠이다. 이용하는 층은 대부분 20대 전후의 젊은이들이고 하는 것은 우리와 마찬가지로 인터넷, 게임, 채팅(QQ : 중국 제일의 메신저 프로그램), 영화, 특히 한국 드라마를 많이들 보고 있다. 테라바이트를 넘는 중앙 하드엔 상상 가능한 모든 것이 담겨있다. 한국과 중국의 공통점은? 바로 무한공유.

매주 금요일 저녁 캄캄한 가운데 많은 사람들이 쓰촨대 체육관 앞에 모여든다. 거의 대부분이 중국 학생들인데 이들이 하는 말은 내 좀체 알아들을 수 없다. 둘씩 셋씩 짝을 이뤄 한참을 서로 떠들어대는데 언젠가 들어봤음직한 말 같다. 분명 중국어는 아니다.

영어의 날. 매주 이 시각 여긴 영어토크 한마당이 펼쳐진다. 단지 영어를 쓰기 위해 마련된 자리로, 불특정 다수와 서로 그간 공부한 내용을 실습하며 영어 정복에 열을 올리고 있다. 항상 꽤 많이 모인다. 중국도 영어가 필수인지 영어 공부하는 거 보면 굉장히 적극적이고 열심이다.

매일 이른 아침이면 운동장이나 캠퍼스 이곳저곳에서 안테나 길게 뽑은 라디오를 들고 다니는 학생들을 쉽게 발견할 수 있다. 다들 영어방송을 듣고 있는데, 어디를 향하는지 모를 그 눈빛들은 뭔가에 초집중한 모습이고 입은 쉴 새 없이 떠들어댄다. 게다가 날을 잡아 열린 모임에 적극적으로 참여하는 것을 보니 중국 학생들의 학구열도 정말 대단하다.

우리에게 조금 부족한 부분들이 이들에겐 있는 듯하다. 창피해 하지 않고 그저 열심이다. 단 한 명의 서양 사람이 나타나기라도 하면 그를 뺑 둘러 대군집을 이루고 그중 제일 말 빨 좀 되는 이가 나서서 이 서양인과 커뮤니케이션을 나눈다. 다들 눈은 반짝 귀는 쫑긋 엄청난 집중들 보이는데, 난 매주 이 시각 무조건 여기는 피해 다니고 있다. 중국어 배우러 와서 영어 못하는 현실이 왜 이렇게 슬프던지. 영어를 먼저 떼고 여기 왔어야 했다. 한국인이라면 다들 관심을 가져주고 좋아는 해주는데 영어까지 잘한다싶으면 여기 여대생들에게 인기가 보통이 아니다.

영어 잘하는 한 아는 형이 여기서 만난 녀석을 한 명 소개시켜줬다. 요즘 매일 축구한중전을 펼치고 있는 치아오난이 그 녀석이다 (쓰촨대 법학과 2학년, 난 교남이라고 부른다). 집은 뤄양(소림사로 유명한 곳)이고 절대 그렇게 안 생겼는데 무척 잘 산다. 역시 당 간부의 자녀로, 내년에 유럽으로 유학을 간다고 했다. 중국에서 아무 걱정 없이 유럽에 유학을

내 보금자리 쓰촨대 기숙사 324호. 드디어 벗어나는구나. 이제 모든 것이 추억 속으로 사라졌다.

갈 정도면 엄청난 부자이다. 아무튼 교남이와 플레이스테이션 위닝일레븐을 했었는데 내가 그냥 4:0으로 처참하게 밟아줬다. 근데 문제는 다음. 한동안 보이지 않더니 어느 날 대뜸 나타나 한판 뜨잔다. 졌다. 내가. 치사하게 그동안 혼자서 연습 엄청 하고 온 모양이다. 이 날 이후 우린 밤마다 쓰촨대 어느 허름한 아파트 단지 안 불법 플스방에서 양국의 자존심을 건 축구시합을 펼치고 있다. 아는 사람만 모이는 불법 플스방에서 말이다(잠긴 현관문을 두어 번 두들기고 암호를 대야 들어갈 수 있다). 불법 도박장은 들어봤지만 불법 플스방은 또 처음이다. 역시 중국은 상상을 능가하는 별별 게 다 있는 나라다.

아주 오래전 과거부터 초급변하는 현대까지 모든 걸 갖추고 있는 중국, 이미 젊은이들은 그 속도와 현실에 적응이 돼 있었다. 인터넷 세계 최강국이란 고국만의 자부심을 자랑할 새도 없이 중국도 이미 다 있었다. 한번 뻐길 수 있을 줄 알았는데 오히려 충격이었다.

그나저나 한국어의 날은 없나? 생기면 나도 동참할 의향이 있는데. 관심 좀 받아보자.

미친 청두의 날씨

촨촨씨앙. 쓰촨성 대표 메뉴. 꼬치에 꽂힌 각종 재료들을 팔팔 끓는 육수에 살짝 데쳐먹는다. 훠궈가 샤브샤브처럼 재료를 직접 살짝 육수에 담가 먹는 거라면, 촨촨씨앙은 꼬치가 특징이고 훠궈보다 엄청 싸다는 게 매력이다. 물론 다음 날 아침엔 무조건 화장실 직행이다.

청두가 쇼를 하고 있다. 겨울엔 해를 감추고, 다행히 곧 좋은 봄날을 선사한가 싶더니 바로 여름을 데려와 지치지 않은 폭염쇼 연발에 이젠 또 한 가지 개인기를 더 보여준다. 7월 들어 매일 날씨가 미쳐가고 있다. 오전엔 햇볕이 강렬하게 내리쬐는 그런 구름 한 점 없는 맑은 날씨였다가 느닷없이 먹구름이 밀려온다. 어두워진 한낮 번쩍번쩍 번개가 여기저기서 터지는가 싶더니 곧 전쟁터를 방불케 하는 기가 막힌 천둥소리와 함께 무지막지한 빗줄기가 쏟아진다. 아니 퍼 붓는다.

벌써 며칠째 이러는지. 이러다가 또 한두 시간 지나면 정말 아무 일 없었다는 듯이 하늘이 개이고 햇볕이 쨍쨍 내리쬘 것이다. '악! 놀래라' 방금 또 엄청난 폭발음이 들렸다 진짜 전쟁난 거 아닌가 저 멀리 한번 확인해봤다. 지금 밖은 빗줄기에 시야가 꽉 막혀버려 정말 한치 앞도 내다보이질 않는다. 바로 눈앞이 망강인데 강의 형상조차 보이지 않을 정도로 오늘은 바람까지 난리다.

'밖에 한번 나가볼까'

몇 번 맞아 봤더니 이젠 아예 자리 깔고 누워 쏟아지는 비를 맞아보고 싶다. 미쳤나보다. 지금 아니면 언제 이런 짓을 해볼까. 근데 천둥번개가 무서워 못나가겠다. 바람에 빗줄기가 춤을 춘다. 도로엔 자동차하나 지나가질 않는다. 신기하단 말이야 어떻게 매일 이런 날씨가 가능한지. 화창 -> 폭우 -> 다시 화창. 곡식들은 잘 자라겠다.

　이미 세 번이나 쫄딱 젖은 경험이 있어 비 개이기 전까진 절대 밖에 나가지 않는다.

　2인실 기숙사, 룸메이트가 한국에 귀국하는 통에 내 독방이 된지 오래다. 내 맘대로 하며 살고 있다. 그간 여름방학이 시작 돼 기숙사엔 대대적인 귀국이 이뤄지고 있다. 나는 이런 무시무시한 날씨에도 전혀 걱정 없이 시원한 에어컨 밑에서 굴러다니며 때 되면 1층 식당에서 밥 먹고, 이젠 그것도 귀찮아 복숭아 왕창 사놓고 밥 대신 먹고 있다. 그래 여긴 복숭아도 엄청 크고 맛도 제대로다 시원하게 해서 먹으면 또 개수를 나 몰라라 배 속에 몇 개를 집어넣었는지 모를 정도로 요샌 복숭아에 미쳐 산다.

　미쳐 춤추던 빗줄기가 이제 좀 가물가물해진다. 불어난 망강의 조류가 엄청난 속도로 흘러가고 앞으로 택시 한 대가 지나간다. 건너편 난푸진도 보인다. 오늘도 이렇게 전쟁을 끝내려나 보다.

　'복숭아 사러가야지'

숨 막히는 3인방

심한 악취와 마구 쏟아지는 오폐수로 항상 흰 거품이 둥둥 떠다니는 이곳. 바닥공사를 새로 하는 지 물이 바닥을 이루던 어느 날, 난 정말 믿을 수 없는 광경을 목격했다. 1000% 오염된 이 물속에 수천수만 마리의 물고기가 떼지어 살고 있었다. 그걸 건저올리고 있는 저 위 무리들과 밑에 자기들도 잡아보겠다는 동심들. 이날 이후 난 생선은 안 먹는다. 절대로!

오후 3시를 넘긴 시각 드디어 한 명이 나왔다. 풀린 눈과 하루 이틀 공들여 만들 수 없는 떡 진 헤어스타일 그대로 소파에 누워 알아듣기는 한지 TV를 틀어본다. 화창한 창 밖 세상과는 대조적으로 어두컴컴한 이 집 구석엔 3마리의 동면동물이 살고 있다. 매일 비슷한 시각 긴 잠에서 깨어나 서로를 확인하며 하루를 시작한다. 드디어 다 모였다. 다 모이는 데까지 1시간이 걸렸다.

이제부터 또 숨 막히는 제2라운드 전쟁을 시작한다. 사람에 따라선 굉장히 지루하게 보일수도, 혹자는 답답해 미쳐버릴 지도 모른다. 허나 이들에겐 모든 감각기관이 총동원된 그야말로 정중동 감각싸움이 펼쳐지고 있다. 몸을 뒤척이며 순간순간 울리려는 배꼽시계의 알람을 제어하며 마지막 남은 자존심은 지키려고 한다. 과연 누가 밥 먹으러 가자는 소리를 먼저 할지, 죽도록 배고파 눈 떠 나왔으면서도 누구 입에서도 먼저 밥 먹자는 말이 나오질 않는다. 진정한 고수들이다.

일어나서 밥 먹으러 가는데 무려 2시간이 걸리는 이 험난함. 누구하나 말도 없고 그러다 누군가 툭 한마디 "오늘은 뭐 먹을까?"하면 한참 후 "그냥 집 앞에서 먹죠" 그러곤 말없는 가운데 하나하나 얼굴에 물을 끼얹고 나온다. 또 말이 끊기고 한참 후 "갈까?" 그리고 또 한참 후 "가자" 똑같은 몸짓과 대사가 연일 되풀이되고 있다.

밥을 먹고 난 후 이젠 각자 할 일이 있다. 왕빠에 가서 카스를 해야 하고, 집에서 좀 더 누워있어야 하고, 그러다 누군가에게 연락이라도 오면 또 긴 침묵과 움직임 없는 가운데 어찌어찌 하다 보니 술자리에 앉아 있는 자신을 발견하게 된다. 그렇게 시계바늘은 또 다음날을 가리키고 퍼 마신 맥주 좀 빼내고 있으려니 어째 많이 본 듯하다. 어제도 그제도 오늘도 왜 이렇게 똑같은지. 규칙적인 생활을 타파하는 게 인생의 목적인 것 같았는데 언제부턴지 매일 이런 삶을 규칙적으로 하고 있었구나. '이런 젠장'

한때 이사 붐이 일었고 의욕적으로 동참했던 이들. 몰랐을까? 교실과 더욱 멀어져 버린 현실이 이후의 삶을 어떻게 바꿔놓을지. 여름 방학이 시작됐음에도 기쁨도, 해방감도, 한 학기를 마친 뿌듯함도 없다. 그저 한숨만 나온다. 방학? 그게 뭔데? 학교? 그건 또 뭔데? 3월. 학기 시작과 더불어 가득했던 의욕은 어디로 갔을까?

남아있는 자들끼리 남들은 절대 모르는 그들만의 숨 막히는 전쟁. 이제 그것마저 규칙성을 띠면서 벗어나고자 벗어나고자하는 움직임이 아~주 서서히 일어나고 있다.

절대 통하오꺼, 씨웅, 씨앙따네 이야긴 아니다.

새 학년 새 학기는 9월부터

중국이 우리와 다른 게 또 하나 있다면 새 학년 새 학기가 9월부터 시작된다는 점이다. 나는 세상의 모든 나라가 봄 학기부터 시작하는 줄 알았다. 새해를 맞은 새 기분으로 학교도 그렇게 새 출발을 하는 줄 알았는데, 9월 학기에 새 학년 새 학기를 시작하는 곳이 많다고 한다. 아무것도 모르고 와서 내가 다닌 3월 학기가 즉 2학기였고, 여름방학을 맞음으로써 한 해 과정이 끝이 났다. 어학연수생들은 아무 상관이 없지만 중국에 본과 유학을 생각중이라면 시기를 잘 맞춰야 할 듯싶다. 졸업식은 7월 입학식은 9월에 있다.

처음 외국에 나와 아무것도 몰라 어리바리 대던 내가 반년 가까운 세월을 어떻게 보냈는지 모르겠다. 이제는 청두가 고향 같단 생각이 들고 사실 더 이상 새로울 것이 없다. 슬슬 지루함마저 고개를 들이댄다.

중간고사의 성적이 너무 우수해(?) 이번 학기 성적이 참 기대가 됐으나 시험을 앞두고 돌이켜보니 진학할 것도 아니고 성적표가 별 의미가 없어 기말고사는 그대로 패스, 남보다 며칠 앞서 스스로 방학을 선포했다. 학기가 끝나고 교환학생 신분으로 온 메이구오통슈에(미국학생)들이 며칠째 파티다 뭐다 해서 시끄럽게 굴더니 어느새 모두 자취를 감췄고, 고국의 어린 친구들도 캐리어 들고 낑낑 거리나 싶더니 역시 더 이상 뵈지 않는 얼굴들이 늘었다. 북적북적하던 기숙사엔 어느새 정적만이 흐르고 복도를 걷는 내 발걸음 소리가 세상에 큰 소리를 낸다. 그 사이 떠난 학생들의 빈자리를 메운 건 새 단장 공사에 들어간 덕분에 여기저기 굴러다니는 다 쓴 페인트 통들. '참 냄새는 어쩔 거야! 남아있는 사람들도 좀 신경을 써줘야 하는 거 아냐?'

계획이 섰다. 다음 학기는 새로운 곳에서 새로운 기분으로.

청두를 떠난다는 사실이 못내 아쉽고 지금도 마음속에서 자꾸 떠나지 말자고 속삭이는데 애초 계획대로 실행하기로 했다. 여기저기 다 돌아보고 싶은데 그렇지 못할 바에야 아예 사는 곳을 옮기는 것도 하나의 방법이라고 본다. 사실 이곳에서 단기간 참 많은 경험을 한 것 같다. 남아 있으면 편한 건 사실이지만 더 이상의 신선함은 느낄 수 없을 것 같아 또 안 가면 후회할 것 같다. 모르지 떠나면 후회할지도.

이제 또 다른 도전이 필요하다. 다시 긴장을 불어넣어야 한다. 이렇게 아쉬움이 많아야 다음을 기약하지 않을까.

'어디로 갈까? 학비 물가 비싼 곳은 좀 그러니 베이징은 어렵겠고, 그 옆 동네 천진? 상해 근처 항주? 난징? 동포 많은 길림성? 할 일도 없는데 중국지도 펼쳐놓고 맘껏 대륙을 휘저어 보자'

오늘도 비 온다. 또 배고프다. 복숭아를 미리미리 준비해 놓을 걸 그랬다. 이제 어디로 가야하나?

'똑똑똑'

이런. 교남이 놀러왔다.

미모의 여대생과 방학 내내 동거를

망강을 가로지른 한 고급식당. 갓 온 한국 동생들에게 성도팔경중 하나라고 뻥쳐 믿게 할 만큼 고풍스럽고 야경이 일품이다. 단지 저 썩은 똥물위에 있다는 게 생각만 해도 식욕이 그냥 쑤악.

모두에게 청두를 떠나겠다고 선포했다. 그간 서로 잡아먹듯 아옹다옹 했던 이들과도 이제 이별을 한다하니 갑자기 아쉬움들이 솟구친다. 첫 만남 때 서로의 계획을 나누며 이맘때 이렇게 될 것을 다 알고 있었지만 막상 이별의 순간이 오니 역시 아쉬움이 가득하다. 그간 함께 보낸 시간들이 실제보다 훨씬 길게만 느껴진다. 매일 부대낀 사람들과 더는 못 보게 된다니 실감이 잘 나질 않는다. 그래도 낯선 타지에서 의지가 됐었는데, 한국 친구들은 이메일이과 연락처를 나누어 귀국 후 만남을 기약할 수 있었지만, 더 아쉬운 건 그간 많이 도와주고 어울린 현지 중국 친구들과의 헤어짐이다. 이렇게 '짜이찌엔' 해버리면 언제 다시 볼 수 있을까 '꼭 다시 올 테니 그때 꼭 보자' 말은 이랬지만 말이다.

교남이가 틈만 나면 나를 흔들어댄다. 가지 말란다. 어디를 가도 청두 만한 데가 없단다. 어디를 가도 청두보다 예쁜 여자들이 있는 곳이 없단다. 여기서 방 구해 다음 학기 같이 지내면서 즐겁게 보내자고 한다. 어쩌다가 이 녀석하고 붙어 지냈는지.

이번 방학 때 고향에 돌아가는데 나보고 함께 가잔다. 그냥 오기만 하란다. 자기 집에서 지내면서 매일 뤄양 구경을 시켜주겠단다. 방학이 거의 두 달이라 첫 달은 우선 청두에서 보내며 다음 지역을 물색하기로 했다. 그리고 이동하여 그곳에서 적응하고 방학기념으로 베이징을 돌아볼 계획이었다. 그런데 교남이가 자꾸 그 계획을 휘젓고 있다.

뤄양 우리 한자로는 낙양이 되는데 그곳도 청두 못지않게 《삼국지》의 중심 고도 중의 고도이고, 주변에 유적지가 상당히 많다. 교남이의 꼬임에 그냥 넘어갈 분위기다. 군이 청두를 떠난다 할지라도 방학만큼은 교남이네 집에서 보내고 싶긴 하다.

매일매일 떠남을 실현시키느라 괜스레 바쁜 척 하며 지내는데 교남이가 기어이 직격탄을 날렸다.

"츄엔 예쁜 여대생과 이번 방학 내내 동거 어때?"

"응?"

"매일 같이 자는 거야."

"저저저저정말?"

미모의 여대생과 방학 내내 동거를 할 수 있다는 것이었다. 귀가 번쩍 뜨였다. 교남이 말에 따르면 방학을 맞아 집에 돌아가지 않고 이곳에 남아 아르바이트를 하는 여대생들이 많다고 했다. 그 중 하나가 바로 동거 알바란다. 지금 쯤 캠퍼스를 돌아다니다 보면 미모의 여대생들이 홀로 여기저기서 서성이는 걸 볼 수 있는데 대부분 동거알바를 하려는 이들이란다. 보고 맘에 들면 바로 그날부터 동거가 가능하다고 한다. 거의 모든 캠퍼스에서 쉽게 찾아볼 수 있으니 같이 한 바퀴 돌아보지 않겠냐는 교남이. 다른 건 다 그럭저럭 넘겼는데, 어째 순간 심장이 강력히 동동동 펌프질을 해댄다.

중국도 고국과 마찬가지로 성의 개념이랄까 총각, 처녀의 개념이 이미 희박하다. 남녀사이의 애정 표현도 과감해서 대낮 길거리 한 가운데서도 포옹은 옛날이야기고 도저히 붙어 떨어지지 않은 두 입술을 그간 종종 봐왔었다. 그런데 그 한가운데 내가 있을 수 있다는, 현실적으로 굉장히 가까운 거리임을 확인하게 되는 순간 알 수 없는 감정에 휩싸인다. 어릴 적 순수는 더 이상 없다지만 이제 누구도 제어해주지 않는, 말려주지 않는 현실이 조금씩 슬퍼진다. 그만큼 속일 수 없는 어른이 돼 버렸다. 언제 이렇게 시간이 훌쩍 지났나. 도대체 시간은 언제 날 이렇게 휘둘러놨는지. 나를 훑고 지나간 숫자들은 그들의 족적을 한참 후에나 발견하게 얍삽히도 심어 놨다. 이제 난 또 결정을 해야만 한다.

아무래도 교남이랑 계속 같이 지내다간 왠지 내가 제명에 못살 듯 싶다. 중국도 참 별의 별 모습이 다 나타난다. 물 건너 섬나라에선 원조교제가 판친다더니 여긴 여대생 동거알바까지 등장했다. 쉽게 돈을 벌 수 있다는 것에 너무 쉽게 빠지는 것일까. 소중함의 우선순위, 개념이 더 이상 존재치 않은 세상이라서? 섞이고 섞이고 다물고 다물고 오가고 오가고 막가고 막가는…… 세상이 너무 급변하고 한쪽 끝으로만 막 내 달리는 느낌이다.

교남이로부터 이런 정보(?)를 제공받고 흔들리고 있는 내 자신을 발견한다. 솔직히 혼자 입 닫아버리면 그만, 그 누구도 알 수 없는 외국생활, 또 잡아줄 사람도 없는 현실, 흔들리지 않을 이가 누가 있을까? 이미 상당수의 외국인들과 유학생들이 중국에서 이런 삶을 살고 있다. 교남이의 악마 같은 속삭임에 더욱 귀가 얇아진다. 그리고 보니 난푸진에 살 때 바로 내 옆방이기도 했다. 언제 내 머리가 이렇게 확확 돌아갔을까. 여기 남아도 되는 수천수만 가지의 이유들이 속속 떠오르고 현지 여대생과의 동거에 나름 타당한 이유들이 무차별 고개를 쳐 들이댄다. 제어가 불가능.

'으~'

그러나 유감스럽게도 내겐 이제 그럴 시간이 없다. 오늘로서 씨앙따와 결론을 지었다. 다음 목적지를 결정 청두를 뜰 날이 이제 얼마 남지 않았다. 아쉽게도(?) 그럴 돈도 없다. 미리 이런 정보를 알았더라면.

'교남아'

야심한 밤 운동장

쓰촨대 안의 마을. 이런 오래된 아파트 단지가 학교 안에 무척 많다. 뒤에 초고층으로 솟은 현대식 아파트들과 완전한 대비를 이루는 이곳. 시계가 20~300여 년 전부터 멈춰버린 듯하다. 이 길을 걸을 때마다 예전에 상상하던 중국을 보는 것 같아 왠지 모를 포근함이 들었다. 아쉽게도 머잖아 이곳도 개발이란 이름 앞에 사라지게 될 거란다. 지금 중국은 굉장히 빠르게 부수고 세우며 변신에 열을 올리고 있다. 자고 나면 뚝딱!

"아니 왜 재들은 길거리에서 저러나 몰라."

"그거야 중국 정부가 여관에 못 가게 하니까 그렇지."

"큭큭, 우리가 이해를 헤야 하나."

또 봤다. 어젯밤 한참 자전거로 내달리고 있는데 앞에서 삼륜차 한 대가 다가왔다. 살며시 피해가는 찰나 내 시선이 그만 삼륜차 안 커플에 고정됐다. 그들의 모자이크 없는 애정행각을 불과 1미터도 안 되는 거리에서 너무나 선명하게 감상하게 됐다.

삼륜차. 청두에는 아직도 인력거가 있다. 일제 때나 있던 사람이 직접 손으로 끄는 건 아니고 좋은 건 모터가 달려 기사 아저씨(또는 기사 아줌마)가 별 힘들이지 않은 것과 직접 자전거 페달을 밟아 끄는 개조된 형식의 것들이다. 많은 현지인들이 애용하고 있고, 나 또한 좌석이 생각보다 편하고 싸서 그리고 재미있어서 종종 이용한다.

무더운 날 아저씨가 온 몸을 적셔가며 삼륜차를 끌 때면 왠지 죄송스러워 깎아달라는 말은 차마 못하겠다. 그건 그렇고 지금 이 두 남녀, 아저씨는 앞에서 죽어라 낑낑대고 있는데 뒤에선 한편의 비디오를 찍어댄다. 그것도 끈적끈적한 애로로다가. 쪽쪽 빨아대고 있는 입술은 그렇다 치고 손은 지금 어디에 가있는 거야. 뻥뻥 뚫린 이 삼륜차의 구조상 모든 것이 바깥사람들에게 보이는데 주위 시선 따윈 전혀 아랑곳하지 않는다. 우리

나라도 택시 안에서 별짓들을 다 한다는 말은 익히 들어 알고 있었지만, 중국에 오니 여긴 삼륜차에서까지 별짓을 다한다. 그간 느낀 것이지만 여기가 우리보다 확실히, 확실히 더 개방적이다.

무더운 여름 할 일없는 낮엔 퍼 자고 오후 늦게 슬슬 컨디션이 올라와 밤만 되면 머리고 몸이고 지나칠 정도로 팔팔해진다. 트랙이라도 돌며 이 야밤, 넘치는 기운을 그렇게라도 빼낼까싶어 차오창(운동장)을 향한다. 생각보다 이 시각 사람들이 많다. 달리고 걷고 하는 사람들 외에 이 밤에 공차는 사람도 있고 앉아 떠드는 사람들도 있다. 한 바퀴 천천히 돌아보니 여성들이 좀 많다. 여기도 다이어트를 하려는 여자들이 많은 모양이다. 무더운 여름밤 운동장에 나와 이렇게들 땀을 빼고 있다. 우리나라 여자들도 있다. 어떻게 이 야밤 한국 여자인줄 아냐고? 모자 눌러쓴 사람은 백이면 백 한국인이다. 난 이 스타일이 우리만의 것이란 걸 중국에 와서 알았다.

야간 어두워 잘 몰랐는데 여기저기 구석구석 일정한 간격을 두고 희멀 건 물체들이 잔뜩 있다. 여전히 트랙을 돌며 더욱 분명해진 시선으로 그 정체 모를 물체들을 확인하니.

'어라. 도대체 여기서 뭣들 하는 거야. 애들아 여기 운동장이야 여관방 침대가 아니라고'

다들 포즈가 장난이 아니다. 날도 더운데 딱 달라붙어서들……. 모두 살색 쫄티를 입은 줄 알았다. 대담한 모습들에 내 눈이 더 당황을 한다. 운동장은 운동을 하는 곳이 맞긴 했다. 다만 그 운동이란 게 체조나 달리기, 공차기뿐만 아니라 남녀 한 조가 되어 몸의 모든 부분을 쓰는 그러한 것도 포함을 시켜야 한다고나 할까? 참 많은 커플들이 뭔가에 열을 올리고 있다. 차라리 여관을 가지. 우리 반 큰누님들 말처럼 중국 정부가 아예 여관출입을 금지시켜선가(혼인증명서 없이 남녀가 함께 여관에 출입할 수 없단다. 말로는 그렇다). 이도 저도 아니면 밤 운동장은 원래 용도가 따로 있나? 여름밤이 왜 끈적끈적한지 이제야 알겠다.

넘치는 에너지를 좀 뽑아낼까 해서 나왔는데, 괜히 나까지 엄한 기운이 올라온다. 안되겠다. 기숙사로 돌아가 에어컨 바람이나 팡팡 쐬야지.

중국. 개방정책 이후 모든 것이 다 밀려들어와 자리 잡은 모양이다. 그래도 공자, 맹자의 나라인데 저렇게까지 열린 성문화가 유감없이 나타날 줄이야. 밤만 되면 삔관(여관)을 알리는 빨간 간판이 온 도시를 도배하고, 오후 9시도 채 안 돼 무도회장은 발 디딜 틈 없이 초만원이다. 날로 그 수를 팍팍 늘리며 수요를 따라가려 애쓰지만 그래도 넘쳐 갈 곳 없는 영혼들이 줄을 이루는 사태가 발생, 어쩔 수 없이 향할 수밖에 없나 그 이름도 익숙한 운동장.

어디 맘에 드는 중국 처자가 있거든 "저기 오늘 밤 운동장에서 같이 운동이나 할까요" 이렇게 말하고 반응을 살피자. 변태 취급 받지 않으면 다행이다.

제 二 장 숨 고 르 기

4월바람쐬기 - 뚜지앙엔(都江堰)

뚜지앙엔에 다녀왔다. 2000년도 전에 이곳에 댐이 건설됐단다. 당시 홍수와 빠른 물살에 물길을 잡기가 너무 어려웠다는데, 이빙이란 사람이 최첨단 공법을 개발하여, 이른바 긴 대나무 띠에 넣은 돌들로 골치머리 민강을 다스릴 수 있게 되었다고 한다. 사진은 이왕묘 앞에서의 설정컷이다. 설마 민석 군이 형인 나를……

아침저녁으로는 쌀쌀하지만 낮엔 한여름과 다름없는 청두의 4월, 이 국땅에 온 지도 어느덧 석 달째를 맞고 똑같은 일상에 심신이 지루함을 마구마구 느끼는 그런 때가 되었다. 어디론가 떠나고 싶다. 확 트인 곳을 달리고 싶다.

목요일, 드디어 기회가 왔다. 일주일의 가장 재미없는 날을 골라 우리는 떠났다. 빵차(식빵처럼 생긴 자동차)를 빌려 타고 뻥뻥 뚫린 고속도로를 질주 드디어 청두를 벗어났다. 수업은 당연히 땡땡이다.

이곳 쓰촨이 좋은 건 주위에 이름난 관광지가 무척이나 많다는 것이다. 청두 내에도 갈 곳, 볼 것이 무궁무진한데 교외로 눈을 살짝만 돌려도 사람을 유혹하는 곳들이 또 가득하다. 빼어난 절경에 4대 불교성지이자 관광객 주머니를 터는(진짜로) 난폭한 야생원숭이로 유명한 어메이 산, 전쟁과 같은 국가위기 시 벌떡 일어나 로보트 대불브이가 된다는 70미터 크기의 러산따포(낙산대불), 신선이 구름타고 내려와 도술을 펼친다는 칭청산 등. 내로라하는 명승지가 청두를 빙 에워싸고 있다.

우리가 수업을 날리고 찾아간 곳은 그 중에서도 가장 가깝고 돈 안 들이는 곳인 뚜지앙엔이다. 세계문화유산이자 중국 국가급 관광지인 이곳은 쓰촨이 존재할 수 있었던 원천, 말 그대로 원천(源泉)이었다. 2천 년인가 더 오래전인가 이 지방에 엄청난 유지이자 실력자(태수)였던 이빙이란 사람이 있었는데, 그가 자비(自費)를 들여 잦은 홍수로 항상 범람해 말썽을 부리던 커다란 민강(岷江)의 물줄기를 나누는 대대적인 수리 공사를 펼쳤다고 한다. 그 뜻과 노력이 결실을 맺어 기어이 홍수도 잡고 또 각지로 그 물줄기가 흘러가도록 해 오늘날까지 쓰촨이 메마르지 않은 천부의 땅 [쓰촨을 중국에선 천부지국(天府之國) 즉, 하늘로 부터 받은 땅이라고 한다]으로 만들었다고 한다.

엄청난 대공사였던 까닭에 다음 대까지 공사가 이어졌고, 이후 농경에 더 없이 좋은 환경을 조성하여, 그때부터 사람살기 최고 좋은 땅이 되었단다. 이에 이빙 부자는 이곳 사람들에게 군왕보다 더 추앙을 받게 되었다고 한다. 실제로도 무덤이 왕의 칭호를 달고 있었다. 아직도 이들의 제사가 연례 가장 큰 행사라고 하니 역시 존경받는 지도자는 다르긴 다르다. 진정 나라와 민초들을 위해서 스스로 앞장섰다는 것과 기꺼이 자기 주머니까지도 다 털어 도울 자세가 됐다는 것, 과거에서 배울게 무척이나 많다. 우리도 이런 면은 배워야 한다. 십 년이면 강산이 변한다는데 그 강산이 수백 번 변한 지금까지도 추앙을 받고 있다는 것은 단순한 역사적 위인에 대한 기림이 아니다. 삶의 터전을 마련해준 지도자에 대한 깊은 감동의 표현일 것이다.

사실 이곳이 이름난 곳에 비해 별로 웅장하거나 화려하지는 않았다. 그러나 그 속뜻을 알고 보니 새삼 그 가치가 돋보였다. 여행이란 눈으로 보는 곳이 있고 이렇게 머리를 써야만 하는 곳도 있었다. '땡땡이의 대가가 이렇게 몸과 머리를 고달프게 할 줄이야'

쓰촨 성, 광활한 중국 대륙 중 하나의 성(省)일 뿐인데, 이곳이 지니고 있는 의미는 그 이상이다. 유비가 제갈량이 조조의 위나라에 비해 10분의 1 정도밖에 안 되는 영토로도 당당히 하나의 국가임을 선포할 수 있었던 이유를 분명히 알 수 있었다. 전혀 꿇릴게 없는 모든 것을 완벽히 다 갖추고 있었다는 것. 또 오늘날 중국에서 가장 많은 인구가 살고 있다는 것. 이 모든 게 가능할 수 있었던 이유가 바로 2천 년도 훨씬 전에 누군가 그 기초를 닦아놨었기에 가능 할 수 있었다. 바로 그 역사적 공사의 현장에 오늘 다녀왔다.

이곳도 나름 좋은 곳이었다고 말하는데 너무 힘을 뺐다. 내일은 금요일이다. 이제 또 활기찬 주말이 이어진다.

'빵차 기사 아저씨가 또 걸들 소개를.'

동화나라에서 민석 군과 함께
- 지우자이거우

지우자이거우
땅 넓으니 별의 별게 다 있다, 말로 형용 못 할 태고적
아름다움을 그대로 간직하고 있는 곳, 진짜 동화나라였다.

꿈속나라 동화책 속에서나 존재하는 곳, 수 천 미터 저 깊은 산 속에 하나님이 몰래 숨겨놨던 곳, 눈을 감으면 떠오르는 그 형용할 길 없는 아름다운 물빛에 나도 모르게 미소가 가득, 믿을 수 없어 정녕 동화 속 배경이 실제로 존재한다는 게. '이거 중국에서 몰래 물감 뿌려놓고 거짓말 하는 거 아닌가' 하고 의심나게 하는 그곳에 다녀왔다.

무더위에 지친 내 몸은 이제 축 늘어진 쇠불알처럼 덜렁덜렁 힘도 없고 말도 듣질 않는다. 삼계탕도 이제 그 소임을 다 했는지 더 이상 효력이 없고 누구처럼 보약이라도 지어 먹어야 하는 게 아닌가 싶을 정도로 체력이 바닥났다. 매일같이 꾸준히 운동을 했는데도 역시 더위이길 장사 없다. 매일매일 푹푹 고꾸라진다. 완전 무뎌 헐렁헐렁 곱창이 돼 버린 뇌 줄기는 자꾸 내게 살려달라고 외쳐댄다. 하늘 땅 할 것 없이 지글지글 거리는 이 땅. 이제 정말 벗어나고 싶다.

결국 또 질렀다. 지우자이거우 3박4일. 중국청년여행사 단체관광 1인 당 540위엔(숙식포함)에 절친한 민석 군과 함께 살면서 한번은 꼭 가봐야 한다는 그 곳에 가게 됐다. 출발 전날 길거리에서 전단지들을 모아 제일 싼 곳에 전화하여, 여행사 직원과 무후사 주차장에서 만나 계약서 작성과 계약금 1백 위엔도 지불했다, 왠지 미덥지 못한 찜찜한 가운데 돌아와 여행을 준비, 다음날 약속한 쓰촨대 북문 앞에서 다행히(?) 승차, 출발하게 됐다.

성수기를 바로 앞둔 마지막 비수기 여행이라 운 좋게 싸고 편하게 이용할 수 있겠다 또 그 단체관광이라는 것이 중국 사람들과 함께 하는 것이기에 현지에서의 색다른 경험이 될 것이라고 출발 후 딱 5분까지는 그렇게 생각했다.

생각보다 좋은 새 버스, 에어컨 빠방하고 깨끗한 좌석에 우선 안심했다. 120kg를 넘는 육중한 민석 군과 나란히 앉아 내 몸의 반쪽은 통로로 튕겨나갈 수밖에 없었지만, 그래도 여행한다는 게 설레고 좋아 불편한 걸 몰랐다.

그러나 이윽고 코를 찔러오는 사람특유의 향기(냄새). 바로 앞좌석에 앉은 사람의 겨드랑이가 들썩거릴 때마다 참을 수 없이 깊이 숙성된 향기(냄새)가 마구 콧속을 찔러온다.

'아, 이 냄새, 코피 날 것 같다' 라고 생각할 때쯤 마이크를 잡은 가이드 양의 지칠 줄 모르는 앙칼진 목소리가 끊이지 않고 이어졌다. 중간 중간 숨이 넘어가며 '켁켁' 말은 안 나오고 입만 움직이는 우스꽝스런 모습을 연발하더니 기어이 해야 할 말을 다 쏟아낸다. 중간부터 시간을 재봤는데 그때부터 장장 20여분동안 입이 쉬지 않고 떠들어댔다. 그런데 또 떠들기 시작한다. 언제쯤 저 시끄러운 소리가 멈추게 될까. 가는 길만 무려 10시간 그것도 죄다 꾸불꾸불 산길이란다. 차에서 좀 자면서 조용히 쉴까 싶었는데 저 가이드는 그렇게 해줄 맘이 없나보다. '가이드 양. 좀 쉬시죠.'

신기하게도 나도 모르게 잠이 들었다. 누군가 나를 흔들어 깨운다. 그 가이드다. 종이를 내밀고 침을 튀어가며 얘길 한다. 뭔가 해야 된다는 거 같은데 영 못 알아듣겠다. 이어폰 끼고 자는 민석 군을 깨웠다. 짜증 섞인 표정으로 눈을 뜬 민석 군 나보다 어리지만 이럴 땐 솔직히 겁도난다.(잠깐 옆길로 빠져 전에 한번 민석 군에게 맞은 적이 있다. 소파에 걸쳐있는 민석 군을 뒤에서 푹 찌르며 살의 깊이를 재봤는데 별안간 몸을 틀며 그 곰 발바닥만한 손바닥으로 내 얼굴을 갈기는 것이었다. 순간 자기는 씨 앙따인줄 알았다나 어쨌다나. 미안하다고 어색한 웃음으로 사과인지 뭔지를 하는데 나이어린 애한테 맞아보는 것도 처음이거니와 맞고 나서 아무것도 못하는 내 자신이었다) 아무튼 민석 군 유창한 중국말로 가이드와 한참 싸우는가 싶더니 가이드는 화내면서 가버리고 민석 군도 씩씩거린다. 무슨 일인가 말 좀 해줬으면 하는데 물어보기 솔직히 겁난다. 보험을 들어야 한다나 어쩐다나. 돈을 더 내라고 해서 그런 거 필요 없다고 하면서 실랑이가 오갔단다. 한국 사람이니까 돈을 더 내야 된다고 했고, 민석 군은 계약서상에 그런 조항 없다는 걸로 맞서서 결국은 민석 군 이 승리한 것이다. 민석 군 대단하다.

그 후 우리 민석 군, 여행 일행들 소개하며 장기자랑 할 때 가이드와 아무 일 없었다는 듯 서로 웃으며 이야기하는 모습이라니. 노래도 어쩜 저렇게 본인과 잘 어울리는 곡을 부르는지. 지금 중국에서 한참 열풍인「곰 세 마리」를 불렀다. 심하게 귀여운 우리 민석 군. '근데 네가 아빠 곰이지?'

지우자이거우로 가는 내내 잠을 이룰 수가 없었다. 창밖으로 보이는 세상이 너무나 좋았다. 시커먼 터널과 산을 몇 개 넘는가 싶더니 어느 샌가 새로운 세상이 펼쳐졌다. 첩첩산중에 느닷없이 폭포가 나타났다. 폭포가 저 높은 바위 산꼭대기에서 쏟아졌다. 어떻게 뾰족한 꼭대기에 물이 고일 수가 있는지. 혹 펌프질로 끌어올려 쏟아내는 것은 아닌가하고 의심이 들 정도였다. 자고 있는 민석 군 깨워서 보게 했더니 자기는 하나도 안 신기하다며 짜증내더니 또 잔다. 이제 두 번 다시 동면중인 곰을 건들지 않을 것이다. 깎아지른 듯한 절벽들, 아슬아슬한 낭떠러지 저 비탈을 어떻게 밭으로 일구어놨는지 시골서 자란 내가 보기에도 불가사의였다. 나중에 수확할 땐 어떻게 할까? 저러다 굴러 떨어지진 않을까? 인간의 힘이란 도대체 어디까지일까? 듬성듬성 보이는 집들과 산꼭대기에 일군 밭들, 중국은 광활한 평원뿐만 아니라 절벽에서도 사람이 살고 또 밭을 일구고 있었다.

신기에 가까운 대륙인의 솜씨에 감탄하고 있을 때쯤 제대로 된 마을이 보이기 시작했다. 짱족의 마을이었다. 한족과는 또 다른 56종족들 중 하나인 짱족(티베트족), 생김새는 별반 다르지 않지만 집을 짓는 방식과 입는 의복에 특색이 있다. 기본적으로 나무로 뼈대를 이루고 벽을 온통 작은 돌들을 쌓아서 집을 만들었다. 손길 하나하나가 정말 보통 정성이 아니었다. 그냥 벽돌이나 블로크 몇 개쌓고 시멘트 칠하면 간단할 일인데, 일일이 작은 돌들을 모아 벽을 다 메우는, 언젠가 TV에서 보았을 법한 산간 오지 소수민족들의 마을이 눈앞에 펼쳐지고 있었다. 그래도 현대적인 특색이 있어 집집마다 접시(위성안테나)들이 달려있었다.

좌판 두어 개가 전부인 곳이지만 중간 중간 휴게소에 들려 마오니우(毛牛, 털이 긴 흰 소)와 사진도 찍고 화장실도 오가며 진짜 중국의 시골을 보게 되었다. 녹음이 한창인 가운데 회색빛의 콘크리트 건물들이 음산히 자리 잡고 있고 또 빨간 글씨로 문명사회건설을 부르짖는 글귀가 여기저기서 눈에 띤다. 예전 생각하던 그런 중국의 모습들을 이렇게 한

적한 시골에서 보게 된다.

어느새 깊이 들어온 첩첩산중. 차도 쉬고 사람도 쉴 겸해서 다들 내려 몸도 쭉쭉 뻗어보고 땅도 좀 밟고들 있는데 우리 곰은 그 와중에도 여전히 창에 기대 동면을 취하고 있다. 차에 물을 뿌리며 세차를 한다. 곰 군이 기대어 일그러진 얼굴을 그대로 비추는 차창 밖으로 물줄기가 시원하게 뿌려진다. 아는지 모르는지.

오전 일찍 출발해 온통 꼬불꼬불한 산길을 돌고 돌아 깜깜해진 저녁이 다 돼 도착했다. 곧 도착할 거란 이제는 지친 가이드의 목소리를 비웃 듯 시야를 가린 갑작스런 우박세례가 새로운 세상에 온 걸 환영해 준다. 3박 4일 중 첫날은 이렇게 이동하는 것으로 끝이 났다. 배정받은 방에서 민석 군과 함께 보냈는데, 그 무더위의 청두와는 다르게 여긴 상쾌함을 넘어 조금 춥다. 민석 군이 또 가이드 양과 콩티아오 방(에어컨 방)을 왜 배정 안 해주냐며 계약서를 날리며 한참을 싸우더니 또 승리했다. 그래서 들 어간 에어컨 방, 민석 군이 씨익 웃으며 한마디 한다.

"여긴 에어컨 필요 없겠다."

다음 날 새벽부터 서둘러 아침을 먹었다. 민석 군이 서두르지 않으면 아침을 굶는다고 나보고 빨리빨리 하란다. 이렇게 부지런한 모습은 처음 봤다. 드디어 지우자이거우 관광. 이연걸, 장쯔이, 장만옥이 나온 영화 「영웅」을 바로 이곳에서 찍었단다. 영화 속 그 아름답던 호수가 바로 이 곳에 있었다. 그 어떤 성능 좋은 카메라도, 최고 수준의 기술력도 직접 보는 사람의 눈은 따라가질 못했다. 영화에서도 CG가 아닌가 하고 의심할 정도로 아름다웠는데, 두 눈으로 본 것만큼은 못하다. 더 말이 필요 없다. 형용 못할 아름다운 물빛, 그저 행복할 뿐이다. 운 좋으면 야생 곰도 볼 수 있다는데, 하긴 야생 곰은 아니지만 내 옆에도 지금 곰이 한 마리 있긴 하다.

강렬한 태양이 내리쬐는 한 여름. 이곳은 산봉우리마다 만년설로 덮여있었다. 얼마나 시원하고 상쾌하던지. 이게 다 내 땅이었으면 좋겠다.

　다음 날. 황룡으로 향했다. 지우자이거우와 마찬가지로 이곳도 유네스코 세계자연문화유산으로 지정된 곳이다. 본격적인 이동에 앞서 홈키X, 에프킬X 같은 산소통을 판매했다. 노약자들은 꼭 사길 권했는데 나와 민석 군은 그저 상술이려니 하며 무시했다. 여행사 버스가 쉬지 않고 꾸불꾸불 해발 5천 미터를 넘어간다. 세상이란 참 별별 곳이 다 있구나. 모든 것이 선명한 내 눈은 수천 킬로를 끝없이 바라보고 있다. 내 발 아래로는 뾰족뾰족한 산들이 끝없이 이어져 있다.

　죽을 것 같다. 숨을 못 쉬겠다. 바다와 해발고도를 같이하는 곳에서 태어나 자란 내가 무려 5천 미터를 단숨에 오르니 도저히 적응이 안 된다. 산소가 부족한지 어쩐지 힘들더라도 절대 잠들면 안 된다는데 더 소록소록 잠만 밀려오고 오히려 멀쩡한 민석 군이 이렇게 부러울 수가 없다. 나보고 생각을 그렇게 하니까 더 힘든 것이란다. 매일 운동으로 단련한 난 죽겠는데 숨 쉬는 거 말고는 팔도 한 번 펴려들지 않던 민석 군은 어찌 저리 멀쩡한지. 정말 답답해 죽을 것 같다. 앞의 할머니, 산소통 훅훅 빨아대시는데 그냥 뺏어 빨고 싶은 심정이다.

　창 밖 세상은 여름이 아니다. 겨울이다. 만년설에 뒤덮인 설산이 온 주위를 둘렀고, 그것을 보는 것만으로 시원하다. 이렇게 높은 곳에 올라와 보는 고국에선 꿈도 못 꿀 일을 여기서 경험하고 있다. 그런데 이러다 고국에 못 돌아가는 건 아닌지, 저 눈 속에 내 뼈를 묻게 되는 것은 아닌지.

점점 더 호흡이 곤란해진다. 숨이 탁탁 막혀온다. 멋지다며 연신 셔터를 눌러대는 곰 군. 정말 밉다.

어떻게 도착했는지 모르겠다. 그 험난한 길을 넘고 넘어 드디어 황룡에 도착했다. 그런데 또 3킬로가 넘는 그 길을 걸어서 빨리 다녀오란다.

"갈 거야 곰?"

대답 없이 앞장서 가는 저 곰. 몇 번이나 도중에 포기하고 싶었다. 하지만 곰 군이 하는 걸 보고 '그냥 죽자'는 심정으로 걷고 걸었다.

선녀탕. 선녀가 내려와 목욕하지 않았을까? 신은 왜 중국에만 보물을 숨겨놨을까? 왜 꼭 산꼭대기 깊고 깊은 곳에다만 갖다놔야 했을까? 저 아름다움을 보기위해 정말 숨넘어가는 줄 알았다.

드디어 청두로 돌아간다. 어제 밤부터 계속 달렸으니 대략 머릿속으로 계산해본 결과 서너 시간이면 도착할 듯싶다. 며칠 밖에 나와 살아보니 그렇게 집이 그리울 수가 없다. 땅이 넓어서 그런지 계속 차만타고 돌고, 온종일 걷고 게다가 숨도 못 쉬는 경험도 해보니 이제 몸이 많이 지친다. 얼른 돌아가 쉬고 싶은 맘만 간절하다.

그런데 갑자기 여행사가 본색을 드러냈다. 이제 조금만 가면 되는데 갑자기 방향이 이상하다. 여기저기 엄청 들른다. 죄다 기념품 파는 곳들로. 옥 전문점, 벌꿀 전문점, 가죽 전문점, 양뿔 전문점, 영지버섯 전문점, 각종 기념품 파는 곳, 당최 집에 돌아갈 생각을 하지 않는다. 그냥 빨리 갔으면 좋겠는데, 무슨 말을 할 수가 없는 게 전국 각지에서 온 우리 중국 여행객 친구들, 어느 집을 가도 무조건 하나씩 사들고 온다. 그리곤 서로들 그렇게 좋아할 수가 없다. 중국산이 뭐가 그리 좋을까. 하긴 여기도 신토불이겠지. 처음엔 신기해서 둘러봤는데 구경하는 것도 한두 번이지 무려 열 번 이상 돌고 도니 온갖 짜증이 밀려온다.

이제 집으로 가는가 싶었는데 또 예정에 없던 마지막 여행지에 도착한다. 그곳은 다름 아닌 뚜지앙엔. 볼 사람들은 따로 입장료를 내란다. 당연히 중국 사람들은 이번 아니면 기회가 없으니 다들 보길 원했고, 아무런 기타 수입원을 올려주지 않아 완전히 찍힌 우리 가난한 한국 여행객 둘은 얼마 전에 다녀왔다는 말로 이번에도 빠졌다. 가이드가 성질이 보통이 아니다. 가이드 말을 듣지 않으면 여행 내내 고생과 짜증이 함께한다. 여긴 정말 다녀온 곳인데 우리말을 안 믿는다. '아니 보던 말든 내 맘아냐? 그리고 여긴 갔다 왔다니깐. 일기장 보여줄까? 말이 안 통하는 저 가이드, 여행 시작할 때부터 알아봤다.

드디어 청두에 드디어 왔다. 거리상 오전에 도착해야 할 것을 오후 6시가 넘어서야 도착했다. 얼마나 기쁜지. 3박 4일간의 이번 여행, 분명 최고의 절경을 보았다는 것은 큰 수확이었다. 천혜 대자연의 신비를 경험했다는 것은 평생 잊을 수 없는 추억이 될 것이다. 그런데 몸이 너무 지쳐서인지 청두에 도착하자마자 맥이 확 풀려버린다. 웃긴 건 가이드 때문에 내내 기분 좋지 않았던 것도 막상 청두에 오니 다 잊혀 진다. 차에서 내리기 전 자기업무 평가해 달라고 웃으며 평가서를 나눠주었는데 그 순간 가이드에게 넘어가 다 매우 좋았음에 체크했다.

쓰촨에서 꼭 한 군데 여행지를 추천한다면 두 말할 것도 없이 지우자이거우. '황산에 오르면 더 이상 산에 오를 필요가 없으며 지우자이거우를 보았다면 다른 호수는 아무런 의미가 없다' 라는 대륙인들의 말이 떠오른다, 이런 곳이 있다는 걸 아는 이상 세상 모든 이들이 꼭 한번은 두눈 가득 그 물빛을 담았으면 좋겠다. 눈을 감으면 나도 모르게 퍼지는 그 미소 그것을 함께 하고 싶다.

여행 내내 부족한 식사로 돌아오자마자 밥 먹으러 신장집 [웨이우얼쭈

(위그루족)가 하는 식당] 으로 향했다. 치엔차이(前菜 애피타이저)로 양 꼬치(보통 두 세 개로 입맛을 돋운다)를 우선 주문을 하려는 데 민석 군 이 내게 묻는다.

"형, 몇 개 먹을 거야. 난 열 개"

지우자이거우 정상에서 귀여운 민석 군과 함께.

짜이찌엔 청두

떠났다 청두를.

먼저 떠난 씨앙따로부터 연락이 왔는데 살집을 구했단다. 한 달 정도 한국에 들어갔다 와야 할 것 같아서 내가 가서 먼저 살고 있던 사람들로 부터 이것저것 집 인수인계를 받아야 한단다. 떠날 준비는 하고 있었지 만 새삼 갑작스럽다. 새로 살게 된 곳은 고도(古都) 시안(西安).

마치 외국에 가는 느낌이다. 너무 청두에 길들여진 나머지 정말 고향 같은 느낌이었다. 그런 고향을 떠난다니 설렘보단 두려움이 일고 같은 중국 땅인데 왠지 낯선 외국 땅에 새로 발을 디디게 되는 그런 느낌이다, 처음 중국에 갈 때처럼.

기차표를 하루 전에 구입한 것부터가 진짜 생각 없는 행동이었다. 최 소 며칠 전엔 표를 구입해야만 원하는 날에 기차를 탈 수 있는 게 여기 중 국이다. 운이 좋다고 밖에 할 수 없을 듯 첨엔 표가 없을 것이라던 매표소 직원이 다행히 몇 장 남았다고 했다. 또 다음날 시안에 가는 잉워(보통

내 보금자리 쓰촨대 기숙사 324호. 드디어 여길 벗어나는 구나. 이제 모든 것이 추억 속 공간이 되겠다.

침대칸)표를 구입했다.

남은 사람들과의 마지막 저녁을 먹고 출발 한 시간 전에 기숙사에서 나와 기차역으로 향하려 했다. 그런데 어제 산 캐리어가 뜻밖에 말썽을 일으켰다. 갑자기 기숙사 복도에서 바퀴가 빠지고 손잡이가 부러졌다. 더 이상 끌고 갈 수 없을 정도로 느닷없이 망가졌다. 덕분에 정말 생각도 못한 생고생을 하게 됐다. 좀 편하고 느긋하게 갈까했는데 가방은 고장 나질 않나 택시가 또 없어서 한참 전전긍긍하다 아슬아슬하게 역에 도착, 이번에도 출발 1분 전에 겨우 기차에 오를 수 있었다.

기차역에선 민꽁이 있어 그나마 개찰구까지는 짐을 편하게 옮길 수 있었다. 그런데 개찰구부터 기차까지 그 통로를 그것도 2층을 걸어 올랐다가 다시 내려가 또 걷는 그렇게 멀게만 느껴지는 길을 동시에 가방 세 개를 낑낑대며 옮겼더니(시간이 없어서) 기차에 오르자 온 몸이 비에 흠뻑 젖은 것 마냥 땀으로 흥건했다. 어깨는 빠질 것 같고 온 몸은 땀에 범벅이고 다시 짐을 풀어헤쳐 수건으로 땀 좀 닦으려니 기차가 덜컹 움직인다. 서서히 맘 좀 가라앉히며 멀어지는 청두를 느껴볼까 싶었는데 침대에 앉자마자 맥이 푹 풀려 버린다.

18시간 30분. 총 이동 시간이다. 저녁에 출발한 기차에서 밤을 꼬박 보내고 다음날 오후에나 도착, 중국에 사람이 많다고는 하나 인구밀도에서 전혀 밀리지 않는 고국에서 살아 실제로 그건 피부에 와 닿지 않았다. 그런데 막상 어딘가 갈려고 하니 걸리는 시간에서 거대한 땅덩이가 실감이

잉워칸의 모습. 상중하 세 개의 칸으로 이루어
졌고 하층이 제일 비싸고 중층이 다음 상층이
제일 싸다. 아마도 오르고 내리고 하는 게
귀찮아서 그러는 모양이다. 그러나 하층은 낮
에 사람들이 담소를 나누는 소파로서의 의무
를 해야 한다는 게 운명. 어쩔 수 없이 자리를
뺏겨야만 했다.

난다. 대륙지도 펼쳐놓고 청두에서 시안까지 거리를 보면 남쪽 한반도에
비유, 서울에서 대전정도 가는 것 같은데 무려 18시간 30분이 걸린단다.
끝에서 끝 가는 것도 아니고 그냥 지도 가운데에서 살짝 움직이는 것뿐
인데, 정말 넓다.

내가 탄 칸은 3층 침대칸으로 여기선 딱딱한 침대칸이라는 말로 잉워
라고 한다. 맨 아래가 내 자리, 짐을 대강 구석에 쳐 박아 놓고 잠시 누워
서 오느라 퍼진 몸을 좀 쉬게 했다. 그런데 같은 칸에 탄 꼬마 녀석(통통
한)이 앞에서 알짱알짱 거리는 통에 그만 내 입이 또 스스로 작동하고 말
았다.

"너 참 중국 사람처럼 생겼다"

이 한마디로 같은 칸에 탄 사람들과 모두 인사를 해야만 했다. 한국인
이라고 또 다들 신기해하고 이것저것 묻는 등 끝없는 관심과 식지 않는
인기를 기차에서도 확인하게 됐다. 다들 시안이 집인 분들이라 나 또한
시안에 대해서 이것저것 묻고 하면서 많은 도움을 받았는데 사실 언어가
많이 딸려 다 알아듣지는 못했다. 그저 정감 넘치는 이분들과 이렇게 어
울리며 청두를 떠나는 외로움을 조금씩 달랠 수 있었다고나 할까. 기차
에서부터 시작된 나의 시안인맥들. 좀 조용히 가고 싶었는데 하여간 이
놈의 주둥이가 문제였다.

이제 정말 청두를 떠난다. 떠나고 있다. 이곳에서 무슨 일이 있었나.
처음으로 외국 땅을 밟아본 곳이 청두였고 길지 않은 시간동안 별의 별

일들을 겪은 곳이 이곳이다. 잠시도 멈춰있지 않고 쉼 없이 움직인 덕에 청두를 많이 볼 수 있었고 현지인들과도 많은 교류를 할 수 있었다. 이제 그 모든 것을 내려두고 남겨두고 또 다시 처음부터 시작해야 한다하니 아직도 많이 아쉽다. 솔직히 또 하자니 이젠 좀 귀찮다. 제발 시안이란 곳이 재미난 곳이어야 할 텐데, 떠나기 전 인사드린 선생님들로부터 들은 이야기가 맘에 걸린다. 들을 땐 아무렇지도 않았었는데 떠나는 기차 안에서야 슬슬 걱정이 좀 된다. 여러 면에서 청두보다 못한 곳이라면서 안 가는 게 더 낫고 그냥 여행 한 번 다녀오는 정도면 된다는 말, 또 시안에는 미녀가 없다는 교남이의 말. '설마?'

자리에 누우니 길이가 딱 내게 맞다. 이 기차는 새것인지 시트도 이불도 배게도 다 새것이다. 기차 밖 풍경은 컴컴해서 저 멀리 불빛 말고는 보이는 게 없고, 어느새 꺼진 실내등으로 기차안도 더 이상 중국말이 울리지 않는 그지없이 조용한 곳이 됐다.

시끄러운 소리에 눈을 떴다. 어느새 세상이 밝아있다. 참 잘 잤다. 차창 밖으로 세상이 보인다. 대륙을 내달리는 기차, 그 안에서 하루를 보냈다. 문득 물을 좀 빼내야겠다는 몸의 외침이 들려온다. 이제 좀 일어날까.

'으악!'

온몸이 쑤셔댄다. 안 쑤시는 데가 없다. 특히 어깨랑 등이 빠지는 것 같다. 아마도 어제 고장 난 가방 때문인 것 같다. 시간에 쫓겨 그저 울부짖는 심정으로 낑낑대며 옮겼던 게 자고나니 온 몸으로 그 무리의 대가가 달려든다. '하여간 싼 맛에 샀다가 바로 하루 만에 후회하게 하는 중국산!'

미처 몰랐는데 기차가 정말 길다. 길게 구부러진 커브를 돌 때 창밖을 바라보다 문득 뒤에 또 다른 기차가 몇 대 뒤따르는 줄 알았다. 총 30량이라는 데 정말 길었다. 이 기차 안에는 롼워(부드러운 침대칸 2층 침대), 잉워(딱딱한 침대칸 3층 침대), 롼쭤(부드러운 의자), 잉쭤(딱딱한 의자) 이렇게 4개의 칸으로 구분이 돼 있다. 롼워칸의 가격은 비행기 값과 맞먹을 정도이고 제일 싼 잉쮀는 내가 탄 잉위 가격의 반 정도이다. 학생 표는 어느 칸을 막론하고 무조건 반값이다. 물론 대학생도 학생이다.

다행히 침대표를 구해 18시간이 넘는 기차여행을 쭉 누워 자며 이동해 전혀 힘들다거나 지루하지는 않았다. 간간이 일어나 창밖으로 중국의 산천 구경, 농촌 구경, 또 끝없이 펼쳐진 평원의 진짜 지평선도 구경하면서 그렇게 종착역을 향해갔다. 중간 중간 꽤 많은 역에 들렀다. 아마도 가는 길에 있는 모든 역에 다 들릴 모양이다. 그냥 빨리빨리 갔으면 좋겠는데 한참씩이나 쉬었다 간다. 하긴 어차피 정해진 시간에 도착할 것이라 급할 것도 없다. 여기 중국 사람들 모두 여유가 넘치는 모습이다. 워낙 넓은 땅덩어리에서 살다 보니 몸에 밴 생활습관인지 '어차피', '언젠가는' 이런 사고를 모두에게 심어준 듯싶다. 어느 누구에게도 '빨리 좀 가지'라는 말을 들어보지 못했다. 한껏 묻어나는 여유로움이 삶 가득 밴 모습, 이런 게 대륙기질인가.

너무 지루하다 싶으면 정차한 역에 잠시 내려 땅을 밟으며 몸도 풀고 먹을 것 잔뜩 팔고 있는 리어카에 가서 만두도 사먹고 음료수도 사먹으면서 중국의 기차여행 속 풍경을 함께했다. 해바라기 씨를 왜 들 그렇게 많이 먹는지, 기차 바닥에 온통 껍질로 도배를 한다. 또 카드 없이 못 살 민족인 것처럼 종일 와자지껄 카드게임이 여기저기서 펼쳐진다. 칸마다 배치된 뜨거운 물통에서 차도 우려마시고 나처럼 컵라면도 끓여먹고 밥 때면 밥 팔러 다니는 승무원에게 좀 비싸게 파는 밥도 사먹는다. 도착할 때가 되어선 승무원이 여행사 직원으로 둔갑해 옥팔찌며 자석목걸이, 기념품, 시안 지도를 들고 와 판매에 열을 올렸다. 이미 중국에 익숙해진 나로선 이제 모든 게 귀찮기만 하다.

저녁 때 타서 좀 있다 바로 잠들고 한참 자다 일어나 창 밖 세상 구경하고 졸리면 또 자고 그러기를 몇 번 하다 보니 도착한다. 18시간 이라는 게 얼마 만큼인지 그런 개념도 느낌도 없다. 그냥 기차에서 하루 논 것 같다.

종착역 시안에 도착한다는 안내방송이 들린다. 도착시간은 아직 30여분 이상 남았는데 어느새 사람들이 모두 하차준비를 끝냈다. 중국 사람들 느리다 느리다 하더니만 여기선 내가 젤 느린 것 같다. 그제야 나도 세면 대에서 좀 씻고 눌린 머리도 살리면서 한국 촌놈티를 없앴다.

'이런, 저 가방을 또 어떻게 옮기나'

시안에 도착했다. 짐을 어떻게 들고 플랫폼을 나왔는지 모르겠다. 울 음밖에 안 나오는 내 눈에 길게 이어진 멋들어진 성벽이 들어온다. 이곳 이 바로 13개 왕조가 도읍으로 했다는 곳인가. 내리자마자 고성의 흔적 이 바로 날 반겨준다.

길게 이어진 택시에서 손짓을 해댄다. 이제 흥정의 달인이 된 내가 바 가지요금에 넘어가지 않자 다들 아쉬워하는 눈치다. 다행히 여기도 민꿍 (民工: 막노동자, 시안 현지인이라기 보단 시골에서 일자리를 찾아 올라 온 사람들이 이렇게 역 주변에서 짐을 들어주거나 막노동 등을 하며 하 루하루 근근이 생활을 이어가고 있다)들이 있었다. 알아서 내게 와 짐을 들어줄 테니 15위엔을 달라고 했다. 이렇게 반가울 수가. 짐과 함께 목적 지까지 데려다 주는 대가가 택시비보다도 싸다. 속으로 '앗싸'를 외치며 차 어딨냐고 빨리 가자고 했더니 이끌려 간 곳은 시내버스 정류장. 결국 나는 민꿍 아저씨와 버스를 타고 1시간 정도를 그렇게 가게 됐다.

덕분에 버스를 타고 가는 내내 시안 구경을 할 수 있었다. 외국 가는 그 런 느낌은 온데간데없고 여기도 청두가 아닌가 하는 생각이 들 정도로 도시 이미지가 똑같다. 사이사이 보이는 꽤 오래된 성벽과 누각들이 그 렇게 멋있어 보일 수가 없다. 왠지 이 동네 뭔가 많이 품고 있을 것만 같 다. 소문대로 볼게 많은 모양. 수고한 민꿍 아저씨에게 사례를 하고 섬서 사범대 정문 앞에서 마중 나오기로 한 한국 유학생을 기다렸다. 이렇게 시안에 도착했다. 갑작스레 가슴이 뛰고 왠지 모를 기대가 밀려온다. 여 기저기서 아픔도 밀려온다. 그리고 여기도 푹푹 찐다.

회색도시 시안 - 안마

씽위엔시아오취(살구마을) 섬서 사범대와 시안외대 근처에 있는 아파트 단지로 현지인보다 많은(?) 유학생들이 이곳에서 살고 있다. 유학생 특히 한국인 거주지라 불릴 정도로 한국유학생들이 압도적으로 많다. 방 두 칸에 있을 것 다 있는 25평 정도 되는 아파트가 한 달에 1000위엔. 관리비고 뭐고 다 해도 기숙사 2인실보다 훨씬 싸다. 베이징이나 상하이에선 누릴 수 없는 호사가 이런 지방 대도시에선 가능하다.

"아직도 간지러워요?"

"네, 엄청 간지러워요. 큭큭"

"처음 오셨나 봐요"

40도. 바깥의 이글이글거리는 열기가 들어올까 봐 창문도 열어놔선 안 된다는 이곳 시안. 오히려 청두는 시원한 편이라는 생각이 든다. '대륙이 펄펄 끓는 구나 펄펄.'

도착 후 매일매일 전 집주인 따라다니며 시안 물려받기에 나서고 있다. 낮엔 너무 더워서 움직일 수 없으니 집에서 퍼 자고 선선한 저녁때가 되어서야 일어나 밤에만 움직이는 그런 생활을 하고 있다.

도시정보, 학교정보는 내가 알아본 거랑 별로 새로울 것이 없는데, 역시 현지 생활에 필수인 밥집이나 술집을 시행착오 없이 제대로 물려받게 되었다. 그중에 제일 맘에 드는 곳은 집에서 걸어 5분 거리에 있는 양지아춘(楊家村)으로, 재래시장 한편에 있는 꽤 넓은 노천 야시장이다. 시안도 밤이면 여기저기 테이블 몇 개 펼쳐놓고 즉석에서 기름에 지지고 볶은 각종요리에 시원한 맥주와 수다로 더위에 지친 피로를 풀 수 있는 야시장이 활발하게 이루어지고 있었다. 청두에선 홍와쓰가 유학생들을 그렇게 유혹해 댔었는데 여기도 있다. 너무 가까워 매일 밤 올 것 같은 양지아춘. 이미 도착 후 매일 오고 있다. 늦은 밤 좀 출출하다 싶으면 이곳에 나와 3위엔 밖에 안하는 챠오판(볶음밥)이나 미시엔(중국식 쌀국수), 샤구오(짬뽕)에 량차이(시큼한 반찬류), 니우두(소창자)를 반찬 삼아 또 시원한 맥주한잔을 곁들이며 끝없는 수다를 떨어댈 때면 세상 누구도 부러울 것 없는 행복감에 젖어들게 된다. 이젠 중국사람 다 됐다.

바닥을 가득매운 휴지들, 때 국물 좔좔 흐르는 테이블, 기름기에 번질번질한 음식 만드는 손, 왠지 먹을 때 조심스럽게 되는 요리들, 도저히 어울릴 수 없을 것이라 생각했던 처음의 내 모습(곰 군이 되게 재수 없어 했던 내 첫인상)이 불과 몇 개월 만에 현지인과 전혀 다름없는 사람이 되어 있다. 처음 한 달 동안 볶음밥만으로 버티며 어떻게 저런 걸 먹을 수가 있을까 했었는데 이제 이런 거 없이는 못살겠다. 눈만 감으면 생각난다. 또 이 유혹을 뿌리치기 힘든 게 워낙 싸다(맥주 한 병에 2, 3위엔).

시안에 도착한 첫날 전 집주인의 소개로 중국에 와서 생애 처음으로 안마를 받아 봤다. 가방 때문에 몸이 쑤셨던 터라 안마소를 망설임 없이 가게 됐다. 생각보다 고급스럽게 장식된 실내에서 전통 중국안마를 받았다. 안마복으로 갈아 입고나자 나무통에 약초물을 받아와 발부터 씻겨주며 전신을 주물려주는데, 몸이 너무 쑤셔 만지는 곳마다 '아야 아야' 소리가 났지만 시원하게 한결 풀리는 느낌이 들었다(단지 다리를 주무를 땐 너무 간지러워 참을 수 없었지만). 때때로 몸을 확 확 꺾어대 우두둑 뚝뚝 소리가 관절 여기저기서 울려대고, 힘 쭉 빼고 몸을 맡기고 있으려니 편안함에 어느새 스르륵 잠이 들어버린다. 총 120분 68위엔. 시간과 정성에 비해 가격은 역시나 저렴하다.

일주일이 다 되도록 시안의 낮을 구경 못했다. 어젠 또 나이트 탐방에 나섰는데 어딜 가나 남탕이었다. 온통 땀에 젖은 남정네들과 원치 않는 부비부비를 하면서 하염없이 한숨만 나오고 '푸우~' 며칠 동안이지만 교남이 말이 맞는 듯 벌써 청두가 그립다.

도시전체가 박물관. 진짜~!

삥마용(兵馬俑)이나 화칭츠(華靑池)등 세계적으로 유명한 볼거리가 있는 시안. 그런데 이게 다 교외에 있어 맘먹고 가야지만 볼 수 있는데, 다행히 시내 곳곳에도 정말 마음을 설레게 하는 것들이 도배를 하고 있었다. 버스를 타고 살짝만 돌아도 우리에겐 손오공으로 유명한《서유기》의 삼장법사가 지은 따옌타(大雁塔)와 남성스런 따옌타에 비해 여성미가 있는 시아오옌타(小雁塔), 매일 밤 폭죽쇼에 예전 황제들이 즐겼다던 따탕뿌롱위엔(大唐芙蓉院), 정방형으로 시안 시내를 완벽히 싸고 있는 멋진 청치앙(城墙 성벽), 그 중심에 당당히 서 있는 쫑러우(鐘樓 종루)와 꾸러우(鼓樓 고루) 그리고 셀 수 없는 기타 등등. 잠시도 눈을 쉴 틈이 없다. 다들 역사가 상당해 짧게는 수백 년이고 길게는 천년을 훌쩍 넘는다. 그래서 그런지 그저 보는 것만으로도 경외스럽고 그 긴 세월을 담은 흔적이 버텨낸 자태가 나같이 들뜬 사람도 차분하게 만든다. 곳곳에서 뿜어져 나오는 매력이 상상 이상이었다. 현대의 멋지고 높은 건축물에 '우와' 한다면 천년의 세월을 품고 있는 저들을 볼 때면 '우와' 곱하기 무한대, 거기에 밀려오는 감동까지 추가해야 표현이 가능할 듯하다. 쓰촨 청두가 현대적인 느낌이 들 정도로 시안은 정말 고도(古都)다운 모습이다. 온 지 얼마 안돼서 그런지 뭐랄까 진짜 중국에 온 느낌이다. 역사속의 전설속의 중국말이다. 낮엔 그대로의 모습에 한없이 아름답고 또 밤엔 조명에 빛난 자태가 눈을 사로잡는다.

갈 데가 많고 볼 곳이 많다. 사진 찍고 싶은데도 많고 시안으로 오길 잘했다. 여행을 맘껏 못 할 바에야 아예 이렇게 한 학기씩 새로운 곳에서 하는 것도 좋다고 본다. '공부겸 여행겸' 이 생각이 여지없이 맞아떨어지는 느낌이다. '캬캬캬. 앞으로 또 한창 바빠지겠군.'

무더위가 기승을 부리더니 요사이 매일 비가 쏟아진다. 이제 살짝 긴

화려한 조명과 아름다운 음악이 어우러진 따
옌타 분수쇼. 세계 최대크기의 분수광장이고
매일 환상적인 물쇼가 펼쳐진다. 중국은 만들
었다 하면 뭐든 다 최대란다. 정말 볼만하다.

팔을 걸쳐야 할 정도로 날씨가 많이 선선해졌다. 8월의 중순을 넘기면서
날씨가 하루가 다르게 변해 가는 느낌이다. 공사판이 여기도 한창이라
다니는 길이 질퍽질퍽, '나쁘다 나쁘다' 그랬던 청두보다 공기는 더 나쁘
고 도시 전체적인 분위기가 약간 가라앉은 듯한, 색깔로는 회색이 연상
되는 그런 이미지다. 몇 방울의 빗줄기에 계절마저 바뀌려는 시안. 조금
만 기다려라 곧 맘껏 누릴 때가 올 것이다. 설레는 이 기분 왜 일까.

　지금은 개학을 10여일 앞둔 여름방학의 마지막 시기, 그동안 벼려왔던
수도 베이징을 향해 출발을 결정한 날이다. 그간 한국에서 돌아온 씨앙
따로부터 베이징에 대한 정보도 좀 얻었고 베이징으로 이사한 미스터태
극권과 연락이 되어 기대에 찬 수도베이징을 향한 혼자만의 여행을 준비
했다. 오늘 드디어 기차표도 구입했다.

　'만리장성아, 자금성아, 천안문아 기다려라 내가 간다. 근데 잉쮀칸인
데 괜찮을까?

제
三
장

베
이
징
일
기

두 번 다시 잉쭤는 죽어도 안탄다
-베이징드림을 꿈꾸는 수많은 청년들

드디어 베이징에 왔다 '니하오 베이징'

"한국 사람들은 돈이 많아서 좋겠어요"

"많긴요 전 하나도 없는데요 뭘"

"그래도 베이징에 여행도 가고 좋지 뭐. 우린 여행 같은 건 꿈도 못 꿔"

"저기 한 달에 얼마나 버시는지……."

"하루도 쉬지 않고 일해 봤자 한 달에 800위엔 정도 되나. 일도 많이 위험하고 말야"

출발 하루 전에 표를 구입한 것부터가 또 생각 없는 행동이었다. 청두에선 어떻게 운이 좋아 그랬다지만 중국의 인구를 헤아려야 했다. 롼워, 잉워, 롼쭤도 전부 매진 남은 건 잉쭤밖에 없었다. '잉쭤도 별 무리 없으니까 존재하는 거 아니겠어? 중국에 왔으면 또 중국 서민들 틈 속에서 한번 지내보는 것도 좋겠지'

이 생각은 기차에 오르는 그 순간 처참히 깨졌다.

잉쭤(딱딱한 좌석으로 일반좌석을 뜻한다) 13시간, 오후 6시 시안 출발 다음날 오전 7시 베이징 서역 도착. 정말 이건 아니다. 경험? 단 한번 펴보지 못한 무릎이며 허리 어디 할 것 없이 안 쑤시는 데가 없고, 부대끼는 가운데 눈 한번 못 붙여 비몽사몽 그대로 길바닥에 푹 고꾸라져 버릴 것만 같다.

청두에서 시안에 올 때는 18시간 반을 기차에서 보냈음에도 잉워칸을 이용해 전혀 불편이나 피곤함도 느껴보지 못했다. 오히려 기차에서 푹 쉬고 주위사람들과 실컷 놀다보니 어느새 시간이 그렇게 빨리 지나가있었다. 그래서 13시간의 이번 기차여행은 굳이 의자에 앉아가도 별 무리가 없을 거라고 생각했는데 그것은 곧 나의 엄청난 착각이었다. 아침 일찍 출발해 밤에 도착하는 거였다면 차라리 나았을지도 밤을 꼬박 새워야 했다는 게 아마 몸에 더 무리를 끼쳐왔는지도 모르겠다.

잉쮀. 중국에서도 극히 서민, 우리가 '중국사람' 하면 바로 떠오르는 그런 사람들이 이용하는 칸이다. 보통 세 명씩 두 명씩 앉는 좌석으로 옆사람과 신체접촉이 불가피하고 앞사람과는 무릎과 무릎이 시종 부딪힐 수밖에 없는 여유라곤 전혀 없는 빽빽한 곳이다. 잉쮀야 타보니 잉워칸 사람들이 다들 얼마나 깔끔하고 여유가 있는 사람들이었는지 알 수 있었다. 여긴 하나같이 빈민스러움이 흠뻑 몸에 밴 그런 사람들뿐이다. 머리는 감았을까? 목욕은 언제 했을까? 세수는 했을까? 옷은 빨아 입었나? 햇볕에 얼마나 그을렸던지 피부는 하나같이 시뻘검검하고 괜히 시비에 말려 봉변이나 당하지 않을까, 깜빡 잠든 사이 다들 몰려와 내 주머니를 노리지 않을까 하는 걱정이 가득했다. 짐들은 또 어찌나 많던지 선반엔 더 이상 올려놓을 데가 없고 의자 밑은 물론 아예 통로까지 가득가득 지나다닐 틈도 없다.

'화장실은 어떻게 가지'

내가 앉은 곳은 두 명씩 앉는 곳으로 맞은편 좌석까지 총 네 좌석이다. 창가 쪽의 나, 내 옆은 떡 지고 기름기 촬촬 흐르는 머리에 가무잡잡 피부, 지저분한 수염, 세수도 안했다고 확신이 드는 내 또래의 험상궂은 사내가 앉아있다. 앞엔 7살 난 딸아이와 그 엄마 그리고 깨끗한 외모와 차림의 아저씨 한 분 이렇게 넷 아니 다섯이서 4인용의 좌석을 함께 이용하게 됐다. 깔끔한 아저씨가 내게 어디서 왔냐고 묻는다(설마 나한테서 외국인의 모습이?). 약간의 긴장과 함께 살짝 웃으며 한국 사람이라고 했더니 앞의 아줌마와 딸이 놀라 듯 쳐다보고 옆의 험상궂은 사내는 살짝 들썩이는가 싶더니 고개를 통로 쪽으로 돌리며 아예 외면을 한다. 깔끔한 차림의 아저씨가 성격이 좋고 워낙 활달해 바로 어울리며 계속 이 아저씨와 떠들게 됐다. 덕분에 앞으로 지낼 시안에 대해서도 많이 알게 됐고 차차 긴장도 풀렸다.

이 아저씨는 고향이 시안인데 지금은 베이징의 어느 화학공장에서 일을 하고 있다고 했다. 집에 일이 있어 잠깐 다녀가는 길이라고 하시는데, 이야기를 들어보니 지금 하고 있는 일이 많이 힘들고 작업환경도 매우 열악해 상당히 위험한 일 같았다. 그에 비해 수입은 정말 형편없었다. 쉬는 날도 없이 일하며 화학물질에 노출돼 피부는 여기저기 탈색이 돼 가는데도 월급은 고작 800위엔 우리 돈 10만원 정도였다.

베이징에서 당장 먹고 살기에도 부족하고 하는 일에 비해서 턱없이 낮은 임금이지만, 인구는 넘치고 일자리는 없어 이렇게 싼 임금에도 하려는 사람들이 넘치다 보니 어쩔 수 없이 그런 일을 계속할 수밖에 없단다. 마땅히 옮길 데도 없단다. 이러니 생활이 나아질리 만무 반대로 있는 사람들은 이런 싼 노동력 덕택에 계속 턱살만 터져 갈 것이고. 옆의 험상궂은 사내라고 생각했던 이 친구도 시간이 지나자 서서히 대화에 동참하며 입을 연다. 사연을 들으니 여기도 한숨이 절로 나온다. 집은 시안에서도 버스로 네다섯 시간 걸리는 샨시성의 어느 한 농촌인데, 베이징에 먼저 올라가 공장 일을 하고 있는 형을 찾아 이렇게 나섰단다. 시골에선 먹고 살만한 일이 없어 무작정 베이징 행에 나섰다는 것이다. 베이징 가는 기차를 타기 위해 시안도 난생 처음 와봤다는데, 이제 시안보다도 훨씬 발달된 중국의 중심 베이징을 향하고 있다. 조는 사이 코도 베어간다는 숨막히는 도시의 삶을 과연 이 시골 청년이 어떻게 적응해 나갈까 싶다. 농촌에서의 삶이 전혀 가망이 없어서 이렇게 나섰을 텐데 아무쪼록 탈 없이 잘 지냈으면 좋겠다.

아저씨의 탄식 가득한 베이징 생활의 힘겨운 넋두리, 졸린데 눕지도 못하고 엄마 품에서 부대끼는 7살 난 꼬마의 모습 또 같은 칸에 탄 어쩌면 하나같이 똑같은 모습의 중국 젊은이들 모두가 오늘날 중국의 현실을 그대로 보여주고 있는 것만 같다. 매년 신기록의 초고속 高高高성장을 하고 있다지만 그 이면에는 당장 먹고 살 일을 걱정해야하는 사람들이 어마어마했다. 자고나면 신흥초대박 부자들이 여기저기서 생겼다고 방송이고 신문에선 연일 떠들어대지만 실제 현실에선 그런 것은 꿈같은 소리일 뿐이다. 당장 기차안만 보더라도 누구는 편안한 침대와 탁자가 놓인 넓은 곳에서 여유롭게 편히 지내는가 하면 누구는 모르는 사람들과 부대끼며 새우잠을 잘 수밖에 없는 형편이다. 돈이 사람을 지배하니 어쩔 수 없다지만 돈이 좀 없어서 이렇게 많은 불편을 당연히 받아야 한다는 것도 좀 그렇다. 어쩌면 세상의 모습을 그대로 갖다 붙여놨는지. 있는 사람에게는 제일 비싼 표 값도 전혀 부담이 안 되겠지만 없는 사람들에게는 제일 싼 표 값도 부담이 되는 게 사실이다. 800위엔을 번다는 앞자리의 아저씨, 제일 싼 칸을 이용했음에도 왕복차비만 벌써 월급의 절반 가까이를 써버렸다.

몸이 본격적으로 쑤셔온다. 첫 6시간은 그런 대로 버틸 만했는데 자정을 넘기니 사정이 달라졌다. 가다 서다를 반복하는 기차의 움직임에 몸도 이리저리 쏠리고, 살짝 잠이 드나 싶으면 옆의 사내가 몸을 확 기대와 놀라 깨게 되고, 남은 시간을 확인할 때마다 그저 기~인 한숨만 나온다. 몸 쭉 펴고 잠시라도 딱 한번만 누워봤으면 좋겠다. 졸린데 잘 수가 없으니 무척 괴롭다. 몸을 가눌 수가 없고 앞 옆으로 서로 부딪혀대니 움직이지도 못하겠다. 딱 벌 받는 느낌이다. 아예 통로에 누워버린 사람도 있다. 나도 저러고 싶다. 머리는 점점 몽롱해 지고 몸은 더욱더 쑤셔만 간다. 이미 이런 거에 적응돼 별로 힘들어하지 않을 것이라 여겼던 중국 친구들도 다들 녹초가 되어있다. 이렇게 비좁은 공간에서 밤을 새워 서로 부대껴야 하는데 누가 멀쩡할 수가 있을까.

'제발 어서 도착했으면.'

베이징 北京 Beijing

어떻게 기차에서 내렸는지. 지금 서있는 곳은 어딘지. 길게 늘어선 택시와 버스 그리고 엄청난 사람들. 도대체 여기가 어디지? 드디어 베이징에 왔다. 북경! 베이징!

만나기로 했던 미스터태극권이 통 연락이 되지 않는다. 푹 고꾸라질 것만 같은데, 뭘 해야 할지 갑자기 캄캄해진다.

'에라 모르겠다. 어디든 가자. 베이징 하면 뭐가 떠오르지. 그래 티엔안먼(天安門 천안문) 우선 여길 벗어나자.'

내가 생각해도 난 참 대단하다. 베이징에 온지 하루 만에 주요 버스 노선은 물론이고 지하철 노선까지 전부 다 외웠다. 왜? 단 한번 택시를 탔는데 상상을 초월한 금액이 나왔다. 역시 수도는 달랐다 물가가 장난이 아니다. 청두선 택시 기본요금이 5위엔, 시안은 6위엔이었다. 그것도 비싸 1위엔 하는 버스만 타고 다녔었는데, 베이징은 택시 기본요금부터 12위엔 이었고 잠깐 달렸는데 50위엔을 찍는다. 아래쪽에선 시내를 뱅뱅 돌고 돌아도 나올 수 없는 금액이었다. 사정없이 올라가는 미터기를 보고 사정없이 떨려오는 내 심장을 느꼈다. 자칫 거지가 돼서 돌아갈 수도 있겠다 싶었다. '긴장하자'

베이징 역시 베이징! 넓다 크다 시원시원하다. 여기가 바로 세계에서 가장 넓다는 천안문 광장이고, 저기는 인민대회당 저기는 박물관, 저기는 마오주석 기념관, 저건 혁명 기념비. TV에서나 책에서 봤던 그 곳에 그 속에 내가 들어와 있다니 감격 그 자체다. 초롱초롱 빛나는 눈은 광활한 하늘을 향하고, 활짝 벌린 두 팔은 광장 한가운데서 난 기어이 쇼생크 탈출을 찍고 말았다. 여기서 눌러 살고 싶다. 방금 전까지 밤샘기차에 죽겠다고 했던 내가 맞는지 힘이 쑥쑥 올라왔다. 혹시 내 몸에도 혁명의 빨간 피가?

미스터태극권과 연락이 닿았다. 나보고 알아서 자기 집으로 찾아오란다. 대강 이화원 가는 버스타고 오면 어떻게 어떻게 올 수 있다는데 얘는 내가 여기 처음 왔다는 걸 아는지 모르는지, 알았다고 금방 갈게 하는 나는 또 뭔지 그러곤 아무런 시행착오 없이 바로 버스 정류장 찾아 편하게 앉아서 이화원에 도착하게 된다. 중심부에서 베이징 서쪽 끝까지 가는데 버스로 1시간이 넘게 걸렸다. 가는 내내 창밖을 구경하며 수도의 모습을 머릿속에 담으려고 노력에 노력을 더했다.

천안문에서 이화원 가는 길에 학원로를 지나가게 됐다. 말로만 듣던 중국의 유명 대학들이 나타났다. HSK의 베이징어언대, 대륙 제일의 칭화대, 그리고 베이징대, 인민대등. 나도 저런 곳에서 공부하고 싶다는 생각이 스쳤다. 시안이 아무리 볼게 많다고 베이징만큼 할까. 아직 학교 등록도 안했는데 아예 베이징으로 옮겨버릴까. 그런데 저기 순수 학비만 2배가 넘고 생활비도 엄청나고 음... 며칠 있다 그냥 내려가야겠다. 그래 후회 없이 싹 다보고 가자. 베이징을 정복하는 그날까지 쉬지 않고 내달리자. 앞으로 9일 남았다. 될까?

미스터태극권네 집에 도착하자마자 부둥켜 형제의 정을 나누고 바로 잤다. 난 누운 기억이 없는데 어느 샌가 택이가 와있었고 시계바늘은 저만큼 지나가 있었다. 한결 가벼워진 몸과 보고 싶던 동생들을 만나자 마음까지 들떠 새로운 기운들이 쫙쫙 뻗쳤다. 우린 그렇게 하루 종일 베이징을 유람했다. 천안문 광장을 시작으로 자금성 앞(입장 시간 지나서 궁

세계 최대 크기의 중국집은 역시 중국에 있었다. 그 이름 하여 북경반점 중국말로는 베이징판띠엔. 우리나라에선 무슨무슨 반점이라하면 중국(요리)집을 말하는 데 중국에선 최고급 호텔을 가리킨다. "오늘 점심은 북경반점에서 사천짜장이나 먹을까" 중국사람들 우리나라 오면 오해많이 할듯.

안엔 못 들어갔다), 징산공원 산꼭대기도 올라보고 자금성 담 따라 한 바퀴 느긋하게 돌아보는 것까지. 딱 자금성 주변만 그렇게 돌아다녔다. 저녁엔 베이징카오야(북경오리구이)를 먹으며 무조건 베이징의 정취를 느끼려 노력했다. 더위가 물러간 한 밤중 천안문 거리를 거닐며 베이징에서의 아쉬운 첫날밤을 달래고 또 달랬다.

근데 물가가 좀. 한국에서 바로 왔으면 모를까. 중국에서 반 년살고 이미 중국사람 다 된 채로 다니려니 모든 게 지방이랑 비교가 된다. 택시비는 그렇다 쳐도 1위엔 밖에 안하는 양꼬치가 왕푸징에서 5위엔이나 했다. 모든 게 지방에 비해 네다섯 배나 더 비쌌다. 그리고 무슨 상인들이 그렇게 한국말들을 잘하는지, 한국 사람들은 왜 그렇게 많던지.

베이징에 쫙 깔린 현대차 소나타 택시나 아반떼(중국에선 엘란트라, 현대자동차 대단하다 베이징현대라는 회사를 현지에 세우고 베이징시와 합작, 시내의 모든 택시를 현대차로 하기로 계약을 맺었단다. 즉, 중국 수도 베이징의 택시는 자랑스럽게도 대부분 우리 차였다) 택시를 타야할 이유가 없고, 몇 배나 더 비싸게 팔고 있는 양꼬치를 지금 배속에 넣을 필요도 없다. 내가 여기서 할 일이라곤 그저 많이 보고 걷고 찍고 느끼기만 하면 될 뿐이다. 벌써 하루가 이렇게 지나간다. 왜 이렇게 시간이 빠른지.

이제 내일은 만리장성이다.

베이징 vs 워(我, 나)

산꼭대기로만 이어 놓은 만리장성. 무더운 여름날이었지만 맞바람 치며 오르는 시원한 산바람에 기분도 업, 내 머리카락도 업. 장성을 딛고 올라 광활한 대륙을 만끽했다. 중국에 이런 말이 있다 '不到長城非好漢 만리장성에 오르지 아니한 자 사나이라 할 수 없다' 난 이제야 비로소 싸나이가 되었다.

　며칠간 창청(長城 만리장성), 이허위엔(이화원), 티엔탄꽁위엔(天壇公園, 천단공원), 롱칭씨아(龍慶峽, 용경협) 리우리창, 후통(胡同 베이징 골목길), 쓰허위엔(四合院) 그리고 유명 대학들 등 베이징의 유명명소를 다 섭렵했다. 최대한 돈 안들이고 저렴하게 이용하려다 보니 이른 아침부터 서두르게 됐고, 버스비도 아낀다고 종일 두 다리는 쉴 틈이 없는 그런 여행이 됐다. 매일 밤이면 무조건 푹 퍼져 언제 눈감았는지도 모르게 그렇게 잠이 든다.

　젊은 나이에 여행이란 역시 맨 몸으로 직접 부딪히며 고생하는 게 제일이다. 비록 몸은 피곤할지라도 관람차로 편히 돌며 대강 훑고 지나치는 것보다는 오랜 세월을 품고 있는, 역사적 자취가 잔뜩 밴 곳을 천천히 걸으며 여유롭게 돌아보는 게 훨씬 의미가 있었다. 그러면서 그 속에 빠져드는 나를 느껴보는 것도 좋았다.

　만리장성을 한나절 통째로 걷고 오르고 또 오르면서 무척 힘들기도 했지만, 뭐라 말할 수 없는 감동이 밀려왔다. 너무나 잘 알려진 곳이라 그냥 한번 찍고 가자는 생각이 앞섰던 것도 사실인데, 역시 대륙의 역사는 괜히 이루어진 것이 아니었다. 이미 잘 닦아 놓은 성벽을 그냥 걷기도 이렇게 힘든데, 어떻게 이런 험준함을 뚫고 믿기지 않을 만큼 높고 견고한 성벽을 쌓아올릴 수 있었을까? 모든 게 감탄의 연속이었다. 5천 년 역사라는 우리나 중국이나 그 오램은 별 차이 없이 외쳐 떠들지만 대륙은 달랐다. 흥망성쇠를 쉬지 않고 거듭했던 대륙의 지배자들 그리고 그들이 큰소리 냈던 그 중심부엔 어김없이 그 흔적들이 단단하게 자리 잡고 있었다. 그것은 또 대륙이라는 거대함에 힘입어 타의 추종을 불허할 만큼 모든 것을 '기적'으로 만들어 놨다. 인류 최고의 고성(古城)을 거니는 것 거닐었다는 것은 정말 행운이었다.

사실대로 본 대로 느낀 대로 베이징은 대단했다. 베이징뿐만 아니라 대륙은 정말 엄청난 것들을 품고 있었다. 오늘날 전 인류에게 최고의 볼거리를 제공하고 있고, 또 평생 간직할 소중한 감동도 선사했다. 그러나 수백 수천 년의 세월동안 이렇게 굳건히 자리를 지키며 조용히 자신의 몸집을 더 불릴 수 있었던 것은 과연 잠시 스친 통치자라는 단 한명의 목소리만으로 가능할 수 있었을까? 절대 아니다. 당시 많은 사람들이 말 그대로 쌩고생고생을 했을 것이다. 보는 사람들로 하여금 입이 딱 벌어지고 마음이 둥둥 울릴 정도라면 고생이라고 표현하기에도 부족하다. 평생을 다 바쳐 결국 그 속에서 마지막 기력까지 다 소진하며 목숨을 바쳤다는 게 맞을 것이다. 수천 수만 수십만 수백만 수천만 옛 중국 사람들은 자신의 목숨을 기와 한 장에, 벽돌 하나에, 잡풀이 뿌리내린 한 줌의 흙과 바꿔야만 했을 것이다.

서양세력들 침 질질 흘리며 강도질해대던 청나라 말, 서태후가 그저 자신의 별궁 하나 만들려고 물 한 바가지도 없는 맨 땅을 푸른 물결 출렁거리는 바다로 만들지 않았었나. 마술 방망이가 있어서 맨땅을 바다로 만들 수 있었을까. 포크레인도 덤프트럭도 하나 없이 이런 말도 안 되는 엄청난 짓을 저질렀다. 백성은 굶주림과 학대에 날로날로 죽어가고, 통치능력이 떨어진 대륙의 황실은 끝까지도 정신 못 차리다가 멸망을 했다. 그런데 이런 게 셀 수 없을 만큼 대륙을 도배하고 있다. 불쌍하고 가엾은 대륙의 힘없는, 동서고금을 막론하고 언제나 같았던 그 이름도 쓸쓸한 서민들.

그런데 재밌다. 그들의 손자뻘쯤 되는 시대가 되자 이제 그들이 또 밀려오는가 싶더니 이제 막 돈 보따리를 풀어헤치고 대륙에 뿌려대고 있다. 대륙의 수많은 유적들 처음엔 감동이었다. 그러다 쓰라린 아픔의 흔적으로 보였고 그래서 슬펐다. 그런데 이제 그 거대한 상처의 구멍에 세상의 모든 돈들이 앞 다퉈 메우려든다.

아이러니한 세상. 침략에 열 올리던 서양 세력이 이제는 대륙에 돈을 쏟아 붓고 있고, 과거 통치자들의 생각 없는 짓거리들로 나라가 망했는데, 이제는 그 흔적들 때문에 대륙은 연일 잔칫집이다. 도대체 역사에서 뭐가 악이고 뭐가 선인지 또 뭐가 옳은 것인지. 아이고, 머리가 너무 지근지근하다.

베이징을 돌면서 이렇게 혼자 놀았다. 혼자 온갖 상상에 빠져 감동모드에서 분노모드, 절망모드 이제 득도의 경지까지. 이렇게 베이징은 내게 충분히 재밌었다. 즐거웠다. 간만에 한 며칠간 몸도 실컷 풀어보고 머리도 실컷 돌려보고 왠지 한 껍질 벗은 느낌이다. 찜찜하게 맴돌고 있던 모든 것들을 이 기간 동안 싹 쓸어버린 것 같다. 베이징은 그렇게 한 사람을 데리고 놀았다.

'머리가 비니 어지러워 죽겠네. 비틀거리는 이 몸을 알콜로 바로잡자. 나와라 칭다오피쥬(칭다오맥주)'

어학연수 베이징은 글쎄

"베이징에서 어학 연수하는 한국 학생들은 정말 이해가 안가"

"예. 에?"

"한국에서 사는 거랑 똑같잖아. 대체 왜 거기서들 하는지 모르겠다니까"

2005년 기준으로 베이징 거주 한국인 수는 대략 10만 명. 지방 소도시 인구와 맞먹는 숫자다. 베이징 안에 한국도시가 존재한다고 해도 과언이 아니다. 그 대표적인 곳이 바로 왕징과 우다오커우로, 왕징이 현지 파견 (혹은 진출) 근무자(사업가)들의 거주지라면 우다오커우는 바로 유학생들의 무대라 하겠다.

LA는 안 가봐서 그곳 코리안 타운이 어느 정도인지는 모르겠지만, 베이징의 왕징과 우다오커우를 가보니 여긴 영락없는 한국이었다. 한글 간판이 거리를 가득 메우고 있는 이곳은 지방 도시와는 그 수나 규모부터 아예 비교 대상이 되지 않았다. 대형학원들, 엄청 많은 한국 식당, 버금가게 많은 미용실, PC방, 한국 물건밖에 없는 슈퍼에, 옷가게, 술집, 또 경쟁하듯 몰려있는 유학원에 여행사, 한국인이 많다는 걸 확실히 확인시켜주는 한국 부동산들. 마치 서울의 한 거리를 그대로 옮겨놓은 듯 했다. 걷는 내내 100% 직독직해가 가능한 언어만이 들려오는 이 거리, 한국이 그리웠던 난 잠시나마 향수를 달랠 수 있었다.

이번 베이징 여행 기간 동안 밤마다 들려야 했던 곳이 바로 여기 우다오커우였다. 미스터태극권네 집에 가기 위해선 항상 여기서 버스를 갈아타야 했다. 종일 걷느라 지치고 굶주린 몸을 이곳에서 맛있는 고국의 밥을 먹으며 하루의 마무리를 꼭 여기서 하게 됐는데, 덕분에 베이징 유학생들의 밤 문화도 자연스레 엿볼 수 있었다.

중국에 오기 직전 보았던 TV프로의 내용이 그대로 재연되고 있었다. 청두나 시안의 유학생들도 자유로움 속에서 이런 저런 모습들이 알게 모르게 이루어지고 있었지만, 그 수가 적어 이렇게 눈에 확 띌 정도는 아니었다. 무더운 여름, 낯 뜨거울 정도의 노출패션이 밤을 후끈하게 만들고, 거리 여기저기서 한국어를 이용한 작업이 한창이다. 아파트를 드나드는 이들도 대부분 어린 커플들 뿐. 여기저기서 울리는 우리말의 외침은 한국인이 아니고선 감히 이곳에 발 디딜 엄두도 못 내게 했다.

현재 중국 내 어학연수생 대부분이 한국 학생이다. 지방의 경우도 한국 학생 비율이 최소 50%를 넘는데, 베이징의 경우 많게는 90%를 상회한단다. 수업도 한국의 교실과 다를 바 없는 분위기에서 진행되고, 수업 후엔 한국과 똑같은 곳에서 밤늦게까지 생활이 가능하다. 정통 중국의 표준어를 배우기에는 역시 수도 베이징만한 데가 없다. 시장상인이나 택시 기사도 전부 깨끗한 푸통화를 구사하고 길거리의 스치는 말들도 모두 교과서에서 듣던 그런 말들이다. 사투리가 엄청 심한 쓰촨에서 올라온 나는 여기서 얼마나 귀가 편안해 졌는지 모른다.

그러나 이것이 또 하나의 독으로 작용한 듯싶다. 중국 유학의 대부분이 베이징으로 몰리는 바람에 한국 학생들이 엄청나게 많아졌다는 것 그리고 그들과 함께 들어온 각종 한국 부대시설들이 그것이다. 중국어를 좀 더 좋은 환경에서 배울 수 있는 것도 사실인데 자칫 잘못하다간 중국어를 전혀 할 수 없는 곳이 또 이곳이다. 뚜렷한 목표가 있다면 모를까 솔직히 이곳은 유학생들이 지내기에는 유혹의 손짓들이 너무나도 많았다. 중국어가 아예 필요가 없는 곳이었다. 공부는 둘째치더라도 우선 끼리끼리 늦은 밤까지 어울리는 것이나 주위에 너무 쉽게 보이는 어린 친구들의 탈선의 모습들까지 이미 자연스러운 유학생들의 문화가 돼 버리지 않았나싶다.

여기서 잠깐 시안외대 짱라오스(장선생님)의 말을 들어보자. 짱라오스의 한국 친구가 중국 대학에 가기 위해 먼저 어학연수를 하게 됐다. 우선 베이징에서 6개월을 지냈는데 한국과 너무나 똑같은 환경 탓에 말은 고사하고 중국이란 느낌도 없었단다. 이에 다음 학기는 지방 도시로 옮겼는데, 오히려 그곳에서 중국어는 물론 중국생활의 참맛을 제대로 느낄수 있었다고. 이후 본과 입학을 위해 베이징으로 다시 돌아가게 됐지만 어학연수만이 목적이라면 베이징은 절대 피하라는 게 그 친구 분의 한결같은 주장이라고 한다. 베이징에서 대학을 나온 짱라오스, 실제로 본 게 많다며 한국 유학생의 베이징 생활은 확실히 문제가 좀 있다고 했다.

많은 사람들이 지방에서 공부하면 극심한 사투리 때문에 걱정을 많이 하게 되는데, 확언컨대 전혀 걱정할 필요도 없고 사투리는 중국어 공부에 전혀 문제가 되지 않는다. 오히려 나는 다양한 표현을 익혔다는 즐거움이 있었다. 학교에서야 당연히 푸통화를 배우고 전국 각지에서 온 중국 친구들도 다들 푸통화를 쓰기 때문에 사투리가 유학생들에게 미치는 영향은 거의 없다. 단지 거리에서 들려오는 본토박이들의 진한 사투리가 가끔 귀에 거슬리기도 하지만 그런 건 저건 무슨 말인가 알아내는 즐거움이 있다.

말 나온 김에 베이징과 지방도시를 좀 비교해보자. 학비는 베이징 한 학기 분으로 지방에선 1년이 가능하다. 아파트 임대비도 기본적으로 두배 이상으로, 내가 살던 청두 난푸진(월 2천위엔)과 같은 아파트를 베이징에서 구한다면 최소 5천위엔 이상이 든다. 참고로 미스터태극권이 사는 곳은 베이징의 변두리 아파트(방 2개)로 씨앙따가 살았던 곳(방 3개)보다도 훨씬 더 열악한 곳이었다. 그런데 방값은 1,900위엔/月 이었다. 씨앙따가 살던 곳은 1,400위엔/月 으로 학교 옆에 위치(학교를 안가서 그렇지 모든 면에서 최고의 입지조건 이였다. 마이당라오(맥도날드) 컨더지(KFC)가 걸어서 1분 거리였다)했다. 학비나 기본적인 생활비에서 엄청 차이가 나는 게 현실이다. 베이징 유학생들도 지방의 현실을 듣고는 다들 부러워한다. 지방 내려가면 훨씬 누리며 살 수 있을 텐데 하며 아쉬워들 하는데, 선뜻 베이징을 떠나는 데는 주저한다. 베이징의 매력에 깊이 빠져서일까? 아니면 한국과 똑같은 편안함에 너무 깊게 익숙해진 탓일까? 어학연수만이라면 베이징대나 쓰촨대나 사실 아무런 차이가 없다.

'얼링링빠(2008)' 그리고 메이드 인 차이나

천안문광장과 중앙박물관. 그 한가운데 2008 베이징 올림픽을 알리는 대형 카운트다운이 있다. 8자를 유난히 좋아하는 중국 사람들. 8(빠)이 돈 번다는 發(빠)과 발음이 같아서 인데 개막도 2008년 8월 8일이다.

난리가 아니다. 지나가는 중국사람 아무나 붙잡고 '얼링링빠(2008)' 한마디만 해봐라. 그 순간 그 사람의 눈에서 광채가 나고 자부심이 온몸 가득 뿜어져 나올 것이다. 글쎄 우리도 88올림픽 때 이 정도였을까. 세계에 우리를 알릴 수 있는 절호의 기회이자 한 단계 도약할 수 있는 찬스가 바로 올림픽이다. 그런데 그 이상의 의미가 확실히 있는 것 같다. 중국 전역에 '2008 베이징 올림픽'관련 현수막이나 포스터가 도배가 돼 있고, 방송에선 연일 '개막 D-day 0일 기념' 공식 행사를 대규모로 열고 있다. 유명 연예인들도 총출동하여 다들 '얼링링빠'를 외치며 열광의 도가니에 빠져드는 모습, 적어도 중국에선 올림픽 개최 하나로 전 인민이 단결되고 대륙의 오랜 숙원을 이룬 것만은 분명하다.

얼마 전에 신문에서 봤다는 한 중국 친구의 말을 듣고 올림픽이후 한국사람 입장에서 베이징의 변화를 실감하게 됐다. 현재 10만 명인 베이징 거주 한국인의 수가 올림픽 이후 수십만 명으로 대폭 늘어난다는 보고가 있었다고 했다. 지금도 엄청나게 많은데 올림픽을 계기로 뻥~ 봇물이 터지게 됐다. 지금이 중국에 진출할 수 있는 절호의 기횐데 알면서도 할 수 없는 현실이 참 아쉽다. 씨앙따네 중문과 교수님이 또 그랬단다. 지금 중국어를 배우는 사람들은 마지막 행운의 세대라고, 2008년이 지나면 더 이상 중국어를 할 줄 안다는 것은 아무런 자랑거리가 될 수 없다고, 지금이 중국어만으로 뭘 할 수 있는 마지막 시기라고 했단다.

이제 영어와 중국어는 기본이고, 그 외의 언어는 옵션이 되는 세상이 됐다. 영문과나 중문과는 더 이상 그들만의 전공이 될 수 없는 세상이 와 버렸다. 내가 중국에 온 이유이기도 하다.

그런데 이쯤에서 드는 의문 한 가지. 중국제, 중국산, 중국이란 글자 들어가는 것은 솔직히 중국 사람까지도 우리에겐 안 좋은 이미지만이 가득하다. 본론을 좀 떠들기 전에 한 가지 먼저 생각할 게 있다. 한국제, 한국산, 한국 사람을 과연 미국 사람이나 일본 사람 소위 말하는 선진국 사람들은 어떻게 생각할까? 한국은 안전한 나라며, 한국 제품들은 모두 매우 질 좋고 우수하고, 한국 사람은 다들 친절하고 세련된 사람이라고 그렇게 생각할까? 한국에서 유학 경험이 있는 외국인들이 고국에 돌아가 한국의 발달된 현주소를 알리고 한국 사람들의 모습을 좋게 말했을 때 그것을 듣는 그들의 주변인의 반응이 어떨지 궁금하다.

글쎄. 세상이 생각하는 우리 한국의 이미지는 우리가 생각하는 것보다 훨씬 못 미치는 것 같다. 내 생각에는 우리가 중국을 보는 것과 별반 차이도 없는 것 같다. 그러나 우리는 실제로 이만큼 성장을 이뤘고, 몇몇 분야에서 우리의 기술력은 세계 정상을 달리고 있다. 세상이 한국을 알건 모르건 알아주건 무시하건 우리는 이미 세계 속의 한국으로 발돋움했다.

그렇다면 중국은 어떨까? 중국제는? 중국산 돔에서 납이 나오지 않나. 중국산 약재에서 중금속이 다량 검출되지 않나. 특히 식품류에서 문제들이 매일 재기되는 게 우리가 아는 중국제, 중국산의 전부이고 이미지다. 그런데 진짜 그럴까? 지금 사용하고 있는 전자제품의 뒤를 살짝 보자. 메이드 인 어디? 이것이 현실이다. 지금 세상을 덮고 있는 건 상표만 유명 브랜드이지 생산은 거의 다 중국에서 이루어지고 있다. 삼성, 현대, 소니는 믿는다. 그런데 중국제는 못 믿는다. 그런데 그 삼성전자가 중국에 있다. 현대자동차도 소니도 폭스바겐도. 다들 이미 알고 있듯 전 세계 내로라하는 기업들이 이미 오래전에 중국에 진출하여 자사 생산기지를 세웠고 지금은 더 넓혀가고 있다. 지금 이 순간에도 더 많은 기업들이 마구마구 밀려들고들 있으며, 그들이 생산하는 제품은 '메이드 인 차이나' 라는 마크가 찍힌 채 우리 나라로, 세계로 팔려나가고 있다.

뛰어난 한국제도 일본제도 문제가 빈번이 일어나는 게 사실이다. 다만 중국제는 그 수량이 워낙 많아서 좀 더 많이 나오는 것은 아닐까. 또 그것이 중국제에 대한 오해에서 한층 더 과장되고 오버하게 되는 것은 아닐까. 소니의 mp3가 고장이 났는데 알고 보니 메이드 인 차이나 였다. 그래서 소니가 아닌 '중국'을 욕한다. 한국의 한 식품회사가 라면을 만들었다. 그런데 그 라면에서 이물질이 나왔다. 알고 보니 원재료가 중국에서 넘어왔다. 그래서 이번에도 한국의 라면회사가 아닌 '중국'이 욕을 먹는다. 지금까지 보아온 바로는 모든 문제를 오직 '중국'이란 단 한마디 말로 결론짓는 것 같다. 먼저 살펴야할 것들을 제쳐둔 채 단지 근원을 알 수없는 감정적인 부분만이 작용한다. 그 어떤 사고(思考)도 용납지 않는 '중국'이란 이 한마디, 단지 이 한마디가 모든 책임을 짊어지고 있지 않나 싶다. 세상의 공공의 적이 중국이라도 된 느낌이다. 일반 국민들은 중국에 대해 좋지 않은 이미지를 계속 이어가는데, 정작 정부나 유명 기업들은 중국과 어떻게 해서든 가까워지려고 노력하고 있다. 어떻게 생각해야 할까. 우리도 좀 더 시각을 열어둘 필요가 있지 않을까 싶다.

싸도 이렇게 쌀 수가 없다. 쌀값은 10분의 1, 쇠고기 값도 10분의 1, 과일은 그냥 공짜라는 생각이 들 정도이다. 중국과 FTA를 하는 동시 대한민국은 망한다. 대한민국이 망하는 게 아니라 지금도 길 없는 대한민국의 농수산은 끝장이 난다. 중소제조업도 문 닫게 되는 것은 안 봐도 뻔하다. 그래서 우리는 중국산 하면 안 좋은 이미지를 어떻게 해서라도 심어야, 심어줘야 하는 것이다. 그래야 중국에 말려드는 걸 최대한 속도를 늦춰갈 수 있기에. 우리나라의 1차 산업이 끝장나는 것을 최대한 늦춰야 하기 때문이다. 더욱 밀려들 중국제의 공세 속에서 우리 한국산 제품을 살려나가야 하니까.

과연 중국제를 이길 방법이 있을까 고민해본다. 국제규격이라는 게 있고 나라간 무역에 앞서 각종 검사 항목이 있다. 중국산은 이런 절차를 거쳐서 각 나라로 퍼져간다. 즉, 수출하는 제품은 우리가 그러하듯 중국도 최상품이라는 소리이다. 매일 쏟아지는 중국산 제품 하자 소식에 문제가 없다고 감히 말을 할 용기도 없지만, 적어도 중국산 전체에 대한 맹목적인, 부정적인 시각 역시 우리의 오해라고 본다. 솔직히 '싼 게 비지떡'이라고 불만 없으려면 싼 중국제 말고 비싼 거 사는 수밖에 없다. 1만 원짜리 중국제 mp3에 유명 브랜드 제품의 성능을 기대하는 것은 무리 아닌가,

이런 중국이 더 커지려고 한다. '얼렁링빠'를 외치는 중국, 그 시점을 계기로 세상을 다 삼킬 분위기다. 아시아의 맹주자리를 일본에 뺏긴 체 중화인의 자존심이 그동안 얼마나 꺾였던가. 과거 조공을 바치러 스스로 찾아오던 대한민국의 눈부신 성장을 지켜보며 또 대륙의 체면이 얼마나 꺾였던가. 불과 십 수 년 만에 그 차이를 극복한 오늘날의 대륙. 우리보다 20년이나 늦게 하는데 그 분위기는 세상이 바라보는 시각은 너무 많이 다르다. 우리는 올림픽을 계기로 어떻게든 세상에 나가 보자였는데, 중국은 세상의 중심이 되려고 한다. 이번 올림픽을 통한 중국의 위상은, 그

자부심은 대륙을 넘어 세상에 어떤 영향을 끼치게 될까. 이제는 중국에 진출하려는 한국 사람들 모두가 대륙의 전문가가 되기를 희망한다. 대륙의 지배자가 되길 소원한다. 그것만이 고국이 대륙과 옆 섬나라 사이에서 당당하게 우리가 자리를 차지할 길이라 여기기에.

반면 올림픽의 화려함과 비전의 이면에는 역시나 눈물이 존재했다. 우리도 그랬다지. 외국 손님들 보기에 부끄럽다 싶은 건 죄다 쓸어버렸다고. 그래서 달동네 사람들이고 거리 좌판상인들이고 하루하루 근근이 살아가던 사람들이 전부 올림픽 때문에 삶의 터전을 잃게 되었다는데 지금 베이징도 같은 모습이다. 아름다운 거리를 보여주기 위한 정화작전으로 베이징에서 쫓겨난 사람들이 엄청나단다. 눈들이 그렇게도 두려운가. 진짜 부끄러운 것은 마치 그것이 없는 척하는 게 아닐까? 이미 다 알고 있잖아. 모든 것을 그대로 보여주는 게 더 대륙답다고 생각하는데, 이런다고 달라지는 것도 아닌데 말이다. 베이징 올 때 봤던, 열차 가득 일자리 찾아 나선 사람들은 다들 어디로 가야 할까? 모든 도시가 뉴욕이, 도쿄가, 파리가 될 필요는 없다고 본다. 원래 달랐잖아. 한 가지 아쉬운 건 지금 베이징엔 '얼링링빠' 밖에 없다는 것이다.

'언제까지 '얼링링빠' 만 할 거야?

짜이찌엔 베이징

"어~ 한국 사람이었어요? 중국말 잘하네요."

"취직하고 싶으시면 언제든 말씀 하세요. 제가 도울 게요"

후회 없이 대륙의 천년수도 베이징을 유람했다. 10여 일 동안 정말 쉼 없이 걸었고 보았고 찍었고 느꼈다. 다시 한 번 더 돌아보고 싶은 마음이다. 확실히 오랜 세월을 품은 것들에게는 알 수 없는 힘이 뿜어져 나온다.

징산공원에서 내려다 본 자금성. 시원한 칭다오 맥주를 들이키며 저물어가는 왕푸징에서 여행의 마지막 여유를 부렸다. 고요함과 역동성이 대륙에 공존하고 있다.

웅장해서, 믿을 수 없어서, 그것을 사람이 이루었다는데, 무한한 감동이 뿜어져 나오는 대륙 심장을 가득 메운 보물들. 어쩌지 이제 돌아가야 하는데.

마지막으로 둘러본 곳은 꾸꽁(故宮, 자금성). 대륙의 황제가 살았던 이곳에는 이제껏 세상 어떤 권력자도 누리지 못한 최고의 호화로움과 웅대함과 자만심이 있었다. 다행이었고 행운이었다. 내가 21세기에 살고 있다는 것이. 대륙 황제의 궁궐을 마음껏 누빌 수 있는 기회를 얻은 건 정말 행운이었다.

오전 일찍 자금성에 입장해 건물과 기와와 기둥, 계단, 문양, 바닥에 깔린 돌 하나하나까지 1000년 세월에서 뿜어져 나오는 에너지를 다 받아냈다. 누워서 궁궐이 품은 하늘을 바라보며 옛날 대륙의 통치자들을 떠올려 보았다. 알고는 있었을까? 오늘날 세상각지의 사람들이 몰려와 자신들의 근거지를 이렇게 마음껏 유린하리란 걸.

해질 무렵까지 베이징의 마지막을 자금성과 함께 했다. 역시 자금성이었다. 상상 가능한 궁궐의 모든 것들이 여기에 있었다. 천천히 시간의 구애 없이 둘러볼 수 있어서 좋았다. 왕푸징 거리에 앉아 칭다오 맥주를 들이키며 남아 있는 마지막 여유를 부렸다. 이미 국제도시가 된 베이징, 중국엔 이런 베이징이 곳곳에 있다. 사람들로 항상 붐비는 대륙, 무언가에 쫓기듯 정신없이 달려가는 오늘날의 대륙, 그 가운데서도 여유로움이 묻어날 수 있는 것은 도심 곳곳에 떡 하니 버티고 서서 대륙 역사의 숨결을 느끼게 하는 유적들이 있어서가 아닐까 싶다. 아쉽지만 이제 베이징과 안녕을 해야 한다.

기차역으로 향하던 버스 안에서 뜻하지 않게 작업이 이루어졌다. 정말 난 그럴 생각이 없었는데 내 주둥인 그렇지가 않았나 보다. 베이징 서역을 향하던 중 막상 기차 타는 곳을 잘 몰라 옆자리에 앉은 여인에게 단지 기차역에 대해서 물어봤다. 그런데 이 여인, 친절이 과했다(?) 아예 기차역까지 따라와 어디서 타는지 어떻게 들어가는지 세세하게 다 알려주고 기차 탈 때까지 옆에서 떠나질 않는다. 상냥하다고 해야 할까, 친절하다고 해야 할까. 중국에서 가장 큰 전자회사인 하이얼에서 근무하고 있다는 이 여인, 사장 비서라는데 나보고 원하면 취직도 시켜줄 수 있다고 했다. 갑가지 끌린다. 실업자에서 벗어날 수 있는 길이 느닷없이 베이징을 떠나는 순간 열리게 됐다. 어쩌지? 어떻게 할까?

베이징, 향하는 그 순간부터 떠나기 직전까지 나를 이렇게 데리고 논다. 유쾌했다. 마지막까지 웃음을 선사한 베이징, 후회는 없고 아쉬움은 남는다. 자, 베이징 이제 안녕.

'혹시 몰라 전화번호는 따 났다'

제四장 시안일기

에이스로 우뚝서다
– 교육도시 시안(西安)

시안외대(左) 정문. 중국에선 전문대를 학원(學院)이라고 부른다. 서안외국어학원이던 이곳이 얼마 전 종합대학으로 승격됐다. 오른쪽은 사범대 교정. 시안외대보다 훨씬 넓은 교정이 있고 차분함이 느껴진다.

"선생님. 저 몇 반 들어가요?"

"중국어 공부 얼마나 했는데요?"

"한 6개월 정도"

"그럼 3반으로 가요"

이번학기는 시안 외국어대학교 한슈에위엔(漢學院)에 등록했다. 바로 옆 섬서 사범대학교를 놓고 한참 망설이다 그래도 서양 사람들이 많은 학교가 재미있을 듯싶어 결국 외대로 결정했다. 무엇보다 모든 과목을 다들을 필요 없이 듣고 싶은 과목만 골라들을 수 있어 학비를 또 절감할 수 있다는 게 좋았다.

3반 입성. 쓰촨대 총 12개 반 중 제일 아래, 기초반도 아닌 입문 반에서 시작해 8개의 반이 있는 외대의 마지막 기초반인 3반에 들어가게 되었다. 반 편성고사가 있었다는데 그 기간이 베이징을 한참 유람하던 때였다. 이곳 학사일정은 맘대로 무시한 채 베이징 구경에만 빠져있다 갔다 오니 바로 학기 시작이란다. 역시 모르면 용감하다. 방학동안 그래도 꾸준히 책을 본 덕인지 수업엔 그다지 어려움이 없다. 조금 건방을 떨자면 반을 한 몇 개 뛰어 넘어가야 하는 거 아닌가하는 생각도 든다.

대강 우리 반을 둘러보니 한국학생들이 제일 많았고, 이외에 일본, 독일, 이태리, 미국, 카자흐스탄, 영국, 필리핀 등 다양한 국적이 섞여있다. 며칠 경험해보니 읽는 속도나 발음이나 입문 반에 있어야할 친구들도 몇명보이고, 여러모로 내가 한수 위라고 확신이 든다(당시 3반 친구들 맞잖아 웅?). 그래도 반은 옮기지 않으려 한다. 솔직히 좀 편하게 하고 싶다. 수업시간에 누구보다도 더 선생님과 떠들고 싶고 수업에 이끌려 가는 게 아니라 이끌고 가고도 싶다. 이번 학기는 수업에 부담을 줄이고 대신 두어 달 후부터 연말에 있을 중국어능력시험(HSK)에 대비를 하고자한다.

시안 외국어대학교, 쓰촨대에 비해 너무 작은데 정말 학교 같은 곳이다. 쓰촨대를 자전거 없이 다 돌아보려면 족히 이삼일은 걸릴 판인데, 여긴 1시간이면 몇 바퀴를 돌겠다. 작아서 너무 편한 학교 진짜 학교를 다니게 됐다. 학교 이름에서 알 수 있듯이 외국어를 특수전공으로 하는 학교이다. 그래서 전 세계 언어수업이 다 이루어지고 있었고 자랑스럽게도 한국어도 당당히 인기학과로서 입지를 확실히 하고 있었다. 단지 저 멀리 신 캠퍼스가 조성되면서 우리 한어과(漢語,중국어 배우는 과))만 남겨놓고 모두다 이사를 가버렸다. 그래서 한국어 수업이 어떻게 이루어지고 있는지 중국 학생들의 한국어 실력이 어떤지 알 수 없어 조금 아쉬웠다.

시안. 베이징, 상하이와 함께 중국 3대 교육도시로, 창안난루(長安南路)를 따라 대학교가 정말 많이 있었다. 학원로라고도 불리는 이 거리엔 종루 방향부터 음악대, 장안대, 교통대, 정법대, 외국어대, 사범대 그리고 사이사이 재경대, 서북대, 서북공업대, 구아대, 배화여대, 체육대, 석유대, 미술대, 섬서의대, 아직 이름을 못 외운 대학들 까지 헤아릴 수 없이 많았다. 또 각 대학들이 시안 시내에 캠퍼스를 두세 개씩 가지고 있어 도시가 온통 대학들로 도배가 된 느낌이다. 어떤 대학이든 학생 구성을 보면 정작 이곳 샨시성 출신은 얼마 없다. 다들 전국 사방 각지에서 모여든 것만 봐도 시안이 교육도시로서 그 입지가 얼마나 대단한지 알 수 있었다.

쓰촨성 청두는 시안에 비해 인구가 2배 정도 되는데, 정작 대학은 쓰촨대를 비롯해 옆에 작은 음대와 저 멀리 사범대, 재경대뿐이었다. 그런데 여긴 온통 대학뿐이다. 글쎄 옛 수도라는 이미지 때문일까. 지금이야 대륙의 천재들이 모두 베이징으로 향한다지만 그 옛날엔 다들 장안이라 불린 이곳으로 몰렸었고, 아직까지도 영향을 미치는 건지 대학생이 많기도 많다. 덕분에 친구는 수도 없이 만들 수 있겠다.

9월학기가 시작됨과 동시에 시안의 계절도 바뀌었다. 푹푹 찌던 날씨가 어느새 새벽녘엔 추위에 잠이 깨곤 한다. 전기장판을 깔아야할 시기가 낼 모레인 듯. 어느새 가을을 맞이한다.

왕빠(PC방) 라오반과 의형제를 맺다
- 제발 개XX는 하지마

여기는 왕빠 사장실. 우린 이곳을 우리 개인 사무실처럼 이용하는 특별 고객이자 사장친구다. 왼쪽이 중국인 라오반, 오른쪽이 중국인 같은 씨양따이다.

"야 이 개색히들아 주둥이 닥쳐"

"제발 하지마. 라오반"

시안 여기도 왕빠(PC방)가 참 많다. 학교가 많고 학생들이 많아서인지 왕빠가 여기저기 눈에 쉽게 띈다. 청두나 시안이나 왕빠의 특징은 컴퓨터가 수백 대라는 것이다. 그리고 매우 싸다. 또 별의별 자료가 가득가득하다. 요사이 꼭 인터넷을 쓸 일이 없어도 찾는 왕빠가 있는데 바로 스룬

(時論)왕빠, 라오반(사장)과 어쩌다 엄청 친해지는 바람에 하루에 한번은 꼭 한마디라도 해야 하는 사이가 됐다.

한참 형님일 거라 생각했는데 나이가 나보다 겨우 두 살 위이다. 결혼해서 벌써 아이가 둘이란다. 왕빠 위치가 한국인 집단 거주지에 위치해 조기 유학 온 초등학생부터 아저씨들까지 다양한 연령층의 한국인들이 자주 이곳을 이용하고 있다. 그래서 라오반도 한국 사람들을 참 좋아한다. 아예 한쪽에 한국인 지정석을 따로 만들어 놓기까지 했다(물론 조금 더 받긴 하지만) 또 어떻게 알아냈는지 왕빠 올라가는 입구에 '한국인과 중국인은 친구입니다'라고 직접 한글로 써 붙여놓기까지 했다.

그간 친하게 지낸 한국 친구들이 다들 귀국해 나와 씨앙따가 나타난 게 라오반에게는 더 없이 반가운 모양이다, 무조건 붙들고 놔주질 않는다. 다른 한국 사람들은 바로 컴퓨터 붙들기 바쁜데 나와 씨앙따는 컴퓨터 하기 전에 꼭 라오반과 이런저런 대화를 나누니 그런 우리가 좋단다. 솔직히 우리도 인터넷보다 왕빠에서 일하는 중국 친구들과 노는 게 더 재미있다. 어쩌다 보니 카운터까지 우리가 점령해 이제는 제집처럼 편하게 드나들고 있고, 씨앙따는 무임금에 노동력을 착취(?)당하는 수준에까지 이르게 됐다.

독실한 불교신자인 라오반, 난 독실하다고 스스로 자신하는 교회안가는 기독교인. 하루는 라오반이 하루를 통째로 할애해 나와 씨앙따를 끌고 다니며 시안 시내에 있는 절(유명하지 않은 골목골목에 있는 작은 절)을 다 보여줬다. 어릴 적 그곳에서 자랐다는 설명과 함께 소림사를 떠올릴만한 별별 무공(특히 원숭이권이 압권)을 보여주느라 또 열심이다.

시내 구석구석을 살피다 이제 슬슬 배가 고플 즈음, 후이민지에라는 회족거리에 데려가 시안의 유명한 시아오츠(小吃 가벼운 먹거리)를 다 맛보게 해준다. 배가 고파 허겁지겁 먹으려니 앞으로 먹을 게 넘치고 넘쳤다며 한 곳에서 젓가락 두 번을 못 대게 한다. 덕분에 기사 딸린 자가용

타고 다니며 제대로 호사를 누렸다. 시안의 곳곳을 돌아보았고, 전혀 관심 없던 골목생활을 살펴보는 좋은 경험을 하게 됐다.

중국에 와서 좋은 사람들을 많이 만난다는 생각을 했는데, 시안에선 라오반이 또 그렇다. 간혹 서로 역사 문제를 놓고 한창 싸우고는 있지만, 이럴 수 있다는 것도 즐겁다.

한번은 왕빠에서 우리 초등학생들이 게임을 하며 엄청 시끄럽게 떠들어 대고 있었다. 라오반이 묻는다. 한국말로 개XX가 뭐냐고. 상황에 맞는 말을 장난삼아 가르쳐줬더니 바로 냅다 소리를 질러 버린다 "야, 이 개색히들아 닥쳐" 당황한 나와 놀란 우리 한국 동생들. 일시 조용해지는가 싶더니 다들 슬금슬금 왕빠를 빠져나가버리고 그저 뭔가 해냈다는 표정에 실실 웃고만 있는 우리 라오반. 이후 심심하면 '개색히들아'를 외쳐댄다. 모두가 알 것이다. 카운터에 앉아있는 우리가 가르쳤다는 것을. '내가 잘못했소. 이제 제발 그만'

그건 그렇고 씨앙따는 오늘도 왕빠에서 의심 많은 철야근무를 하고 있다. 집에서도 문자 오가는 소리가 끊임없이 들려오고. 흠.

하루 한 끼는 한일관에서(조선족)

아침은 패스, 학교 가서 쉬는 시간에 간식 좀 사먹으며 쪼그라든 배를 잠시 달랜 후 수업이 끝나면 옆 사범대에서 건너오는 씨앙따와 학생식당에 가서 수천 명의 중국 학생들 틈에 섞여 허겁지겁 뱃속에 집어넣기에 바쁘다. 커피 한 잔 뽑아달라고 해 종이컵 넘칠 듯 가득한 커피를 조금은 플라타너스에 나눠주고 한슈에위엔 앞에 앉아 지나가는 애들을 쉼 없이 평가한다. 그렇게 계집애놀이에 빠져 놀다 잠깐 교실에 들어가 책은 꺼내놓는다 그리고 보기도 한다. 단지 시간이 참 짧다는 게 좀 그렇지. 그러다 씨앙따는 왕빠로 향하고(진짜 뭔가가 있다) 난 좀 더 교실에서 버틴다. 밖이 어둑어둑 해지고 영양가 부족한 학생식당 식판 밥이 어느새 배 속에서 제 역할을 다했을 무렵, 죽을 것 같이 밀려오는 허기에 쇼우지(핸드폰)를 꺼낸다. '씨앙따 밥 먹자'

학교 건너편 그러니까 한국인 집단 거주지가 있는 쪽에 양지아춘이라는 재래시장이 있고, 그곳에 한일관(韓一館)이라는 한글과 한자가 함께 한 작은 식당이 있다. 주인 내외는 중국 56개 민족 중 하나인 조선족, 즉 우리 동포이다. 배달을 담당하고 있는 차기 사장이 될 사람은 나보다 서너살 살 어린 외동아들 영수, 그리고 주방에서 한민족의 맛을 담당하고 있는 분은 영수의 배필이다. 주위에 늘어나는 한국 분식점(중국진출)들 속에서도 꿋꿋이 입지를 지키면서 나 같은 골수팬을 확보하고 있다는 건 싸다는 것도 한 몫 하지만, 확실히 여긴 정(情)이 있다.

공기 안에 감춰진 밥 보다 더 많이 위로 솟아 나온 고봉이 산을 이룬 이집의 공기밥. 제 아무리 배가 고파 쓰러지기 직전의 강호동일지라도 '한 공기 더'를 외칠 수 없는 곳이 이곳이다. 이런저런 이야기에 하루하루 정이 쌓이더니 이젠 그냥 지나가는 길에도 불러서 과일도 주시고 비오는 날엔 부침개도 맛보게 해주신다. 팥죽 쑨 날은 며칠 전부터 꼭 먹으러 오라고 다짐도 받는다.

정(情), 한민족 고유의 아름다움이 아닐까 싶다. 객지 나와서 목마른 게 이것이고, 만나면 무척 반가운 게 바로 우리의 정이다. 한일관에는 그 정이 넘친다. 사장님 내외를 아빠 엄마라고 부르며 따르는 유학생들도 많은 걸 보면 확실히 사람 사이에는 통하는 게 있나 보다. 청두고 시안이고 유명 지방도시에서도 심심찮게 조선족이 경영하는 식당을 보곤 하는데, 같은 말과 문화를 지녔다는 게 반갑고 신기하기도 하다. 그런데 또 이분들이 중국인이라는 게 어색하기도 하다. 불과 할아버지 세대까지만 해도 한 나라 한 백성이었을 텐데. 언젠간 다시 뭉치게 될 날이 오겠지.

양지아춘 재래시장 한쪽의 식당가. 한일관이 떡 하니 자리하고 있다 사진의 오른쪽 벽은 이제 다 헐리고 여기 초대형마트가 들어섰다 이제 양지아춘은 끝장났다. 그리고 '이 배신자'

우린 재미동포나 재일동포에 대해선 다들 좋은 이미지를 갖고 있으면서 유독 조선족, 즉 재중동포(국적은 중국이지만)에 대해서만큼은 인식이 좋지 않은 것 같다. 중국 진출이 늘면서 조선족에 의해 사기피해를 많이 봤다는 소리들이 퍼지면서 직접 겪지 않은 사람들도 덩달아 무조건 비판적인 시각을 품게 된 게 아닌가 싶다. 어쨌든 이제는 재중동포들에 대해 돌아봐야 하지 않을까 한다. 세계 속에서 성공스토리를 펼친 해외동포들에 대해선 그들의 국적에 상관없이 한국계라는 이름으로 연일 방송이고 신문이고 그들에 대한 찬양일색이면서, 소외받고 별 볼일 없어 보이는 경제후진국에서 사는 동포들에 대해선 우리 스스로가 애초 너무 무관심하지 않았나 싶다. 결국 버린 동포들로부터 받은 작은 상처에 민족의 배반이니 원래 같은 종자가 아니라는 등 너무나 이율배반적으로 대하기도 한다.

재중동포들은 이름만큼은 누가 들어도 한민족인걸 알 수 있다. 그리고 한민족 고유의 문화를 어쩌면 우리보다 더 확실히 지켜오고 있는 것 같았다. 안 좋은 것만 생각하지 말고 먼저 돌아보자. 한국계 미국인만 한민족이 아니라 중국 조선족도 한민족이다. 어쩌면 진짜 한민족일지도 모른다. 재미동포 2세, 3세만 따지지 말고 재중 동포들에 대해서도 이제 좀 신경을 썼으면 한다.

그건 그렇고 요사이 영양실조에 빠질 판이다. 어떻게 중국에 와서 이렇게 못 먹고 살아갈 수가 있는 지 밥이고 과일이고 싸단 말이 이제 지겨울 정도인 곳에서 영양실조라니 이게 무슨 일인가 싶다. 씨앙따와 함께 지내보면 안다. 이제는 왕빠에서 사는 통에 밥 때가 지나도록 집에도 안 들어오고 전화도 한통 없다. 밥 먹자고 전화해서 왕빠에 찾아가면 또 거기서 한 두 시간 창자가 비틀릴 때까지 기다려야한다. 그렇다고 혼자 가서 먹기는 싫고 결국 버티고 버티다 찾아가는 곳은 한일관. 고봉으로 가득한 밥을 먹을 수밖에 없는 이유가 매일 반복이다. 새로운 인맥의 형성과 몸 짱을 향한 노력의 일환으로 여기서도 헬스클럽을 다니고 있다. 보통 마른체형이 운동을 하면 살이 좀 붙는다는데 난 점점 더 말라만 간다. 70킬로를 넘는가 싶던 몸이 어느새 62를 찍는다. 슬퍼죽겠다. 오늘 저녁도 한일관에 가서 굶주림의 극한 상태를 벗어나고자한다. 씨앙따는 밥 먹는 순간에도 핸드폰에서 손과 눈이 떠나질 않는다. 그 상대는 분명 왕빠 알바생 리리. 시안이 요사이 꽤 추워졌다. 나는 더 춥다.

대륙이 들썩 들썩
- 차오지뉘셩(超級女聲, 수퍼걸)열풍

"찌민지아는 이번에도 PK에 나오는 구나"

'난 저 우춘이 좀 어떻게 해줬으면 좋겠어 노래도 못하는 게 맨날 1등이래'

'내 사랑 짱량잉. 량잉 량잉 찌아요우'

"무슨 소리. 허지에가 최고지. 허지에 화이~링"

중국 후난(湖南)TV 신인 여가수 발굴 프로그램, 그 이름하여 차오지뉘셩(超級女聲). 지금 대륙을 강타하고 있는 초 울트라 태풍이 바로 이것이다. 중국 전역이 이들로 인해 연일 들썩들썩이고 있다. 참 볼 거 없다고 생각했던 중국TV에서 확실하게 사람을 매료, 덩달아 한국 유학생들도 초미의 관심을 보이고 있다. 노래 좀 한다는 대륙의 여성들이 참가한 이 대회는 지방 5개 지역에서 1차 예선을 치르고 거기서 3명이 본선에 진출하여 총 15명이 결선을 치루는 방식이다. 여기서 상위 수상자가 되면 말할 것도 없이 가수로서 연예인으로서 활동을 하게 된다.

말이 지방이지 중국에서 지방예선이라 함은 우선 우리나라보다 서너 배는 더 큰 규모이고, 그러다 보니 지방 예선부터 쟁쟁한 실력의 소유자들이 대거 등장한다. 대륙인들의 절대적 관심 속에 매일매일 손에 땀을 쥐게 하는 명승부가 펼쳐지고 있다. 생방송으로 진행되기에 현장감을 있는 그대로 느낄 수 있고, 승자와 패자의 환희와 슬픔도 가감 없이 볼 수 있는 것이 이 프로의 매력이다.

하릴없는 야밤 매일 술로 달래는 것도 하루 이틀, 간만에 한국 노땡들의 시선이 한 곳에 집중된다. 100% 중국어로 진행되는 방송에 초 집중, 혹 멘트하나라도 놓칠까봐 아예 사전 펴놓고 보면서까지 열을 올리는 친구들도 있다. 참가선수들이 다 여성출연자다보니 서로 자기가 좋아하는 후보가 제일 낫다고 우기는 그런 유치함까지 보이고 있다.

거리를 돌아다니다 보면 여기저기 피켓도 들고 전단지도 뿌리고 아예 차오뉘 흉내까지 내는 팬들의 모습을 흔히 볼 수 있다. 여중고생이 주를 이루는데 이들을 보고 있노라면 차오뉘의 인기가 어느 정도인지 실감할 수 있고, 오늘날 중국 청소년들의 모습도 엿볼 수 있다. 사실 우리 청소년들이 아이돌그룹에 열광하듯 여기도 똑같다. 조금 다른 건 우리가 철저한 기획에 의해 만들어졌다면 여긴 순수한 아마추어, 어제까지 내 옆에 있던 바로 그 친구들이 나온 것이기에 좀 더 신선하다고 해야 할까. 새로운 스타탄생의 시작과 끝을 함께하며 정말 자기 일이라도 된 것 마냥 엄청 열을 올린다.

그 나이 또래의 극히 자연스런 모습이기에 별다른 문제가 없을 듯싶은데, 차오뉘를 굉장히 못마땅하게 보는 사람들도 많았다. 그 이유는 이 프로의 순위가 대개 핸드폰 문자 투표수에 의해 정해지다보니 돈에 의한 순위조작도 심심찮게 들려온다. 또한 인기가 많다보니 참가자에 뒷돈을 요구하는 방송관계자들의 이야기도 사람들 입에 오르내린다. 이 외에도 중국 청소년들의 아주 열정적인 문자 지지는 본인의 핸드폰 한도를 넘고 반 전체 학우의 핸드폰을 모조리 임대해 지지 후보에게 싹쓸이 문자를 보내기도 한단다. 만일 이게 문제라면 우리도 마찬가지이다. 좋아하는 가수를 검색순위 1위로 만들기 위해 쉴 새 없이 자판 두들겨대는 거나 단지 앨범이 많이 팔렸다는 그 기사를 보기위해 CD를 열 장씩 사들인다거나 하니 한국이나 중국이나 청소년층의 스타에 대한 열정은 똑같다.

세계 문제아들의 집합소 외대 3반

학교 다니는 게 이렇게 즐거울 수 있다니. 매일 아침 눈을 뜨는 게 즐겁다. 금요일, 한 주 수업을 끝내는 벨 소리가 울려 퍼질 때면 왜 이렇게 아쉬운지 어서 월요일이 왔으면 하는 생각이 들 정도로 수업이 재미있고 우리 반 분위기가 최고다. 반 친구들 모두 사이가 좋고 서로 웃는 얼굴로 인사하는 아침, 수업시간 선생님 몰래 잡담하기, 주말엔 건수를 만들어 교외활동에도 열심이다. 하긴 이 모든 것을 가능케 한 일등공신이 있었으니 바로 우리 담임라오스 쨩라오스이다.

수업을 하다가 한번 삼천포로 빠져버리면 두 번 다시 진도로 되돌아오지 않는 우리 쨩라오스. 난 이런 쨩라오스의 인간적인 면이 너무 좋다. 수업이 전혀 부담이 없고 두어 시간 실컷 떠들고 웃다보면 수업이 끝이 난다. 가끔 내가 수업을 들으러 가는 건지 세계각지에서 온 인간들과 중국어로 떠들러 가는 건지 헷갈릴 때가 있다. 간혹 이런 수업진행에 불평이 나오지 않은 것도 아니지만, 늘 해맑게 웃으며 오늘도 우리 짱라오스는 삼천포 나들이에 나선다. 신기한건 언제 우리가 이렇게 많이 배웠는지 놀고 웃고 떠들고 하면서도 정작 해야 할 건 다 했다. 어쩌면 이게 다 짱라오스의 진정한 실력이 아닌가 싶기도 하다. 그동안의 경험과 경륜, 수업을 어떻게 이끌고 가야하는지를 확실히 알고 있는 베테랑 라오스. 적어도 난 그렇게 생각한다. 절대 시험시간 짱라오스가 내 옆에서 다 가르쳐 주는 등 누구 말처럼 짱라오스의 지나친 편애를 받고 있기 때문은 절대 아니다.

엊그제 씨앙따가 우리 반에 놀러왔다. 사범대 수업 땡땡이 친 씨앙따에게 할 거 없으면 우리 반에 들어와서 그냥 좀 있으라고 했더니 정말 우리 교실에 들어온 것이다. 뉴 페이스 등장에 우리 짱라오스의 인물탐색이 이뤄졌고 곧 씨앙따의 거짓말이 이어졌다. 뒤에서 이들의 대화를 지켜보며 속으로 웃겨 쓰러지고 있었는데, 뜬금없이 우리 미국 아줌마가 그만 일을 저질렀다. 이제 막 중국에 와서 학교 탐방을 하고 있다는 씨앙따의 거짓말이 끝나자마자, 몇 달 전부터 씨앙따를 쭉 봐왔다며 학기가 한참 지난 지금에야 학교를 둘러보는 게 이상하다고 확실히 그렇게 말했다. 불쌍한 씨앙따, 전혀 생각지도 못한 미국의 공격에 순간 표정이 굳어버리고 교실 분위기는 그대로 싸~해진다. 우리 짱라오스 씨앙따에게 별 신경 쓸 맘이 없는 모양 다행히 그냥 수업을 시작한다. 오는 날이 장날이라고 이 날은 우리 반 받아쓰기 시험이 있는 날, 씨앙따 놀러왔다 시험도 치게 됐다.

고급반의 씨앙따. 초급반 문제에도 쩔쩔맨다. 날 쏘아보는 씨앙따. 수업이 끝나고 씨앙따는 자길 이 자리로 끌고 온 날 죽이려들고 난 햇살 눈부신 교정을 향해 신나게 달려갔다.

다음 날, 받아쓰기 결과가 나왔다. 없는 씨앙따를 호명하는 짱라오스.

난 소리 높여 외쳤다.

"어제 한국으로 돌아갔습니다."

적반하장,
- 양지아춘은 시아오터우(좀도둑) 천국

핸드폰을 잃어버렸다. 분명 헬스클럽에서 운동 할 땐 있었다. 운동 끝나고 잠시 양지아춘 시장에 들러 삶은 달걀을 사들고 집에 왔는데 핸드폰이 보이질 않는다. 아무리 뒤져보고 털어보고 머리를 굴려 봐도 어디에 두었는지 모르겠다. 순간 스치는 생각 하나, 사람 바글바글한 시장을 빠져나올 때 잠깐 누군가와 부딪힌 적이 있었는데, 설마?

언젠가 버스를 타고 가다 소매치기 장면을 제대로 목격한 적이 있다. 아이를 안은 아줌마 뒤에서 한 아저씨가 아줌마의 핸드백에 손을 넣더니 돈을 꺼내는 것이었다. 맨 뒤에 멍하니 앉아 그 광경을 보았는데, 그때까지도 그게 소매치기인줄 생각도 못했다. 곧바로 아줌마가 소리를 지르고 소매치기 손에 들린 돈을 다시 빼앗는 걸 보고야 순간 나도 정신이 들었다.

근데 이 후 더 웃긴 건 이 소매치기는 얼굴 가득 재수 없단 표정만 짓고 있고 버스기사를 비롯한 승객 어느 누구도 현장에서 걸린 소매치기를 어떻게 할 생각조차 하지 않는다. 미동도 없다. 물론 나도. 버스가 다음 정거장에 서고 아무 일 없었단 듯이 문이 열리고 아줌마와 소매치기가 내린다. 아줌마는 아직 성이 가지 않은 표정으로 내려서도 소매치기를 노려보고 소매치기는 홀로 궁시렁 궁시렁 거리며 어디론가 사라졌다.

다른 한국 친구들도 겪은 게 많다. 역시 버스에서 소매치기한 걸 목격하게 됐는데 바로 알리려던 순간 옆자리의 사내가 칼을 뽑더란다. 말하면 찔러 버릴 것 같은 상황. 무서워서 그 날 이후 한참을 떨리는 가슴을

지난 뤄양 여행 때. 기차역 부근에 많은 사람들이 모여 있었다. 무슨 일인가 하고 가보니 모두 일자리를 기다리는 중이었다. 앞에 펼친 종이엔 각자 자신 있는 일들이 적혀 있었고 지켜보기론 기약 없는 기다림을 하는 것 같았다. 아줌마 앞에 쓰여 있는 건 가정잡부, 노인수발 등등 중국도 실업문제가……

안고 지내게 되었다는데, 이 땅엔 소매치기, 좀도둑이 거리 곳곳에 널려 있다는 느낌이다.

양지아춘 재래시장. 한쪽에 잘 갖춰놓은 야채시장 외에 좁은 골목 사이로 작은 식당들이 많고, 작은 리어카에 과일이며 야채 등을 싣고 나온 행상들이 북적거린다. 시골에서 올라 온 일자리가 확실치 않은 다수의 사람들이 또 잠시 터를 잡고 살아가고 있다. 학교 선생님들이나 중국 친구들이 양지아춘 시장은 좀 조심해야 한다고 했다. 이렇게 여기저기서 올라온 사람들이 정처 없이 머무는 곳이다 보니 각종 사건, 특히 절도행위가 많이 일어난다고 한다. 확실히 해가 지고 나면 소매치기 일당과 소매치기 당할 뻔한 사람들과의 싸움이 눈에 띠긴 했다.

중국 친구들에게 이렇게 좀도둑들이 많은데 싫지 않냐고 물으니 대답이 걸작이다.

"방법이 없어."

중국 사람들 많이 하는 말 중 하나가 '방법이 없다' 이다. 13억 인구 비공식으론 15억을 넘을 지도 모른다는 중국 인구. 호적 없는 사람들도 많고, 일자리는 없고 먹고는 살아야하니 생계형 좀도둑들이 생겨날 수밖에 없단다. 소매치기 당한거야 기분 나쁜 일이지만 그렇다고 소매치기들을 무작정 몰아세울 수 없다는 게 중국친구들의 생각이었다.

'이렇게 관대한 것도 대륙 기질인가?'

중국에 와서 청두에선 자전거를 도둑맞았고 여기 와선 핸드폰을 잃어버렸다. 웃옷 주머니에 빼가기 쉽게 넣어둔 게 애초 내 잘못이었다.

조금만 방심하면 주머니 속이 비고 손에 들고 있던 것도 없어진다. 심지어 목에 걸고 있던 목걸이도 무턱대고 다가와 너무 당당히 채가기까지 한다. 더러 걸리기도 하고 잡히기도 하지만 전혀 부끄러워하거나 반성하는 모습은 찾아보기 힘들다. 그저 재수 없었다는 표정들뿐이니 정말 메이빤파(방법이 없다)말고는 할 말도, 드는 생각도 없다.

그나저나 엊그제 중국에 온 이래 최고의 미인을 만났고 전화번호까지 받았는데, 이거 어쩐다. 연락할 방법이 없다. 시작도 못해보고 이거 평생 가슴에 한이 되는 건 아닌지 모르겠다. 정말 방법이 없다 방법이 없어.

수학여행 안캉 – 사키를 만나다

절대 일본사람이라고 말하고 다니지 마라. 일본사람 처음 본 사람에겐 완전 일본 망신시키는 것이라고 그렇게 놀렸더니 자기는 초(超)귀엽게 생겼다며 나보고 보는 눈이 없단다. 늦은밤 라면에 밥 말아 먹고 있는데 자기도 먹겠다며 숟갈 들고 덤벼드는 걸 보면 정말 일본인인지 의심스럽다.

"오빠 마그도나르도에 가서 코라 랑 하므바그먹자"

"정말 니 영어 발음은 고미(쓰레기)다 고미"

"이~ 오빠 영어 발음도 스레키야 스레키"

시안과 청두가 조금 다른 게 있다면 반 친구들과의 잦은 어울림이다. 그중에서도 일본 친구 하르가와 히로미랑 자주 어울리고 있다. 처음 중국에 왔을 땐 중국 자체가 신기하고 즐거워서 여기저기 돌아다니느라 바쁘고 현지 중국 친구들 만나 노는 게 그렇게 좋았는데 이제 좀 시간이 흐르니 다른 나라 사람들과 어울리는 게 또 색다른 재미가 있다.

안캉에 다녀왔다. 시안외대 가을 수학여행으로 샨시성 저 아랫동네인 안캉 시에 다녀온 것이다. 왜 안캉을 선택했는지 아직도 학교관계자들이 이해가 가질 않는다. 좋게 생각해서 중국의 시골을 구경하는 진귀한 경험을 했다. 안캉 시 가이드 말이 이렇게 많은 외국 사람이 안캉에 온 것도 처음이고 한국 사람도 처음 봤다고 했다. 쉬는 시간 잠깐 안캉 시내에 들러 물건을 고르고 있었는데 우리 한국 친구들끼리 하는 말을 옆에서 듣고 있던 현지인들이 한다는 말이 "저 윈난에서 온 사람들인가 보다"였다. 중국의 최남부 윈난성, 소수 민족의 고장이라 할 정도로 한족세가 약하고 다양한 민족들이 모여 사는 곳이다. 이곳 안캉이 얼마나 시골이었으면 한국 사람을 보고도 자기네 소수 민족 중 하나라고 생각했을까.

이번 수학여행을 통해 의미를 하나 찾는다면 바로 통슈에들간에 상당히 가까워졌다는 것이다. 이번 수학여행에서 처음 만나 그날 이후 한 식구가 된 친구가 있었으니, 일본 사람 사키짱이다. 처음엔 생긴 것만 보고 '별로 친해지고 싶지 않다'가 솔직한 내 맘이었다. 얼마나 관심 밖이었으면 학교에서 몇 달 동안 얼굴 한번 본적이 없었을까. 그러나 이후 너무 성격이 좋고 이렇게 편하게 지낼 수 있는 외국 친구도 있구나 하는 생각에 내 메이메이(妹妹, 누이동생)로 접수했다. 이제는 함께 헬스클럽에 다니며 운동도 같이 하고 탁구도 같이 하곤 하는데 한 가지 일본 여인들이 대단한 건 운동을 굉장히 잘한다. 히로미도 그렇고 사키도 여느 남자 못지 않게 실력이 대단하다 최선을 다하지 않으면 이길 수가 없다. 중고교 시절 학교 클럽활동에 열심인 일본의 교육환경 덕에 확실히 운동 방면에선 일본 여인네들이 고국의 여인네들보단 훨씬 낫다는 느낌이다. 물론 허벅지고 종아리고 운동한 티가 나긴 했다. 그 굵기가.

중국 점원 "어디 사람이에요?"

사키 "아~노 항쿡사람이무니다"

중국 점원 "그래요! 니하오를 한국말로 뭐라고 해요?"

사키 "안뇽하시므니까 라고 하무니다"

중국도 과거 일본과의 문제 때문에 일본에 대한 국민들의 감정이 좋은 편이 아니다. 굉장히 과격하게 일본 사람을 배척하는 곳도 있다. 청두에선 중일 간 문제가 뉴스에 보도될 때면 춘시루 이토백화점의 유리가 밤새 다 깨지기도 하고, 쓰촨대 일본 유학생들이 야밤 긴급회의를 열고 행동지침을 정하는 등 극도로 조심하기도 했다. 시안 역시 시내를 거닐다 보면 '일본인은 절대 불가'라고 써 붙인 가게가 한두 곳 눈에 띈다. 왠지 어설픈 중국어를 쓰는 동양인이 있으면 대뜸 어디 나라 사람이냐고 부터 물어보고 일본 사람이라고 하면 갖은 욕설과 함께 쫓아내는 경우도 있다.

우리 사키, 세상사는 방법을 이미 깨우친 것 같다. 느낌이 이상할 땐 한국 사람이라고 대답을 한다. 그래서 중국 사람이 한국말 좀 가르쳐달라고 하면 말도 안 되는 소리를 지껄인다. 하긴 뭐라고 떠들던 중국 사람이 알아들을 리가 없으니 걸릴 일도 없겠다.

내가 안캉에 다녀 온 그때, 씨앙따도 상하이여행을 다녀왔다. 그런데 표가 없어 잉쭤표를 구입했다는 것이다. 가격은 엄청 싸지만 무려 28시간이라는 초 장거리 죽음의 길이다. 존경스럽다 씨앙따. 상하이 도착 후 은행 현금지급기에서 위조지폐를 인출해보는 별 희한한 일을 만들고 다니는 씨앙따. 그새 또 어디 갔나? 오늘 리리 밤샘 근무지. 안 봐도 알겠다. 또 추워진다. 사키야 놀자.

청치앙(성벽) 마라톤

첫 번째 사진은 죽어라 내 앞에서 뛰고 있는 인간들이고, 가운데 사진은 내 뒤를 받치고 있는 착한 분들 그리고 마지막 사진은 완주 후 한국어 통역을 위해 왔다는 시안외대 한국어과 학생들과 찍은 사진이다.

마라톤 하는 날. 시안에는 시내를 정방형으로 두르고 있는, 세상에서 가장 크고 멋지고 완벽한 성벽이 있다. 총 길이 14킬로, 높이는 대략 5미터, 너비는 차 두 대가 나란히 무리 없이 달릴 수 있을 만큼 잘 만들어 놓은 진짜 성벽이다. 언젠간 한번 꼭 올라가 보리라 했는데 오늘 드디어 날이 왔다. 마라톤 참가하면 공짜로 오르게 해준다기에 적극적으로 신청했다. 이번 대회는 14km 풀코스, 10km 코스, 5km 코스로 나눠져 있고, 중국인부와 외국인부로 구분을 해놓았다. 중국 사람들은 파란티를 입고 외국인들은 빨간티를 입게 했다. 입 다물고 있으면 전혀 외국인인 걸 몰라보는데 오늘은 다행히 외국인 대접을 받게 됐다.

내가 출전한 코스는 5km로 조금 가다보면 반환점이 있는데 거기서 다시 되돌아오면 된다. 마라톤이라 하기 부끄러운 코스다. 사실 목적은 따로 있었다. 성벽에 올라 천천히 걸으며 조용히 성벽을 느끼고 싶었다. 평소 너무나도 멋있게 봐왔던 터라 기회가 온 김에 느긋하게 즐길 생각이었다. 그런데 출발신호가 울리자 순간 수많은 사람들이 우르르 달려 나가는 통에 나도 그만 사람들에 밀려 한참을 달리게 됐다.

얼마나 달렸을까. 드디어 사람들이 흩어져 맘 편히 걸으며 성벽을 돌아봤다. 중국, 대단하단 말밖에 안 나온다. 살면서 사람의 흔적이 싫을 때가 많았다. 단 한번 만이라도 자연을 있는 그대로 두 눈에 가득 담고 싶었다. 그러나 아쉽게도 대한민국엔 그런 곳이 없다. 사람 흔적이 거의 끊이지 않고 끝까지 이어진 곳이 우리나라이다. 사실 중국도 그런 면에서 다를 게 없다. 맘먹고 사막에 나가지 않은 이상 여기서도 인류의 흔적이 끝없이 이어져 있다. 그러나 천년 세월을 품은 인공(人功)은 그 의미가 다르다. 현대의 건축물이 가끔씩 공해로 느껴지기도 하지만, 이 보물들은 그렇지 않다. 사람의 흔적이란 게 오히려 경이롭고 현대의 그 어떤 건축물보다도 훨씬 멋있다. 그동안 버틴 세월 그 이상 앞으로도 지속될 것이라는 믿음에 애초 바라보는 관점부터가 다르다.

이렇게 또 혼자 뻘생각을 하며 노인흉내를 내고 있었다. 그런데 내 뒤에 사람들이 얼마 없다. '그래도 명색이 달리기시합인데 꼴찌는 할 수 없지 이제 좀 뛰어 볼까' 한참을 뛰어 드디어 완주했다. 황금색 메달을 받았다. 좀 뛰어주니 바로 메달을 받는 내 실력. 번쩍이는 황금색 메달 뒤엔 다음과 같이 쓰여 있었다. '紀念(기념)' 난 이 메달을 황급히 목에 걸고 누구보다 더 빨리 시내로 나왔다. 거리 사람들이 나를 보고 환호한다. 난 1등 했다고 소리쳤고 시안 시민들의 박수갈채를 받았다. 환호하는 시민들에 손을 흔들어 답례하곤 재빨리 학교 셔틀버스에 올랐다.

뒤이어 나와 똑같은 메달을 목에 건 사람들이 줄줄이 쏟아져 나왔다. 난 그렇게 시안시민들을 속인 피엔런(사기꾼)이 됐다. 그런데 우리 셔틀버스가 한참을 기다려도 돌아갈 생각을 않는다. 우리 학교에서 누군가 입상을 했단다. 시상식이 끝나고 출발을 할 거란다.

'아, 또 누가 그렇게 죽자 살자 뛴 거야.'

사키였다. 이 쌀쌀한 날씨에 종아리를 내보일 때부터 심상찮더니 결국 일을 저질렀다. 그 옛날 성벽을 사수하던 장군과 같은 알통이 통통 박힌 종아리로 결국 사키는 우리 학교 유일한 수상자가 됐다. 모두 박수를 치며 사키의 귀환을 환영했다. 사키의 두 손엔 또 다른 색깔의 메달이 들려 있었고, 시안 특산물이 부상(副賞)으로 딸려 있었다.

'나도 진짜 박수를 받고 싶은데. 아, 뿌하오이스(不好意思 부끄부끄).'

확 트인 성벽을 마음껏 달렸다.
골인 지점을 100미터 앞두고부터.

수업이야? 소풍이야?
– 실력 들통 난 날

수업시간 짱라오스가 또 하나의 이색 제안을 했다. 본문 대화 내용을 투이찌엔(추천) 받은 학생 둘이 읽는데, 성조나 발음 등 틀린 곳이 더 많은 학생은 노래나 춤 등의 벌칙을 받자고 한다. 지금 수업을 받고 있는 것인지 엠티를 온 것인지 헷갈린다. 우리 반이 이렇다. 매일매일 뭔가 새로움이 있어야만 한다. 어쨌든 살아남을 방법은 하나, 남보다 앞서 추천을 날리는 것. 곧 나의 무분별한 추천이 이루어졌고 우리 반 통슈에들의 피 말리는 대결이 시작됐다. 이럴 줄 알았는데 나의 추천에 오히려 '씨에씨에'로 화답하는 당당한 모습들. 모두 차분히 주어진 내용을 무사히 마무리 짓는다. 간단한 내용이라 틀릴 데가 없긴 하다. 이렇게 생각하고 있을 무렵 미처 생각이 짧았다. 무작정 뿌려댄 나의 추천이 곧 바로 내게 엄청난 손가락질을 불러올 줄이야. 나름 우리 반 에이스인데 문제야 없겠지.

"츄엔 이미 한도 초과!"

"노래를 하고 싶은가 봐요"

"잘 읽기 시합이 아니라 누가 더 많이 틀리나 시합 같아."

"앗, 또 틀렸다"

내가 그동안 통슈에들을 엄청 괴롭힌 모양이다. 녀석들이 귀를 쫑긋 세우고 지나가는 숨소리까지 잡아낸다. 미처 몇 줄을 못 읽고 장기자랑이 결정됐다. 솔직히 그냥 넘어가도 별 문제 없는 2성과 3성의 애매한 차이까지 꼬투리를 잡고, 순간 잘못 읽고 다시 읽게 되는 그런 자연스러움도 절대 용서가 없다. 이런 피도 눈물도 없는 냉정한 녀석들 같으니라고. 그렇게 나를 넘어서고 싶었던 거야?

그간 내가 실력이 한참 위일 거라고 자부해왔었는데 오늘에야 모든 게 밝혀졌다. 한두 달 전만 해도 이 친구들 읽고 말하는 게 그렇게 답답했는데 어느새 입장이 뒤집어졌다. 시간은 거짓말을 하지 않는가 보다. 그동안 노력한 대가가 시간이 지나자 보답으로 다가온다. 왠지 나만 그대로 머물러 있는 듯싶다. 오늘 즐거운 분위기 속에서 편하게 놀이에 임하긴 했지만 긴장해야겠다.

"츄엔 뭐해 노래 안 하고."

"예?"

"노래해 노래해 춤도 추면서. 와~아"

이놈의 학교는 별 걸 다 시킨다. 못하니까 배우러왔지 못한다고 벌칙까지 주나. 결국 난 '으쓱 으쓱'율동과 함께 싼즈씨웅(곰 세 마리)을 불러야만 했다. 우레와 같은 박수소리 '너도 할 수 있어 힘내라'는 소리로 들린다.

'아, 슬프다 어쩌다 이 지경까지. 널 또 해!'

맹자는 내 동생

16살의 우리 맹자(孟子, 중국발음 멍쯔). 부끄러움이 엄청 많다. 세상에서 사진 찍는 게 가장 두렵단다. '논어를 공자가 썼냐? 네가 썼냐?'고 물으면 '그거 나 아니야 공자가 썼어'라고 대답하며 가끔씩 본인과 그 유명한 맹자를 헷갈려하기도 하는 귀여운 동생이다.

외대엔 뭔가 특별한 게 있다. 아침 일찍 등교를 할 때면 어디서 이렇게 많은 아이들이 쏟아져 나오는지. 아직 놀이터에서 흙 놀이, 고무줄놀이를 해야 할 어린이들이 캠퍼스에 가득하다. 아무리 봐도 아직 대학에 있어서는 안 될 어린이들이 줄 잘 맞춰가며 여기저기 강의실로 바쁜 걸음을 옮긴다.

시안에는 특별한 교육제도가 있다. 중학교를 졸업하고 바로 대학에 진학하는 것이다. 고등학교를 건너뛰고 바로 대학에 와서 1,2년 전공에 관한 기초 공부를 미리 하고 그 다음에 정식 대학생이 되는 코스이다. 외대같은 경우 모든 과를 멀리 생긴 신 캠퍼스로 옮기는 바람에 완전히 텅 빈 캠퍼스가 될 것이라고 생각했었는데 바로 이 빈자리를 이런 고딩도 아니고 대딩도 아닌 '같기도'들이 꽉 채우고 있었다. 공부를 잘해서 일찍 올라왔다는 말도 있고, 집안에 돈이 많은 사람들만 대학에서 이런 과정을 밟을 수 있다고도 하고, 대학 갈 실력이 없는 아이들을 미리 전공을 정해 어릴 때부터 교육한다는 말도 있다. 이른 아침 초롱초롱 깡충깡충 거리는 '같기도'들을 가로지르며 교실로 향하는데 얘들에겐 내가 더 신기한 모양이다. 다들 아주 빤히 쳐다본다.

'이런 어린 노무 쉐이들이'

매주 목요일 오후 7시부터 9시까지 한슈웨위엔(중국어 교실)에선 중국 학생들과의 교류의 장이 펼쳐진다. 다수의 어린 중국 학생들이 대기하고 있다가 먼저 말도 걸어오고 중국어도 가르쳐주면서 어울린다. 어느 목요일, 시간가는 줄 모르고 교실에서 공부(!)하다 이들과 딱 부딪히게 됐다. 갑자기 교실 문이 열리더니 흡사 초등학생처럼 보이는 아이들이 우르르 들어오는 것이다. 자기들끼리 웃고 떠들고 하다 눈이 마주치니 또 부끄러워 서로 마주보며 깔깔깔이다. 상냥히 대화를 이끌어주니 기다렸다는 듯이 동시에 말을 다발로 쏟아 붓는다. 이렇게 만난 아이가 멍쯔, 올 16살로 대외한어과 1학년이다. 나중에 크면(졸업하면 이란 말이 차마 안 나오는 너무 어린아이다) 외국인들을 상대로 중국어를 가리키는 우리 짱라오스같은 선생님이 된단다. 저 밑 푸지엔(福建 복건성)에서 올라와 지금은 반 친구들과 기숙사에서 생활한다는 멍쯔. 엄마 아빠 밑에서 한참 사랑

받아야 할 나이 멀리와도 너무 멀리와 버렸다.

여동생, 조카 같아서 친오빠동생하자 그랬더니 너무 좋아한다. '꺼~(哥오빠)'라고 부르며 매일 아침 학교에서 반갑게 맞아주는 멍쯔. 친구 생일파티 때 들려줄 거라고 '생일 축하합니다' 한국어로 불러달라고 하질 않나, 자기네 반 단체사진 찍는데 사진 찍어줄 사람이 없다며 수업 받는 날 불러내 사진까지 찍게 만들지 않나, 그러면서도 내게 중국어 가르쳐줄 땐 소매에 분필가루 잔뜩 묻혀가며 열강에 열강을 해준다. 이런 멍쯔에게 또 한명의 '꺼'를 소개해줬다. 그런데 멍쯔, 키가 비슷해서 그런지 절대 '꺼'라고 부르지 않는다. 또 한명의 '꺼'가 한 소리한다.

"멍멍이 저거 형한텐 '꺼'라고 부르면서 나한텐 꼭 '씨앙따 씨앙따' 그러더라"

'멍멍' 하고 불러주면 듣기에 좋다며 계속 그렇게 불러달라는 멍쯔, 한국말로 무슨 뜻인 줄 알면 화내겠지?

후씨앙방쭈(상부상조)

꾸안산무창(관산목장)
시안에서 고속도로로 3시간 정도 달리면 된다. 얼마 전 알게 된 임대차 기사에게 속아 별 볼 거 없는 이 동네에서 하루를 보내게 됐다. 기사 왈 '어마어마하게 넓은 초대형 초원이 펼쳐져있다' 실제론 말 타고 한 시간쯤 도니 그걸로 끝이었다. 기억에 남는 건 밤새 추위에 떨었다는 것과 내가 직접 고른 새끼 양을 바비큐해서 먹었다는 것. 미안해 양.

"리우팡, 우선 기초 어휘 100문장을 암기 하자. 그리고 나서 한글을 가르쳐줄게. 자 따라해. 사랑해요."

"짱잉, 한글부터 차근차근. 따라 해봐 아야어여오요우유으이 어서!"

중국에서 현지 친구를 사귀는 방법이 있다. 칭원이시아(실례합니다)로 무턱 대고 돌진하는 경우도 있고, 멍쯔를 만난 것처럼 학교교류시간을 이용하는 것도 좋다. 또 주위로부터 소개를 받는 한정 없는 기다림의 소극적인 방법도 있다. 여기에 나 같은 사람들의 방법이 있는데 바로 직접 중국 사람들 속에 들어가는 것이다. 청두에선 천진만두집과 하오샤헬스장, 생각하기 싫은 제칠병원이 그랬다. 그냥 들어가기만 하면 친구는 저절로 생긴다는 게 그간의 경험이다.

가급적 매일 가려고 노력하는 훙니아오(붉은 새) 헬스장에서 또 한명의 친구가 생겼다. 이름은 리우팡, 한자를 우리발음으로 읽으면 유방이 된다. 이 친구 자기 이름을 한국어로 뭐라고 부르는지 가르쳐달라는데 고민이 좀 됐다. 뜻도 알려줘야 하나 말아야 하나.

그날도 난 헬스장에서 구오칭, 찌룽 두 코치와 함께 차오지뉘성 이야기를 침 튀어가며 떠들고 있었다. 그런데 옆에서 관심 가득한 눈빛으로 바라보던 한 여인이 '혹시'하며 말을 걸어왔다.

"한국 사람이세요? 한국을 정말 좋아해요. 친구가 되고 싶어요" 난 아무 소리도 하지 않고 또 이렇게 현지 인맥확장을 이루게 됐다. 나이는 24세로, 고향은 허난성 스찌아쭈앙이다. 지금은 시안에서 유통회사를 다니고 있다. 헬스장에서 종종 나를 봤다는 리우팡. 한국에 관심이 많고 한국어를 꼭 공부하고 싶다는 알듯말듯한 뉘앙스로 내게 접근한다.

"그럼 내가 한국어 가르쳐줄까요?"

이 한마디로 상황종료. 이후 헬스장에선 매일 리우팡이랑 입 운동만 열심히 하고 있고, 옆에서 상황 다 지켜 본 구오칭과 찌룽은 나만 보면 묘한 웃음을 보인다. 왜?!

이날도 조용히 학교에 남아 책을 보고 있었다. 그런데 누군가 뒤통수를 강하게 쳐다보는 느낌이 들었다. 확 돌아보니 그곳에 세 명의 중국 처자들이 있었다.

"니하오"

"니하오 혹시 한국 사람이에요?"

"네"

"한국 너무 좋아하는데 한국어 정말 배우고 싶어요."

"나는 중국어 배우고 싶은데."

"잘됐다. 그럼 우리 후시양빵주해요."

이것으로 매주 목요일 외대 3반 교실에선 신 캠퍼스로 유일하게 이주 안한 외대 영문과 4학년 쌍잉양과 외대 한슈에위엔 3반 지나간 에이스 츄엔 군의 한중교류가 치열하게 이루어지게 됐다.

'난 사람이 너무 착해 탈이야. 누군가 도움을 구하면 거절을 못한다니까'

한국인 흉내를 내는 어설픈 양양

컨더지(KFC)에서 고생한 멍쯔에게 닭을 실컷 먹이고 제법 늦은 밤(7시? 8시?)기숙사에 잘 들어가는 것까지 확인하고 돌아왔다. 오빠로서 또 씨앙따로서 해야 할 일을 우린 제법 잘하고 있다.

집에 가는 길, 오늘도 벙꺼(벙형님)와 잠시 놀아야겠다싶어 스룬왕빠에 갔다. 라오반이라고 부르던 그간의 호칭이 어느새 벙꺼로 바뀌었다. 시간이 지나니 조금씩 서로를 더 알게 된다. 왕빠 사장인줄 알았던 벙꺼가 알고 보니 사장이 아니라 관리인이었다. 진짜 사장은 저번에 우리 절 탐방이랑 이것저것 엄청 먹여주던 날, 기사 노릇했던 그 뚱뚱한 양반 이었다.

"어이 츄엔, 저기 한국 여자 어때? 좋아?"

"누구? 쟤? 쟤 양양이잖아 벙꺼랑 같은 중국 사람이면서 무슨."

"내가 볼 땐 완전 한국 사람이야. 하고 다니는 걸 봐봐. 한국 사람하고 똑같잖아"

　양양. 외대 졸업반, 아버지는 위에 있는 성 최고 간부로 꽤 잘 산다. 한국에 관심이 많아서 주위에 한국 친구도 있고, 한국어도 곧잘 한다. 나도 그 도우미 중 하나이다. 그런데 얘랑 있으면 '이용만 하려 한다'는 그 느낌밖에 없다. 자기가 만나는 한국 사람들은 모두가 한국어 선생님이 되어야만 했다. 발음이고 이해안가는 부분이고 확실히 해결될 때까지 사람을 엄청 피곤하게 만든다. 그렇다고 아직까지 단 한 번도 고맙다는 말은 들어보질 못했다. 솔직히 얘랑도 후씨앙방쭈를 했다. 그나마 주위에서 서울말을 쓰는 나를 얘가 선택을 해서다. 하루에 서로를 위해 20분씩 그날 스스로 공부한 걸 그냥 받아쓰기로 확인만 해주자였다. 부담도 없을 것 같고 하루하루 책 붙들 요량으로 오케이 했는데, 난 어느새 1시간 30분씩 미치듯이 열강을 해주고 있었고 정작 내 중국어 체크할 땐 돌아오는 거라곤 "너도 필요해?" 이 한 마디뿐이었다. 내 스케줄 깨지는 건 전혀 아랑곳없고 자기가 얻을 것만 얻어가는 정말 얄미운 똥시다. 그간 한국 노땅 수컷들이 서로 오빠를 자청하고 어떻게 해서든지 챙겨준 모양, 받는 것에만 이렇게 익숙한 애는 처음이다. 사는 곳도 중국 학생들과 기숙사에서 사는 것이 아니라 밖에 나와 한국인들에게 얹혀살고 있었고, 생활비는 직접 벌어 쓰고 싶다며 한국 학생들에게 중국어를 가르치고 있었지만 정작 모든 설명을 안 되는 한국어로만 하려들어 오히려 한국 학생들에게 짜증만 안긴다거나 그렇게 잘 챙겨주는 한국 친구들인데도 과외비를 최고 수준으로 받질 못한다며 굳이 한국말로 "난 바보야 바보" 이러면서 주위를 자극한다. 도움 받을 수 있는 사람에겐 여우처럼 다가가서 붙고 도움 다 받았다싶으면 특기 안면몰수를 해대는 양양. 왜 하필 한국에 관심은 있어가지고 주위에서 얼쩡거리는지. '썩 사라지 거라.'

　벙꺼는 한국 여자들이 왜 무더운 여름날 실내에서도 모자를 푹 눌러쓰는지, 겨울엔 왜 내복을 입지도 않고(중국 사람들은 백이면 백 내복을 입는다. 내복위에 치마 입은 그 모습들에 나도 충격 받고 있다) 짧은 치마를 입고 돌아다니는지 이해를 못했다.

그런데 어느 순간부터 중국 여자 한 명이 한국인 흉내를 내기 시작했다. 모자를 눌러쓰고 컴퓨터도 꼭 한국인 전용석만 이용을 한다. 벙꺼는 그런 모습이 퍽이나 맘에 안든 모양이다.

"중국인인 게 쪽팔린거야뭐야. 왜 한국말만 하려고 하고 한국사람 흉내만 내는 거야."

한국 1년 유학 경비로 2000만원을 생각하고 있으며, 놀이공원 자유이용권 가격이 그것밖에 안 되냐는 양양이. 그런데 자기나라 중국에선 한국 유학생들한테 빈대 붙어서 살고 있다. 평소 하는 행동이나 말투는 쓰촨의 링링이보다도 못됐다.

벙꺼와 이런저런 이야기를 하면서 오늘도 가슴을 찌르는 말을 듣게 되었다.

"우린 보통 한 끼에 3위엔짜리 먹는데 이것도 맛있게 배부르게 잘 먹고 있어. 간혹 5위엔짜리 먹을 때면 그날은 정말 잘 먹었다고 생각해."

평소 한국 학생들의 씀씀이를 바로 곁에서 지켜보던 라오반 벙꺼, 우리에게 몇 마디 더 하고 싶은 것 같았지만 말을 참는 눈치였다. 씨앙따와 집으로 돌아와 반성의 시간을 가졌다. 우리도 참 빈곤한 유학생인데.

'씨앙따, 이제 우리도 한 끼 3위엔이다.'

중국인들에 대한 진저리

"절대 중국사람 믿지 마세요. 절대 중국 사람에게 잘해주지 마세요."

글쎄다. 중국인들을 다 싸잡아 욕해서는 안 되는데, 말이 이렇게밖에 안 나온다. 중국에서 만난 중국 사람들은 내 기준에서 크게 두 가지 부류다.

밤을 수놓은 성벽의 화려한 조명. 시안은 낮엔 축 쳐진 회색빛인데 밤만 되면 도시가 활기를 띤다. 여기에 밤을 더 화려하게 하는 게 등장했으니 요사이 여기저기 마구 생기고 있는 명품 관들. 밖에서 쇼윈도에 진열된 명품들을 구경하다 경비원에게 제지당했다 '이런, 여기서도 위화감 생겨서 어디……. 쩝

하나는 내가 외국인이기 때문에 뭐든지 옆에서 챙겨주려는 사람, 또 하나는 역시 내가 외국인이기 때문에 뭐든지 옆에서 챙기려는 사람들이다.

처음 중국에 왔을 땐 만나는 모든 사람들이 오해와 편견 속에 이미 설정해 놓은 그런 모습들이 전혀 없어서 사실 조금 놀랐었다. 외국인을 대하는 이 친구들의 순수함과 정이 넘치는 행동들에 낯선 땅에서 오히려 이 친구들을 통해 마음의 평안을 얻었고 그렇게 중국에 잘 적응할 수 있었다. 그러나 시간이 흐르면서 많은 사람을 만나게 되니 소문의 그런 중국 사람들이 주위에 나타난다. 이들의 특징은 얼굴이 어쩌면 그렇게 철면피인지 자신의 이익과 이득을 위해서라면 눈에 다 보이는 가식도 능청스레 떨어댄다. 눈치도 어찌나 빠른지 달라붙어야 할 사람을 순간순간 잘도 바꿔 이리저리 잘도 기생한다. 중국 사람이라는 말로 제한을 붙이기는 뭐하지만 세상 어디나 있는 그런 인간들이 물론 여기도 있다.

돈을 전혀 안내고 빌붙어 지내는 것은 그렇다고 쳐도 조금만 친절하게 대해준다 싶으면 다들 돈과 관련된 이야기만 하려든다.

"아버지가 교통사고 나서 지금 급히 돈이 필요한데 집에 돈이 없다. 빌려줄 수 없나."

"지금 살던 집에서 나와야 하는데 집구할 돈이 없다."

"한국으로 유학을 가고 싶은데 한국인 보증인이 필요해. 그런데 보증인이 보증금을 걸어줘야 하는데 좀 해주면 안 되겠니?"

이 말을 들은 한국 사람들은 정에 약한지라 해줄 수 있는 일이라면 기꺼이 도와주고 그 길을 알아봐 주려 애쓴다. 한동안 나도 이런저런 부탁에 맘을 다해 돕고 챙겨줬었다. 그런데 누구말대로 철저히 이용만 당한 후에야 뒤늦게 선을 긋게 됐다. 만나는 사람들에게 요주의 인물들을 좀 알리고 조심하라고 해주고 싶은데 이러는 자신이 참 궁상맞아 보이고 우스워보여 그냥 입을 닫고 산다. 단지 중국에 온지 얼마 안 된 분들이 생활하는데 뭐 해줄 말없냐고 물어오면 꼭 이런 말을 하게 된다

"절대 중국사람 믿지 말고 잘해주지도 말아라."

그동안 만났던 사람 중엔 좋은 사람들이 더 많다. 지금도 그런 분들이 곁에 가득하다. 그래서 나의 이런 말들은 또 중국에 대해 오해와 편견을 한층 강화시키는 말밖에 되지 않는다. 하지만 누구나 그렇듯 객지 나오게 되면 좋은 것들보단 안 좋은 것들에 더 신경이 써지고 상처받은 단 1% 때문에 그곳에 대한 이미지가 평생 저주할 곳으로 그렇게 굳어질 수도 있다. 중국에는 쓰촨의 만두집이나 하오샤 헬스장, 딴딴이, 엔통 그리고 라오반 벙꺼만 있는 게 아니기에.

일본 여인들의 유혹 – 히로미 하르가

"형 어디야 빨리 집으로 와"

"왜?"

"하, 웃겨서 말이 안 나와. 하여간 빨리 와. 누가 왔는지 보라니깐"

씨앙따의 행복에 넘치는 목소리가 전화기를 통해 울려 퍼진다. 지금 헬스장에서 리우팡이랑 열심히 놀고 있는데, 이만 나 가봐야겠다. 도로를 사이에 두고 그대로 훤히 내다보이는 헬스장과 우리 집의 위치상 난

정저우(황하), 뤄양(용문석굴), 소림사 갈 때 앞자리에 딴 꼬마. 처음엔 엄청 낯을 가리며 할아버지 품속으로만 파고들더니 역시 아이다. 과자를 주니 이후 사진 찍어달라며 알아서 다양한 포즈를 취한다. '나중에 크면 꼭 차오지뷔성하는 거야'

운동할 때 마다 빤스만 입고 돌아다니는 씨앙따의 행동을 다 지켜봐왔었고, 집에 있을 땐 헬스장의 물을 확인하며 출발 시간을 체크하곤 했었다. 씨앙따의 전화를 받고 집안을 엿보니 두어 명의 여인들이 보였다.

히로미와 하르가가 왔다.

"저기 우리 기숙사 나올려구. 오빠(오빠만 한국말로) 우리 같이 살면 안 돼?"

"풉, 뭐라고?"

"같이 살고 싶어서 왔어"

"뭣이라, 집에서도 알아?"

"응, 엄마한테 말했더니 오빠들이랑 재밌게 살래"

뜬금없이 찾아와 더 뜬금없이 같이 살자고 그런다. 이래서 일본인가. 이런 적극성이 일본을 오늘날 세계 초강국으로 만들어놨나. 표정 관리를 어떻게 해야 할지 몰라 계속 웃음밖에 나오지 않았다. 얘들이 여기가 어떤 곳인지 알고 그러는 건지, 이제 갓 스무 살을 넘긴 처자들이 세상 무서운 줄 모르고 스스로 늑대의 소굴에 들어오고 싶어 한다.

"근데 여긴 방이 두 개밖에 없는데 어떻게 하지?"

"우린 방 같이 써도 돼. 오빠들은 괜찮아?"

"아, 그, 그런 뜻 이었어……?"

난 또 아니 우린 또 하나씩 우리 방으로 들어오는 줄 알았다. 이래서 남자란 동물은 속물일 수밖에 없는 거다. 이 아이들은 우리를 믿고 정말 친구로 생각하고 다가오는데, 난 아니 우린 그저 생각하는 게 역시 늑대였던 거다. 그동안 너무 편하게 잘 지내왔고 우리에 대한 생각이 정말 친오빠처럼 생각하게 될 정도로 우린 그렇게 우리를 속이며 퍽이나 이 일본 아이들을 감싸주어 왔다. 술 먹고 늦은 밤 무서운 밤거리(?), 안전하게 기숙사까지 항상 바래다줬었고 가끔씩은 집에서 아주 편하게 재워주기도 했었다. 털끝하나 건드리지 않고 말이다(내가 왜 표현을 자꾸 저질로 몰아가지). 정말 친한 친구 사이였다. 너무나 해피스러운 상황에 감정을 추스르지 못하는 이 수컷본성이 문제는 문제였다.

씨앙따와는 절대 같은 방을 쓸 수 없으니 좀 더 시간을 두고 새로운 집을 구해 보자. 아직 계약기간도 몇 달 남았고 정리할 여유와 대신 들어와 살아줄 사람도 구해봐야 할 것 같고 좀 기다리라고 말하고 우선은 잠시 보류를 했다.

그런데 이 날 이후 어쩌면 그렇게 새까맣게 이 일을 잊어버릴 수가 있는지. 한참 후, 히로미와 하르가 우리 집 건너편으로 이사 온다는 말을 듣고야 그제야 퍼뜩 '동거제안'이 떠올랐다.

"뭐야? 같이 살자며?"

"한참을 기다려도 오빠가 말이 전혀 없길래 그냥 우리끼리 집 구해서 나왔어. 오빠 자주 놀러와"

세상은 가끔 왜 그랬을까 싶게 자신의 행동이 정말 이해가 안 되는 경우가 있다. 그런데 그게 왜 하필이면 같은 시간 같은 공간에 있는 두 사람이 동시에 그런 증상이 나타나는지. '씨앙따 넌 도대체 그동안 뭘 한 거야'

창문을 열고 바람을 좀 쐴까 하는 데 저 건너편에서 히로미가 손을 흔든다.

'그래그래. 오빠가 여기서 늘 지켜줄게. 어훙.'

열공중. 근데 HSK는 또 뭐야

정저우역 광장 그리고 그 옆 택시 승강강의 모습이다. 정저우 같은 경우 기차역을 중심으로 모든 상권이 몰려있었다. 역시 여기도 중국. 어딜 가나 사람 정말 많다.

아침 6시 기상 후 강의 파일 30여분 공부하고 학교를 간다. 수업 마친 후엔 두 시간씩 과외수업을 별도로 받고 이후 두 세 시간 학교에 남아 홀로 또 책을 본다. 이럼 날이 깜깜해진다. 집에 돌아와선 오전에 들은 강의 내용을 대강 정리 및 숙제, 예습을 하고 또 다음날 있을 시험을 대비해 미리 본문을 쭉 살펴본다. 시험이 없는 날은 또 한자공부를 하며 한자에 대한 적응을 계속 해가고 있다. 수업시간을 포함해 하루 책을 보는 시간을 다 따져보니 대략 10시간은 되는 것 같다. 잠자고 밥 먹고 하는 시간을 빼면 종일 공부만 하고 있다는 게 맞는 표현일 듯.(정말 그런가?)

물론, 밤새가며 스타크래프트 하거나 만화책 보느라 밤새 불 켜놓고 있는 걸 밤새며 공부하는 것으로 종종 오해를 받기도 하지만 그럴 땐 웃음으로 때운다. 유학생활 철칙이 있는데 수업은 100% 참석, 하루 정한 학습 분량은 꼭 마무리 짓기, 절대 한국 사람만 모이는 곳은 피하기이다. 그렇다면 어떻게 이전과 같은 삶들이 저렇게 많이 나타났을까. 예외조항을 또 만들어 놨다. 현지인과 어울릴 때는 무조건 이것을 1순위로, 하루에 해야 할 일을 다 했을 경우는 그 다음 시간은 다가오는 데로 최선을 다해 즐기기, 그리고 주말엔 주말모드. 그래도 할 것은 하고 있으니 놀 때도 제대로 노는 것 같다는 생각은 든다.

그런데 이제 또 하나 넘어가야할 답답한 산이 하나 나타났다 HSK(한어수평고사). 초중급과 고급으로 나뉜 이 시험, 3급(초급)이상이 중국 내 이공계 입학 최저 기준이고, 6급(중급)이상이 인문계열 입학 기준이며, 말은 6급부터라고 하는데 8급은 따야 국내기업 입사 때 '중국어 좀 하는구나.' 인정을 해준단다. 그럼 8급은 어떤 사람이 딸까? 이 분야 최고 인기강사가 하는 말이 '미친 듯이 중국어 공부한지 2~3년이 지나야 8급을 딸 수 있다' 고 했다. 그러면서 또 '미친 듯이' 에 집중하란다.

주위를 둘러보니 한국 학생들은 오직 이 시험에 다들 목을 걸고 있었고, 서양 학생들은 그저 자기 수준 체크할 정도로만 바라본다. 말을 재밌게 즐기면서 배워야지 이렇게 '미친 듯이 책을 파야' 도달할 그 급수를 따기 위해 한국 학생들만 야리 헌뚜어 헌뚜오다(스트레스 이빠이(영어야 일본어야?)). 어쩔 수 없는 길이니 나도 그 길에 오를 수밖에 없다. 현지인들과 말 참 잘하고 있다 생각했는데, 한번 문제를 풀어보니 이게 내가 알던 중국어인가 싶다. 앞으로 남은 기간 정말 '미친 듯이'해야 할 판이다. 이젠 시험모드. 유학철칙이고 예외조항이고 주말모드고 뭐고 다 필요 없다. 좋은 시절은 이제 다 갔다.

'대체 어디서부터 손을 대야하는 건지.'

조기유학생들... 진정한 중국어 고수는 바로 이 녀석들 이었다

"몇 살이니?"

"생일 지나고 가르쳐줄게요."

충격이었다. 단지 이 한마디에 나와 씨앙따는 순간 마주보며 똑같은

시안이 오늘날 국제적인 관광도시로 발돋움할 수 있었던 그 단 하나의 이유. 뻥마용(兵馬俑). 진시황제의 무덤을 지키기 위한 호위군대로 발굴된 것만 6천 기가 넘는다. 제8의 불가사의라고 할 정도로 역시 형언키 어려운 감동이 밀려든다. '만리장성이고 뻥마용(兵馬俑)이고……. 다음에 중국가거든 땅이나 한번 파봐야겠다. 혹시 알아'

생각을 했다. 왕빠를 점령한 우리 초딩들. 그중에 평소 눈여겨 봐온 녀석이 하나 있었는데 고 녀석 중국어를 참 잘했다. 나이는 이제 5, 6학년 정도로 보이고 언제 중국에 왔는지는 모르겠으나 옆에서 지켜본바 중국어 실력이 상당한 것만은 틀림없다. 물론 나도 그 정도는 한다고 생각한다.

난 누가 내게 나이를 물으면 항상 "니차이(맞혀봐)"라고 했다. 생일 지나고 가르쳐주겠다는 이 말은 죽었다 깨나도 못할 것이다. 할 줄 몰라서가 아니다 머릿속에서 생각 자체를 못하는 그런 말이기 때문이다.

우리가 설날을 쇠면서 나이를 한 살 먹는 거에 비해 중국은 생일을 쇠면서 나이를 한 살 더한다. 우리는 태어나자마자 바로 한 살이지만 중국은 생후 12달이 지나야만 1살이 된다. 한마디로 중국은 만으로 나이를 계산한다. 한국 사람들은 중국에 오면 순간 나이가 한두 살씩 줄어드니 여기서 오는 묘한 기쁨이 있다.

여하튼 이 꼬마의 대답 한마디가 왜 대단하냐면 그 말자체가 중국의 문화를 이해한, 완벽한 중국어이기 때문이다. 우리나라 사람으로서 새해가 되면서 또는 설날 떡국을 먹으면서 한 살 더 먹는 것이다 그렇게 뇌리에 꽉 박혀있는 나 같은 경우는 중국의 나이계산법을 자세히 알고 있음에도 불구하고 그렇게 대꾸할 생각조차 못했다. 그런데 그 녀석은 순간적인 질문에도 한국식 중국어가 아닌 진짜 중국식 중국어를 구사한 것이다.

"리리 나랑 저 꼬맹이 중 누가 더 중국어 잘해?"

"발음을 보나……."

"됐어 그만그만 말하지 마! 나도 내가 더 잘하는 거 알아"

그로부터 며칠이 흘러 다시 왕빠에서 이 꼬마와 또 마주쳤다. 글쎄 좀 친해지고 싶었나. 내가 먼저 인사했다.

"니하오 (안녕)"

"뿌하오 (안녕 못해요)."

'How are you' 하면 'I'm fine thank you and you' 하는 것처럼 '니하오' 하면 '니하오'로 화답하는 게 공식이자 습관인데, 이 녀석은 또다시 나를 부끄럽게 했다.

지금 중국에 조기유학 온 어린이들, 이 녀석들은 내가 세상에서 제일 증오하는 존재들이다. 어린 나이에 벌써 외국에 나와 저렇게 싸돌아다니는 것부터 맘에 안 들고, 중국어가 현지인과 같은 초 절정 고수들이라서, 또 국제학교를 다니면서 영어까지 구사할 수 있다는 것이 도저히 용서가 안 된다. 난 저 나이에 뭘 했지. '라오반, 쟤들 너무 시끄럽게 떠드는 거 아녀 한마디 해줘!' 그래 내가졌다.

'나도 다음에 누가 '니하오' 하면 '뿌하오' 해야지.'

한국인들의 러시
– 한국식당과 한국미용실의 급증

시안 시내. 남문에서 종루 가는 길로, 시안 정치, 문화, 쇼핑, 교통의 중심이다.

'김밥여행, 한일관, 한촌, 서라벌, 김씨명가, 한라산, 경복궁, 해운대, 김밥세상, 김밥나라, 장금이김밥, 소문난김밥, 보고또보고, 우리집, 맛사랑, 김밥사랑, 김치나라 ....'

처음 시안에 왔을 땐 한국 간판이라곤 학교 건너편의 김밥여행 한곳과 한일관 그리고 저 멀리 쫑루 근처의 한국 미용실이 전부였다. 그런데 이젠 눈에 한글밖에 안 보인다. 서너 개에 불과하던 몇 달 전에 비해 지금은 그 수가 10배는 된 듯, 대강 세어보니 40여 곳을 헤아린다. 한국인이 운영하는 미용실도 자고나면 하나씩 생기고 있다. 기존의 잘나가는 미용실의 체인점이 벌써 시안에서만 10호점을 넘었고, 새로 진출하는 미용실도 마구마구 생기고 있다. 역시 중국은 기회의 땅인 게 분명하다. 이렇게 빠른 속도로 한국인들의 진출이 이뤄질 줄이야. 베이징과 상하이는 이미 포화 상태, 물론 앞으로 한국 사람들이 더 몰릴 것이므로 한층 더 진출이 이루어질 것이겠지만, 아직 시안이나 청두 같은 지방 도시들은 바로 지금이 그 적기인 듯싶다. 중국이 그동안의 오해에서 벗어나면서 눈치 빠르고 발 빠른 사람들이 벌써부터 터를 잡고 몸집을 부풀리고 있다. 유학생들도 한국 돌아가 취직할 생각보다는 여기서 진로를 찾고자하는 학생들도 주변에 참 많다. 물론 나도. 요샌 공부보다는 온통 그 생각뿐이다. 뭔가를 해야겠다. 분명 지금은 기회다. 이렇게 알면서 아무것도 못하고 어물쩍 거리다간 세월 다 날리고 남들 웃고 잔치할 때 혼자 땅치고 후회만 할 것 같다.

그러나 말들이 많다. 중국 진출 대다수가 망하고 돌아온다고. 현지인에게 속고 조선족에게 속고 거기다 특히 믿었던 한국 사람에게 속고 온통 속았다는 말뿐이다. '외국인이 중국에서 사업하기에는 중국의 상공법이 굉장히 까다롭다.', '관련 공무원이나 공안들에게 뒷돈을 써야한다.', '좀 싸게 하려고 중국 사람명의로 해서는 절대로 안 된다.', '절대로 한국 사람을 믿지 마라.' .... 이런 말들은 내가 보기에도 사실은 사실이다. 하지만 여기에 개인적으로 추가하고 싶은 건 '그래도 한국 사람들이 중국에 몰려든다.' 이다. 개인적인 생각인데 중국 진출을 고려하고 있는 분들이 있다면 우선 1년간은 중국에서 살면서 언어와 문화를 먼저 익히고 다른 것보다 스스로 중국에 대한 확신을 품고 나서 결정을 내리는 게 좋을 듯싶다. 아무래도 잘 모른 상황에선 어딘가에 기댈 수밖에 없고 자칫 끌려 다닐 수도 있기 때문에 또 그것이 인생을 건 중요한 사안이기에 먼저 중국을 이해하고 스스로 확실한 길을 가는 것 밖에 없다고 본다. 테이블 서너 개로 시작한 분식점이 벌써 체인점 10호를 넘어섰고, 자고 나면 역시 체인점이 하나씩 늘어나는 한국 미용실을 보면 분명 성공할 수 있다는 것을 보여주는 좋은 사례일 것이다.

난 언제 이곳에서 내 꿈을 펼쳐볼까 '아 저긴 내가 전부터 찍어놨던 곳인데 이런 또 생겼구나.' 혹시 지금 중국에 진출하고자하는데 아이템을 잡지 못해서 고민하고 계신 분들이 있다면 내 친절히 상담해드리리다 가격대별로 직종별로 마케팅 및 전략이 완벽히 서있으니 투자 좀 해 주시구려. 나 같은 열정적인 젊은이들의 해외성공을 위해 정부차원에서 뒷받침 좀 해주면 좀 좋을까. 청년실업도 줄고 외화도 벌고 국위도 선양 될 텐데 말이지. 그나저나 내가 들어가기 전까진 이제 그만 좀 오지.

씨앙따의 귀국. T 프로젝트는 잠시 보류다

"또 만나자"

같은 날 같은 비행기로 동시에 대륙을 밟았던 씨앙따. 서로 전혀 모르고 지낼 그런 운명이었는데, 방 배정에서 우리 복무원동지가 실수 아닌 실수를 하는 통에 얼굴을 트게 됐다. 이후 자주 스치면서 또 한잔 걸치면서 맘

시안의 대학로 씨아오짜이. 시안의 젊은이들을 구경하고자 한다면 이곳으로 오길. 주변에 가득한 대학교로 인해 이곳은 젊은이들로 항상 발 디딜 틈도 없다. 한국유학생들이 여길 찾는 가장 큰 이유는? 해적판 DVD 가게가 몰려 있기 때문이라고 차마 말 못하겠다.

에도 없는 형 동생이 돼 버렸다. 그리곤 어느새 1년. 잠시도 떨어지지 않고 서로를 어쩌면 그렇게 피곤케 하며 살아왔는지. 나중엔 안 되겠다싶어 남들 앞에서 만큼은 이제 그만 서로를 헐뜯자 했지만 역시나 가식을 떨 수 없는 서로를 확인했다. 참 악연 이다만 떠올린 사이. 그런데 결국 이 녀석이 날 버리고 혼자 가겠단다. '그래 잘 가라 이놈아.'

진로 고민을 함께 토로하던 씨앙따와 일명 T 프로젝트를 만들었다. 대륙정복을 위해 함께 꿈을 키웠다. 둘이 시안을 돌고 돌며 온통 우리의 'T'를 위해 그렇게 한참을 생동감 있게 지냈다. 그러나 현실은 역시나 아직은 무리였다. 꼭 하고 싶었고 이를 통해 더 많은 것을 꿈꿔왔었는데 아직은 우리에겐 아무것도 없단 것만 비참히 확인했다. 준비된 게 없었다. 함께 꿈을 꾸던 친구가 현실을 직시하고 그 꿈을 가슴에 품은 체 그렇게 향하기 싫은 길로 발걸음을 돌린다. 슬펐다. "씨앙따" 마지막 뒷모습에 내 맘을 보냈고 끝까지 돌아보지 않은 씨앙따의 어깨가 경직되는 걸 보며 마음을 헤아렸다.

'근데 너 리리는 어쩔 거여'

보내고 돌아오는 택시 안, 나와 리리는 나란히 앉아 아무 말이 없었다. 버스터미널에서 씨앙따 떠나기 전, 나에게 조용히 다가와 한국말로 다시 만나자는 말을 묻곤 계속 그 말을 되 뇌이던 리리. 둘의 마지막 대화는 '또 만나자' 였다. 물론 한국말로. 단 한 번도 한국말을 물어온 적도 없었고 한국어를 쓰려고도 하지 않던 자존심 센 중국 여성 리리가 오늘은 스스로 한국말을 했다. 좋은 친구라고 편한 친구라고 항상 서로를 위하고 붙어 지내던데 누구보다도 아쉬운 사람이 바로 리리겠다.

'그동안 나를 얼마나 외롭게 만들던지 만날 꼭 붙어서 말이지. 잘됐다. 이별의 아픔을 실컷 맛 보거라.'

"형, 잘 지내? 나 미치겠어. 다시 중국에 돌아가고 싶어. 우리의 T는 잘 돼가고 있지? 형도 열심히 해 나도 열심히 할 테니까. 근데 리리는 잘 있어?"

"직접 전화해봐 임마"

이글이글 거리는 여름 어느 날. 쓰촨대 노땅 수컷들이 춘시루 어느 외진 곳을 걷고 있다. 순간 옆에서 툭 튀어나와 나를 앞질러가는 까까머리 그리고 다 늘어진 면티를 입은 어느 중국꼬마. '날도 더운데 좀 앞에서 알짱알짱 거리지 좀 마라' 아무 이유 없이 만사가 다 짜증이다. 한번 뒤를 돌아봤다. 대여섯 명의 우리 노땅들, 어쩌면 이렇게 하나같은지. 눈들은 다 풀려 있고 모든 게 귀찮은 듯한 얼굴들을 하고 있다. 누가 입 여는 것마저도 짜증날 판인 우리 노땅들. 날씨 탓인가. '어, 그런데 씨앙따가 안 보인다'

"씨앙따 어딨어?"

"저 앞에 가고 있잖아!"

"어디? 누구? 쟤? 쟤는 아까 그...까까머리의 중국꼬마... 씨앙따! 미아안!"

저 만치 앞에서 돌아보는 씨앙따

"뭐가?"

중국생활 내내 (의도했건 안했건) 활력소가 되어준 씨앙따에게 깊은 감사를 표한다.

춘지에(설날) 미치는 줄 알았다

베이징 제일거리 왕푸징. 확트인 이 쇼핑거리에는 대행백화점, 대형서점, 대형식당 뭐든지 대형이다. 한쪽엔 또 '이걸 사람보고 먹으란 것인가' 지구 밖 우주생물들을 꼬챙이에 구워주는 꼬치구이 전문거리도 있다.

'뻥!'

'뻥 뻥!'

'뻥 뻥 뻥!'

중국의 설날 춘지에가 왔다. 대륙의 가장 큰 명절 춘지에(春節, 설날). 중국엔 3대 명절이 있다. 5월1일 라오동지에(노동절), 10월1일 구오칭지에(국경절) 그리고 춘지에이다. 사회주의국가답게 노동절과 국가건국기념일인 국경절이 대륙의 가장 큰 기념일중 하나였다. 그러나 무시할 수 없는 전통, 수천 년을 이어 내려온 관습은 모든 것을 뒤엎어 버린 혁명의 기치 아래서도 민중들 사이에서 절대로 내어줄 수 없는 최고의 명절로 확고하게 자리 잡고 있었다.

춘지에는 휴가가 기본 7일에 길게는 보름, 심지어 한 달까지도 이어진다고 한다. 대륙이 이 날 만큼 난리가 날까. 다들 꿈에 그리던 고향으로 향한다. 기차도, 비행기도, 고속버스도 매진이다. 고속도로는 주차장을 방불케 한다. 이 기간 교통사고로 인한 사상자는 수만 명에 달한단다. 교통사고율은 우리가 세계 1위지만 사상자 수에서는 역시나 중국을 따라갈 수 없다.

덕분에 대도시는 이때만큼은 한가해진다. 우리와 참 비슷한 모습이다.

그런데 문제가 생겼다. 아주 심각한 문제가 생겼다. 일주일 전부터 낌새가 이상하더니 춘지에가 가까워질수록 아주 사람을 미치게 한다. 중국 사람들이 폭죽놀이를 좋아한다는 것은 익히 알고 있었지만 이 정도 인줄은 꿈에도 몰랐다. 어린 시절 계집애들에게 화약 총 쏘고 남의 집에 폭죽 터트리고 도망치던 그것과는 비교자체가 안 된다. 여긴 폭죽 소리가 폭탄 소리와 같고, 작은 동네에서 쏘아 올리는 폭죽들은 전 세계 어디나 내놓아도 손색없을 만큼의 환상의 불꽃놀이가 연출된다.

그런데 문제는 초저녁부터 시작된 이 미칠 듯한 폭탄소리가 자정을 넘어 새벽 3, 4시까지 이어진다는 것이다. 아파트 단지인 우리 동네. 사방에서 올려대는 폭탄 소리에 놀라고 자동차 경보음에 짜증이 난다. 건너편에서 날린 폭죽은 우리 집 창문에서 터진다. 이젠 미쳐 돌기직전이다. 벌써 일주일 째. 시내에서 폭죽놀이가 중국 법으로도 금지라는데 단속하는 걸 본 적이 없다. 길가엔 무수한 폭죽상인들이 전쟁을 해도 충분할 물자(?)를 끝이 없이 깔아놨는데도 공안들 눈엔 아무것도 보이지 않는 모양. 해도 해도 너무한다. 매해 폭죽 때문에 사망자가 또 어마어마하다는데 직접 겪어보니 이해가 간다.

안되겠다. 내 살길을 찾아야지. 특단의 조치를 내려야겠다. 당할 수만은 없다. 대륙이 다 이러니 어디 도망갈 데도 없고 복수해야겠다. 두고 보라 오늘밤 무슨 짓을 하는지.

아직 일본에 돌아가지 않은 사키와 낮에 눈에 불을 켜고 쇼핑에 열을 올렸다. 쇼핑 품목은 당연히 폭죽! 그동안 당한 한을 오늘 기어코 풀리라. 미친 듯이 샀다. 이 정도면 대륙을(우리 동네를) 다 날려버릴 수 있겠다 싶을 만큼 샀다.

"나가자"

폭죽이 밤하늘을 수놓고 폭탄 소리가 쓰레기통을 날려버리고 짜증나는 자동차 경적소리와 사람들은 물론 동네 개들까지 다 나와 미친 듯이 소리를 질러댄다. 그러다 순간 조용해졌다. 눈빛들이 이상하다. 잠시 숨 죽이는 가 싶더니 순간 또 미친 듯이 동시에 대륙이 폭발했다. 12시가 된 것이다. 드디어 설날이다. 올 한해도 탈 없이 잘 살게 해달라고 이렇게들 액을 날려 보낸다. 이제 우리도 맘껏 터트리자. 하늘을 수놓는 저 화려하고 찬란한 불꽃처럼 우리의 앞날도 아름답게 해달라고 빌어본다. 추위도, 복수의 칼날도 어느새 잊어버린 이 밤이다.

'모두 새해 복 많이 받으세요(春節快樂)'

한국어 선생님이 되다

아직도 '브이'로만 사진 찍는 히로미 와 하르가. 결국 먼저 귀국길에 올랐다. 사진은 인연이 시작된 첫날 함께 찾은 따옌타 분수광장이다.

시간 참 빠르다. 벌써 또 새로운 학기가 시작되었다. 방학을 어떻게 보냈더라. 돌아가 버린 많은 사람들을 어느새 기억 저편으로 보내버리고 나처럼 버티기에 들어간 사람들과 함께 보내고 있다. 방학동안 그래도 미리 책 한권은 봤다. 일명 치아로량(다리)이라 불리는 이 책은 초급을 넘어 중급으로, 중급에서 고급으로 넘어가는, 말 그대로 다리를 놔주는 책이다. 테이프를 사서 듣고 본문을 쫙 파악하고 단어를 암기하고 그렇게 하루에 한 과를 마스터하는데 걸리는 시간은 3시간여. 미리 봐놔야 학교 다닐 때 고생을 좀 덜하지 않을까싶어 그 기~인 시간동안 다행히 이 한권은 봤다. 그리고 어쩌다가 친해진 스님을 도와 끊이지 않고 밀려오는 스님 손님들을 데리고 가이드 역할에 충실했다. 덕분에 날 풀리면 가려고 벼르던 시안 내외의 모든 관광지란 관광지는 공짜로 다 돌아보게 됐다.

이러면서 맞이한 새 학기. 전 학기 질리게 봤던 얼굴들이 가득히 웃음을 띠고 앉아들 있다. 몇 명 새로운 얼굴들이 보이긴 하나 별 신선함은 없다. 무료한 일상이 시작될 듯한 이 느낌. 뭔가 새로움이 필요하다.

남기로 결정하자 새로운 제안들이 밀려들었다. 주위 한국 친구들로부터 또 학교 왕라오스로부터 들어온 제안, 나보고 한국어 선생님을 하란다. 우선 1년 더 버티기로 결정했는데 더는 향토장학금을 바랄수가 없는 형편이라 어떻게든 이곳에서 알아서 해결해야 한다. 여러모로 상황이 풀린다. 아니 제발 나라도 써달라고 붙잡아야 할 판이었다. 이런 내 절박함도 모르고 밀려오는 제안들, 최대한 거드름 피우며 조건을 꼼꼼히 살폈다. 그리고 자존심을 있는 대로 세우면서 한 군데를 골랐다. '휴~ 살았다.'

학원이 특히 많은 시안에선 지금 한국어가 초 열풍이다. 영어를 제외한 외국어 중 단연 그 인기가 톱이다. 거리를 걷다보면 학원관계자들이 경쟁적으로 홍보를 해대고, 뿌려대는 전단지에는 '한국어전문'이라는 큼직한 글씨가 쓰여 있다. 한국어를 배우기 위해 밀려드는 이들로 지금 학원가(學院街)는 한국어 선생님 모시기에 혈안이 돼 있다. 그러다 보니 이것저것 따지지도 않고 무조건 한국 사람이면 된단 식으로 모집들 하고 있다. 현지에서 아르바이트 하면서 생활해나가는 게 거의 불가능하다 여겼던 이곳에서 다행히 생활비정도는 벌 길이 열렸다.

'그런데 수업은 한국어로 하나? 중국어로 하나?'

첫 강의

숨은 그림 찾기 : 선생님은 누구? 내 사랑스런 아이들 훗날 다시 만날 날을 기약하며. 1년 동안 최고의 활력소였다. 아직도 끊임없이 연락하는 이녀석들때문에난 오늘도 보람을 느낀다.

"자 따라하셈 아야 어여 오요 우유 으이"

"아야 오요 오유 우우 이이"

"안녕하세요"

"안닝하씨유"

집에 돌아왔다. 푹 쓰러졌다. 모든 기력을 다 썼다. 죽을 것 같다. 눈이 떠지지 않는다. 내일이 두렵다.

'선생이란 이렇게 힘든 거구나 내가 왜 이 길을 선택했을까.'

비좁은 강의실을 가득 매운 학생들. 처음이라 긴장됐다. 초롱초롱한 눈들이 모두 날 향했다. 한국어를 배우러 왔는지 한국 사람을 보고 싶었는지 모르겠다. 이렇게 사람들의 깊은 관심을 한 몸에 받게 되다니.

소개부터 하자 이제부터 난 씬시원(新西文) 한국어 선생님 '아이랑(愛郎)'이다. 첫 시간 긴장도 풀 겸 서로에 대해서도 알 겸 한 명 한 명 모두에게 물었다. 너는 누구고 고향은 어디며 왜 한국어를 공부하려하는지. 모두 한결같은 대답이다. 관심이 있어서, 한국드라마가 좋아서.(단지 한류 때문인가? 한류가 끝나면 이 인기도 바로 사라지게 되는 것일까) 고향은 베이징, 우루무치, 장춘, 상하이, 샤먼, 청두, 따리, 정저우, 선전, 선양, 난징, 우한 등등 정말 전국 각지에서들 모여 있다. 덕분에 난 이제 어디를 가던 공짜로 머물 수 있는 곳이 중국 전역에 마련되었다. 모두 대학생이었고 여학생이 대다수에 남학생이 서너 명이다. 오늘은 첫 시간이니 서로 알아가며 놀고 내일부터 열심히 하자 그랬더니 그동안 많이 놀았다며 빨리 강의 시작하잖다. 알고 보니 개강 두 주 동안 실컷 놀았단다. 담당선생님이 나타날 때까지 여기저기 땜방 선생님과 수업하느라 별로 수업다운 수업을 하지 못했다고 했다. 드디어 담당이 나타났겠다 그간 한국어에 대한 목마름이 이렇게들 열정가득 폭발한다. 첫 시간 분위기 파악 좀 하며 대강 날려먹으려 했는데 바로 강의 시작하게 되었다. '그래 그럼 따라 해.'

교재에 맞춰 발음, 즉 모음부터 시작하는 이 강의 총 16과, 20회로 구성됐고, 주말반이니 10주에 걸쳐 완성된다. 수준은 입문에서 '한국어란 이런 것이구나.' 하는 개념을 정리할 수 있을 정도의 수준이다. 별달리 준비를 하지 않아도 부담 없이 진행할 수 있겠다 싶었는데 웬걸 잘못짚어도 한참 잘못짚었다. 중국어를 처음 접했을 때의 나처럼 이 녀석들도 생소한 한국어 발음에 방법이 없다. 큰일 났다. 간단해서 좋아했더니 간단한게 가장 큰 어려움이었다. 미친 듯이 소리치며 하나하나 고쳐 주다보니체 얼마 지나지 않아 몸 안에 기운이 다 빠져버렸다. 안되겠다. 비장의 무기를 꺼냈다. 내일까지 숙제로 다 외워서 올 것! 그건 그렇고 살아야겠다. 좀 쉬자. 질문시간.

"선생님 한국 어디 살아요?" '어디하면 아니?'

"중국어는 얼마동안 배웠어요?"

"1년"

"우와 그럼 우리도 1년 공부하면 선생님처럼 되나요?"

"어려울 걸 공부하는 환경이 다르니깐 그리고 무엇보다 내가 좀 똑똑한 편이라"

"아이요! 한국 데려가 주세요"

'나 돌아갈 차비도 없다'

"너무 잘생겼어요."

"뭐라고? 못 들었는데. 큰 소리로 다시 말 해봐요 크은 소리로"

'넌 이제부터 내 사랑을 독차지할 것이야'

선생님, 모두 어린 시절 한번쯤은 꿈 꿔 봤을 세계. 누군가에게 무언가를 전할 수 있다는 게 이렇게 마음을 풍요롭게 한다. 스스로 알고 싶어서 찾아온 이들에게 다행히 한국 사람이어서 그것을 전해 줄 수 있어서 다행이다. 중국어 처음 공부할 때도 소리를 너무 질러 쓰러지기 일보직전이었다. 하지만 그땐 배고픔에 힘들었었다면 지금은 밥 먹을 기력조차 없다. 배운다는 것과 가르치는 것엔 이렇듯 차이가 있다. 하지만 기쁜 건 배움을 통한 앎도 좋았지만 나를 통해 깨달아가는 모습들에 더 큰 보람이 있다. 수업 하루한 내가 하는 소리다.

"오늘 수업 어땠어요?"

"최고예요"

가이드 되다

학교 안 가는 유학폐인들은 뭘 하며 지낼까. 1년 전에 비해 많이 업그레이드됐다. 플레이스테이션을 지른 옆집에 놀러가 밤새 박지성을 달리게 하고 있다. 알아서 자리 잡고 있는 우리 가족 맥주병들.

학원 강의는 이제 즐기는 수준에 이르렀다. 몇 차례 쓰러질 위기를 넘기니 이제야 요령이 생긴다. 주중엔 학교에서 중국어를 배우고 주말엔 학원에서 한국어를 가르치는 삶, 이었는데 언제부턴가 중국어는 삶에서 사라져버렸다. 어쩌려고 이러는지 대강 좀 말이 된다 싶으니 더 이상 아침 잠 물리쳐가며 학교 가는 게 이렇게 싫어진다. 모습들이 다 비슷비슷하다. 처음 왔을 땐 다들 열심을 피우더니 시기만 다를 뿐 결국은 칩거생활이다 나도. 이러니 주위에서 또 가이드 해달라는 말이 나온다.

시안에는 볼 게 참 많다. 가봐야 할 곳도 많고. 13개 왕조가 도읍으로 했다는 게 오늘날 이렇듯 그 자취가 가득하다. 십 수 명을 이끌고 일주일 동안 그렇게 쉴 새 없이 돌아다녔다 설명은 프린트 뽑아서 읽어주고 식사 때 맞춰 식당가고 궁금해 하는 거 대답해주고 이렇게만 했다. 그런데 이게 이렇게나 힘들 줄이야. 꼭두새벽부터 또 새벽까지 하루 17, 18시간을 관광객들과 붙어 생활했다. 사람 만나는 걸 좋아하는 성격이지만 계속 챙겨야하는 입장이 되니 무척 피곤하다.

시안의 여행 일정을 대강 올려본다.

첫째 날: 시안 도착 후 남문 근처 고급 후오구오 집에서 저녁식사를 하고, 따옌타 분수광장에서 세계 최대 규모의 분수쇼를 감상, 그리고 안마를 받고 푹 쉰다.

둘째 날: 본격적인 여행 시작. 드디어 삥마용 구경에 나선다. 오전에 삥마용을 둘러보고 근처 한국식당에서 점심, 그리고 화칭츠, 진시황릉을 둘러보는 것으로 하루 끝.

셋째 날: 시내 구경. 멋진 성벽을 자전거로 일주하고(2시간 걸림, 관람차로는 1시간) 근처 서원문(書院門) 거리를 돌며 시안의 옛 거리의 정취를 느낀다. 또 바로 옆 비림에 들러 다양한 한자체를 감상하고 저녁엔 따탕뿌룽위엔에 들러 수막 영화와 멋진 불꽃놀이를 구경한다.

넷째 날: 중국 오악(五岳)중 하나인 깎아지른 절벽이 절경을 이룬 화산. 도시락을 미리 챙겨가는 게 좋을 듯싶다. 걸어 오르는 것은 좀 무리라

판단되니(절벽에서 구를 수도 있음. 매년 추락사가 끊이지 않음) 케이블카를 이용해 정상에 오르고 거기서 여유 있게 세상을 내려 보길. 다녀와선 안마를 꼭.

다섯째 날: 시내 섬서 역사박물관에 들러 대륙의 역사를 찬찬히 살피고 이후 미뤄뒀던 쇼핑을 한다, 캉푸루, 씨아오짜이, 후이민지에(회족거리)가 시안의 대표적인 쇼핑거리이다. 단, 시아오터우(소매치기) 조심!!

이렇게 다 돌려면 꼭두새벽부터 서둘러야만 한다. 시안에 있는 것들이라고 해서 다 바로 근처에 있을 것이라 생각하면 오산, 차로 오가는 것만 여행의 반을 차지하니 좀 일찍부터 준비하는 게 좋다. 이외에도 치엔링, 아방궁 등 무궁무진하다. 유명한 절들도 꽤 많아 관심 있는 분들은 절 탐방을 하루 일정에 넣어도 좋다. 개인적으로는 시안 공항 근처에 있는 무덤, 즉 시안 피라미드를 둘러보는 것도 괜찮다고 본다. 인터넷으로 알아보니 세계 최대크기와 최대 규모라는 이곳 피라미드, 무슨 이유에선지 아직도 공개는커녕 발굴 조사도 하지 않고 있다. 정확한 내막은 알 수 없으나 이것이 한족의 문화가 아닌 우리 한민족의 것이라는 말도 있다. 공항과 시안 시내를 오가는 고속도로에서 꽤 많이 볼 수 있으니 대륙의 피라미드를 차창을 통해서라도 한번 쯤 살피시길. 넓은 평지에 여기저기 뜬금없이 솟은 산들이 보이면 그것들이 바로 시안피라미드라고 생각하면 된다.

여행하면 먹거리를 빼놓을 수 없다. 산시성 사람들이 전통적으로 밥보다는 면을 좋아해 다양한 면요리가 있다. 처음 접하는 한국 사람들은 모양이나 맛에서 좀처럼 적응이 안 되겠지만 기왕 온 김에 살짝 맛보는 것도 여행의 묘미가 아닐까 한다. 가격이 원체 싸니 한번쯤. 개인적으로는 밤에 노천 야시장에 들러 맥주를 곁들이며 중국 서민들 속에서 어울려보길 추천한다. 분위기 자체가 중국적이어서 좋고 그 안에서 여행에

대해 삶에 대해 실컷 떠들 수 있다. 시안에 대해 더 알고 싶으신 분은 인
터넷에서 더 살펴보시고 가이드 필요하면 연락들 하시길. 싼 값에 절대
바가지 씌우거나 추가요금 달라고 하지 않는 진짜 가이드가 여기 있으
니. 근데 솔직히 좀 힘들긴 하다.

"아이랑, 며칠 있다 손님들 올 건데 이번에도 부탁 좀 하자"

"엥? 나 학교, 아니 학원 가야돼!"

안마 없인 못 살아

"난 12번"

"뭐? 그 말 많은 아줌마?"

"아이랑, 나 곧 결혼해 그래서 여기 그만두게 됐어 고향에 가게 됐거든"

"오, 정말 축하해. 근데 일 계속하면 되잖아. 고향엔 왜 가는데?"

"어 저기……. 임신을 해서"

"풉(속도위반), 어쨌든 축하해. 뭐 먹고 싶은 거 없어?"

"컨더지(KFC)!"

20대. 그 어떤 피로도 단 한숨의 잠으로 다 회복되는 절대건강 절대청
춘인줄 알았다. 끝을 향해가는 나의 20대 자꾸 안마가 댕긴다. 안마를 괜
히 받았다 가이드 할 때 며칠 연속으로 받고 사이사이 불려가 공짜로 몇
번 받았는데, 이제 중독된 느낌이다. 자꾸 몸이 만져(?)주길 원한다.

세상에서 제일 좋고 편한 게 안마 같다. 안마를 받으면 절로 '시원~하
다가 입 밖으로 나오고, 발끝부터 머리끝까지 꽉꽉 눌러주고 풀어주니
이 기분을 뭐라 설명을 못하겠다. 너무 편해 스르륵 잠이 들어버리기도
하고, 마지막 등 뒤로 올라가 무릎으로 등짝을 쭉쭉 눌러 펴 줄때면 '아,
이 맛이야' 가 머릿속에서 울려 퍼진다. 얼마나 자주 갔으면 잘하는 사람

못하는 사람을 다 구별하게 됐고 지정번호까지 생겼을까.

안마 받으러 가면 모든 게 즐겁다. 특히 안마사들과의 교류가 한 즐거움 한다. 대부분이 여성 동무들로 나이는 어리게는 10대 후반부터 30대 초반까지, 대다수는 20대 초중반이다. 자주 찾는 곳은 시설이 상당히 좋은 곳으로 가격은 두 시간에 68위엔이다. 더 싼 곳도 많은데 한번 고급스러움에 몸이 길들여지니 꼭 여기만 찾게 된다.

중국에 처음 왔을 땐 기숙사 복무원들과 헬스장 위주로 중국 친구들을 만나고 만들었다 .그런데 이제는 영역이 안마방까지 확장됐다. 서비스 개념에서 아직은 우리 기대에 못 미치는 게 대륙의 현실이다. 그래서 안마를 해주는 직원 동무들의 태도도 그렇게 순종(?)적이지는 않다. 그런데 오히려 이것이 매력이다. 성격이 바로 드러나니 편하게 친구가 될 수 있다. 손님과 종업원의 관계도 있지만 사장이나 관리인이 없는 곳에선 서로 편하게 대하며 궁금한 것들을 물으며 친해진다. 자주 가는 단골이 되다보니 밖에서 마주칠 때면 먼저 와서 반갑게 인사하고 농담도 하고 가끔씩 같이 식사도 하며 어울리고 있다. 우리 안마 멤버들도 하나같이 여기를 좋아하고 이곳 직원들과 친구가 되어 이런저런 이야기꽃을 피우게 되니 여기도 또 하나의 중국어 학습의 장이 된다.

이 곳 친구들, 모두 시골에서 올라와 일찍부터 본인들 앞가림을 하고 있다. 어린 나이인데 손이 안마경력에 맞게 부풀고 굳은살이 박혀있는 걸 보면 가슴이 쩽해지기도 한다. 월급은 또 어찌나 짜던지 안마비의 반의반도 이 친구들에게 돌아가는 것 같지가 않다. 하지만 모두 성격이 활달하고 착하며 성실하다. 배울 점이 많다. 그건 그렇고

"어이 시아오리우. 너 요즘 너무 대강대강 하는 거 아니야? 남들은 두 손으로 열심히 두들기는데, 넌 왜 한손으로 대충 때려? 응?"

하이난다오, 여긴 천국이다

산야의 아롱만, 중국에 없는 게 뭘까?

두 번째 맞은 대륙의 여름. 드디어 학원 강의가 끝이 났다. 너무 진을 뺀 나머지 휴식이 좀 필요하다. 중국어 공부하러 와서 중국어에 진이 빠진 게 아니라 한국어 보급에 그만 진이 빠져버렸다. 다음 개강까지는 잠시 시간적 여유가 있다. 요사이 또 고민이 하나 생겼다. 계속 시안에 있을 것인지 새로운 곳으로 옮겨야할지. 이를 놓고 맘 맞는 친구들과 한창 논의 중이다. 시안도 이미 구석구석 다 살핀 마당이라 좀 더 중국을 살피고 싶었다. 마음은 옮기자는 쪽으로 팍팍 기울었고 함께 지내는 친구들도 그렇게 마음을 굳혔는데 뜻밖의 일이 벌어졌다. 평소 친하게 지내는 또 한명의 시안패밀리에게 이제는 이곳을 떠나겠다고 했더니 눈물까지 글썽이며 너무나 아쉬워했다. 그러면서 함께 마지막으로 여행이나 다녀오자고, 순간 얼떨결에 정에 끌려 그러자고 한 게 다음날 우리는 모두 하이난행 비행기에 몸을 싣고 있었다.

하이난. 중국 저 남단의 섬마을. 크기는 세계지도 펼쳐놓고 보니 고국보다 조금 작은 것 같다. 도착하자마자 후덥지근하고 습한 공기가 숨을 탁 멎게, 아니 오히려 숨을 확 트이게 한다. 공기가 세상에 이렇게 좋을 수가 없다. 다른 세상에 온 것 같다. 화창한 하늘과 야자수, 저 대양에서 올라온 뭉게뭉게 구름은 시안의 그것과는 비교할 수가 없었다. 시안이 공기가 안 좋다는 걸 여기오니 온몸 가득, 뚫린 구멍 가득가득 팍팍 느낀다. 이제야 세포들이 살아나는 것 같다. 바다에서 태어나 자란 내가 이렇게 바다가 그리웠을까. 대륙 저 깊숙이 들어가 더러운 도랑물만보다가 이렇게 빛깔 좋은 진짜 바다를 보게 되니 기분까지 파랗게 물드는 것 같다.

중국의 하와이라고 불리는 하이난. 우리 제주도처럼 완전한 관광지로 탈바꿈되어 세계 유명 호텔과 리조트들이 해변을 가득 메우고 있었다. 최근 몇 년 동안 미스유니버스대회를 유치한 덕에 도로며 거리도 깨끗했다. 해변 도로를 따라 뻥 뚫린 수평선을 바라볼 때면 그지없이 상쾌하고 기분이 좋아진다. 시안에선 슬리퍼 신고 잠깐만 나갔다 와도 이게 발인지 연탄인지 분간이 안 될 정도로 쌔~까매졌었는데, 이곳에선 걸으면 걸을수록 발이 더 깨끗해진다. 놀랐다. 도로변을 그렇게 걸었는데도 오히려 내 발이 촉촉이 숨을 쉰다.

공해가 전혀 없는 이곳은 일 년 내내 여름이다. 조금 덥긴 하지만 원체 공기가 좋으니 휴양지로 이만한 데가 없겠다. 실컷 자고 바다에 풍덩, 밥 먹고 자고 또 바다에 풍덩, 가로수가 야자수이니 영화 속에서나 봤던 코코넛이 입과 품을 떠나질 않는다.

현지 가이드 조선족, 길림에서 살다가 친가처가 할 것 없이 모두 이곳으로 이사를 왔단다. 고향이 그립지 않느냐는 말에 겨울엔 엄청 춥고, 먼지 많은 대륙에서 벗어나 이렇게 따뜻하고 좋은 곳에서 살게 돼 너무 행복

후이족, 리족, 먀오족. 본래부터 이곳에서 자리 잡고 산 원주민이다. 민속촌을 잘 꾸며놔 소수민족의 삶을 재밌게 체험할 수 있었다. 예전엔 종족 간 싸움이 장난 아니었다는데, 아직도 겉으론 쉬쉬하지만 감정이 쪼끔 남아있는 것 같았다. 지금도 서로의 구역은 건들지 않는다고 했다.

하단다. 가족들이 모두 이곳에 있으니 다시 돌아갈 일은 없다며 중국 최고 장수마을인 이곳에서 지금처럼 건강하게 살고 싶다고 한다. 한국에서도 몇 년 전부터 하이난을 찾는 사람들이 급증해 신혼여행, 골프관광, 회사 워크숍 등을 하러 몰려든다고 했다.

5성급 호텔에서 머무는 느닷없는 계획 변경에 죽어라 번 알바비고 남은 이사비고 다 날아갔다. 당했다. 이젠 이사고 뭐고 시안을 떠날 수 없게 됐다. 어쩔 수 없이 더 버티려면 학원을 나가야하는 수밖에 없다. 어쨌든 하이난은 정말 최고였다. 하이난을 여행할 분들께 한 가지 정보를 주자면 여긴 3, 6, 9월이 비수기이다. 그래서 리조트고 호텔이고 성수기에 비해 가격이 절반 밑으로 뚝 떨어진단다. 12월엔 역시 겨울이니 해수욕은 못하지만, 재밌는 게 베이징 사람들이 이곳 아파트를 한두 달 임대해 여기서 따뜻하게 겨울을 보내는 게 요사이 유행이라고. 대륙에서 몰려들고 세계각지에서 몰려들어 하루가 다르게 집값이 폭등한다고는 하지만, 아직까지는 본토보다는 많이 싼 편이다. 투자하실 분 하이난을 한번 고려하시길.

'여기도 대외한어과가 있다는데 무지 땡기네'

대동해에서. 이곳은 일도 늦게 시작하고 오후엔 또 더워 몇 시간 씩 쉬고 하루에 일하는 시간이 총 너댓시간밖에 안된다.

수업 중 투신자살 목격

자전거 할아버지. 매일 이렇게 자전거 수레 안에 앉아 나무로 뭔가를 열심히 만들고 있다. 찾는 이가 없어도 언제나 늘 같은 자리를 지키시는 자전거 할아버지. 건강 하세요.

워낙 순식간에 일이 벌어졌다. 뭔가 떨어지는 것을 느끼고 창밖을 바라보던 한 학생이 기겁을 했다. 순간 교실이 걷잡을 수 없게 동요되었다. 옥상에서 누군가 뛰어내린 것이다. 이 자리 비록 선생이란 직분으로 서 있지만 나 역시 당황스럽긴 마찬가지였다. 어서 빨리 구급차를 부르라고 하고 재빨리 학원 관계자를 찾았다. 내 중국어 실력이 부족해 상황의 위급함을 알리기가 어렵겠다 싶어 한 학생을 데리고 갔다. 그렇게 찾은 현장은 이미 주검으로 변해버린 피투성이의 시체와 그 옆에서 오열하고 있는 그의 아버지가 있었다. 무슨 사연이 있었기에 이토록 어린 나이에 죽음을 선택했을까? 왜 하필 저렇게 고통을 느끼며 세상과 이별을 해야만 했을까? 기분이 너무 착잡했다. 마음이 안정이 되질 않는다. 건물 관리인들이 상황을 정리하고 구급차가 시신을 옮겨갔다. 다시 찾은 교실, 더 이상 수업을 이끌 수 없었다.

난 이렇게 충격인데 이에 비해 아직은 많이 어린 학생들, 죽음의 광경을 다 목격했음에도 얼굴엔 웃음이 가득하다. 그래 이게 그런 웃음이 아니겠지. 외국인인 내 앞에서 보이기 싫은 모습을 보여서 일까. 애써 웃으며 어떻게 해서든 이 순간의 심각함을 모른 척 하려는 것만 같다. 잠시 안

정을 취하게 한 후 다들 돌려보냈다. 나는 사무실로 향했다. 직원들도 아직은 자세한 내막은 모르는 눈치다. 자살을 선택한 이에 대한 안쓰러움과 또 하필이면 이곳에서라는 원망도 교차한다.

최근 중국에서 자살이 하나의 현상이 되어버린 것 같다. 연일 방송에선 죽음을 택한 이들의 기사가 끊이지 않고, 죽음을 담보로 세상과 협상을 하려는 이들도 자주 등장한다. 중국 언론매체에선 선정적인 장면이 어떤 사전 작업 없이 그대로 전파를 탄다. 투신자살의 장면을 그대로 보여주고 주검으로 변해 버린 시체도 모자이크 작업 없이 생생히 방영된다. 이런 뉴스가 너무 자주 등장한다. 그래서 일까. 눈앞에서 자살 사건이 벌어졌는데도 사실 그리 놀라는 모습이 없다. 방송이 대륙인들을 무감각하게 만들지는 않았을까. 인구가 너무 많아 생명의 소중함을 모르는 것은 아닐까. 인구 증가를 억제하기 위해 오히려 선동하는 것은 분명 아니겠지. 가끔씩 느끼는 대륙의 생명 경시현상 그저 문화의 차이라 하기엔 결코 인정할 수 없는 부분이다. 혼자 그렇게 착각하는 것이겠지. 왠지 나 홀로 심각해 하는 것 같다.

오가는 사람들로 늘 발 디딜 틈이 없는 이 거리. 바로 뒤편에서 무슨 일이 있어났는지 아무도 모른다. 세상은 아무렇지도 않게 흘러간다. 세상이란 이렇게 두렵고 슬프다.

축구의 나라

"너희를 밟고 우리는 앞으로 나가겠다. 우리는 4강국이니까 하하하"
"웃기시네. 너희 지단과 앙리는 있냐?"
축구는 어느 나라에서 시작되었을까? 방송에서 익히 들은 대로 잉글랜드가 축구의 종주국이라고 나도 그렇게 생각한다. 그런데 여기 중국에선 축구도 중국에서 시작되었다고들 한다. 중국에 없었던 게, 안했던 게 있을까? 중국 사람들 뭐든지 이렇게 우겨대니 이제 더 이상 따지고 싶은 마음도 없다. 생각해 보면 56개 민족 중 과거에 공 비슷한 거 발로 차고 논 적이 없었을까. 분명 중국도 그 시작은 스스로 했을 것이다. 단지 오늘날의 축구가 잉글랜드에서 퍼진 건지 중국에서 퍼진 건지는 인정을 해야지. 끝까지 우길 거면 잉글랜드랑 축구시합 해서 진 쪽이 확실히 포기하기로 하고. 결론이야 중국 친구들이 더 잘 알겠지만.

세상에서 월드컵이 가장 인기가 있는 나라는 어디일까? 1번 잉글랜드, 2번 브라질, 3번 중국. 내 대답은 3번 중국이다. 잉글랜드나 브라질이 축구에 환장하는 거야 다 아는 사실이지만 그만큼 축구를 잘하고 세계 축구를 이끌어가니 이해할 수 있다. 하지만 중국, 이해 못할 정도로 축구를 못한다. 축구 못하는 대표대륙 아시아에서 조차 그 존재감이 없다. 그러나 월드컵에 대한 열기는 마치 중국이 지금 결승전을 치루는 것만 같다. TV방송이고, 거리고 어디 할 것 없이 난리가 아니다. 보이는 데로 말하면 남자들은 늦은 밤 새벽녘까지 다들 TV앞에 모여 그것도 길거리 어디고 어느 가게에서 내놓았는지 거리TV앞에 무리를 이루고 앉아 탄성을 쏟아낸다. 온 시내가 똑같은 모습이다. 우리 동네도 마찬가지다. 온 동네아저씨들이 집 앞 부식가게로 모여 새벽까지 환성을 지르며 보내길 벌써 며칠이다. 보다 못한, 듣다 못한 아줌마들의 반격. 시끄러워 잠을 잘 수 없으니 다시는 TV를 밖으로 빼놓지 말라고 항의가 쏟아진다. 그러나 하루 이틀 조용한가 싶더니 다시 또 모여서 열정적으로 응원인지 시청인지를 한다.

중국 대표팀은 반성 좀 해야 한다. 이런 인민들의 전폭적인 관심과 성원을 무시해도 유분수지. 우리가 간단히 진출한 걸 그걸 못하나. 이렇게들 축구를 좋아할까. CCTV 에선 매일 유럽축구가 생방송으로 방영되고 (덕분에 박지성, 이영표 경기를 이곳에서도 생중계로 즐기고 있다) 스포

청치양(성벽). 자전거로 일주했다. 두 시간동안 쉬지 않고 달려야 추가요금을 내지 않는다. 중간에 잠시 도시락 먹은 게 전분데 결국 5위엔 더 냈다. 성벽에서 내려다 본 중국 중학교의 모습. 운동장은 내가 다녔던 한국의 학교보다 훨씬 좋아 보인다. 그런데 저기 쓰여 있는 글귀 '배움은 사람을 만든다. 배움은 학습하게 한다. 배움은 발전을 이룬다.' 매일 저걸 봐야하는 학생들의 마음이 대강 짐작이 간다.

츠 뉴스에선 오히려 외국 축구에 대한 이야기가 더 많이 나온다.

이번 월드컵을 맞아 특별 월드컵 방송이 신설됨은 말할 것도 없고 거의 24시간 방영되고 있다 TV만 틀면 축구에 대한 이야기뿐이다. 이렇게 전 대륙민의 관심을 받고 있는 월드컵, 아쉽게도 중국은 아시아조차 벗어나지 못하고 있다.

우리 대한민국이 원정 첫 승리를 거둔 날(이천수가 처음으로 좋아지던 날, 안정환이 또 싫어지던 날), 동네가 떠나가라 춤추며 소리치며 승리의 기쁨을 만끽했다. 밤늦게까지 다 같이 모여 응원하고 집으로 돌아오던 길, 우리를 향한 중국 아저씨들의 눈길이 온통 부러움뿐이다. 더 으스대고 싶은 게 사람의 마음. '대~한민국'을 외침과 동시에 '짝짝짝짝짝'이 습관처럼 동네를 울리고 우리의 이런 뻐김에 중국 아저씨들 '니먼팅빵(한국 정말 최고네요)!'으로 화답한다. '속은 참 많이들 쓰리시겠지. 흐흐흐'

일본과 브라질이 경기를 하던 날. 평소 하르가, 히로미, 사키와 그렇게 친하건만 이 날은 연락을 하지 않았다. 오늘은 중국 아저씨들과 한 편이 되어 브라질을 응원하기로 했다. 나도 일찍부터 의자 하나 들고 가 집 앞 부식가게에 자리를 잡았다. 전반 첫 골을 먹었을 때만해도 일본이 기적을 일으킬까 봐 우리 한중연합응원단이 얼마나 쫄았던지. 다행히 호나우두가 몸이 풀리고 국제경기에서 매너 상 잘 안 한다는 골키퍼 교체가 그라운드에서 펼쳐질 때 우리는 일본침몰에 그렇게 고소해하지 않을 수 없었다.

'애들아 미안해. 이상하게 일본 편은 들 수가 없어'

이때만큼은 한국과 중국이 하나였다.

한국 대 프랑스전이 열렸다. 도라의 그 매혹적인 웃음이 떠오른다. 시안에는 유난히 한프 커플이 눈에 띈다. 한국 남성들이 프랑스 여성들에게 어필이 되는 모양이다. 프랑스 여인들의 적극적인 관심을 종종 받아온 게 사실(!)이다. 그런데 기분 나쁜 건 이 시합을 앞두고 나는 잔뜩 긴장되고 매우 초초하건만 프랑스 친구들은 긴장은커녕 "우리가 무조건 이길텐데 뭘" 하는 거다. 상대가 한국인지도 관심이 없다. 그저 자기네 팀에 대한 확신만이 가득했다. 나도 우리 국가 대표에 저런 확신이 있었으면. 비겼다. 마지막 박지성의 조금은 발레 같은 몸동작 발동작이 결국 프랑스 골망을 흔들었다. '아~다행' 이날도 집으로 돌아오는 길에 동네 아저씨들로부터 박수갈채를 받았다. 축구는 선수들이 했는데 영광은 내가 다 받아먹었다.

결국 한국이 16강에 떨어지고 아쉽게 17위를 했다. 이곳에서도 고국 못지않게 뜨겁게 응원을 했다. 제 3지대에서 양국의 응원단이 섞여 응원대결을 했고, 각 나라의 재밌는 응원 모습도 볼 수 있었다. 아쉽게 한국은 16강 토너먼트에 못 올랐지만 원정사상 첫 승도 올렸고, 최강 프랑스와는 비겼다. 마지막 경기를 본 사람은 알겠지만 사실 썩 석연찮은 판정에 화도 났다. 중국 아저씨들도 다 봤다. 그래도 한국 보고 대단하다고, 정말 축구 잘한다고 그렇게들 부러워해준다. 이러니 마음이 좀 사그라졌다.

그러나 이 축제의 장에 아쉽게도 중국 친구들은 낄 자리가 없다. 밤새 남의 경기 보고 TV에선 매 게임 분석하며 그렇게 동참하려지만, 돌아서면 허전함만이 가득하다. 아시안게임 금메달 싹쓸이보다 월드컵 본선

진출을 더 바라는 중국. 다른 건 다 잘하는데 축구는 왜 이렇게 못할까?

'어디 이래서 종주국이라고 하겠어? 응?'

공개강의 - 난 인기 강사 아이랑

공개강의 현장. '열렬히 환영합니다. 아이랑 선생님' 이렇게 많이 모일 줄이야. 강의가 끝나고 난 연예인 뺨치는 인기를 누렸다. 물론 이 날도 '곰 세 마리'는 피할 수 없었다.

"당신이 경험이 있으니깐 해 주세요"

"응?"

며칠 후

"오빠가 경험도 있고 잘하니까 부탁 할게요"

한국어 강사가 된 지 오늘로 대략 7개월 정도 된 것 같다. 그간 나를 거쳐 간 학생이 1백 명이 넘었다. 그리고 또 새로운 반을 맡게 됐다. 천직 같단 생각이 든다. 이제 강의를 즐기고 있고 처음에 비해 많이 좋아진 걸 스스로 평가하고 있다. 학원 강의가 좋은 이유는 한국을 너무나 좋아하는 학생들을 상대로 하기에 수업 내내 분위기가 좋다. 또 굳이 친구 만들기 위해 이곳저곳 찾을 필요가 없다는 것이다. 교실 안에 날 향한 존경심과 교류를 희망하는 30여 명의 사랑스런 아이들이 있는데 이제 더 이상 무엇을 바라리.

오늘도 꾸엔의 부탁으로 공개강의를 하게 됐다. 우선 꾸엔 소개부터. 나보다 나이는 3살 어리고, 한국에 다녀간 적도 있는, 한국어를 무척 잘

하는(?) 친구로, 한국어 학원을 막 연 학원 원장이다. 그간 주위사람의 소개로 몇 번 만났는데 한국어 학원을 개설하면서 요사이 내게 끊임없는 러브콜을 보내고 있다. 내가 그만큼 이 쪽 세계에서 알아주는 사람이 됐다는 소리다(됐나?).

공개강의는 그동안 신시원에서 네댓 차례 한 것 같다. 본 강의에 앞서 관심 있는 사람들을 모아놓고 한 시간 정도 강의 소개 등 살짝 맛 뵈기로 강의를 보여준다. 등록 전에 강의 스타일이나 강사에 대해 미리 알고 선택을 하게하는 좋은 제도 같다. 질문도 주고받는다. 공개강의가 끝나면 항상 본 강의 등록이 초만원을 이루는데 이게 다 선생 때문 아니겠는가. 솔직히 말해 등록하는 학생들을 보면 공개강의에 왔던 학생보다 새로운 얼굴이 더 많다. 그만큼 지금 한국어가 인기가 많다. 이번에도 꾸엔을 위해 꾸엔네 학원 첫 공개강의를 학원교실이 아닌 대학교 대강의실에서 하게 됐다. 정말로 강단에 서게 된 것이다. 내 꿈이 이루어진 순간이다.

보통 공개강의 때 질문을 해보라고 하면 내 개인에 대해서 묻곤 했다. 예를 들면 몇 살이고, 집은 어디며, 중국은 언제 왔으며, 한국어 전공자냐는 내겐 퍽이나 심도 있는 질문 등이 대부분 이었다. 그런데 한번은 정말 심각한 질문을 받은 적이 있다. 조용히 강의를 듣던 한 여학생이 대뜸 "왜 한국은 단오가 자기네 거라고 우기는 거죠? 단오는 분명 중국의 것인데" 하며 따지는 것이었다. 일순간 분위기가 싸~해지며 모두 나를 뚫어져라 쳐다봤다. 뜬금없는 질문에 나도 어안이 벙벙해졌고 여기가 또 중국이라 말실수 했다간 내가 살아남지 못할 것 같고(농담) 잠시 고민하다 '에라 모르겠다' 내 생각을 그대로 펴부었다.

"솔직히 단오는 중국의 것이 맞고 한국으로 전해졌습니다. 그런데 오랜 세월을 거치면서 완전 한국화 되었기에 한국에서는 단오를 한국의 명절이라고 한 것 같습니다. 물론 단오를 새는 한국과 중국의 모습은 완전 다릅니다."

이 학생 한마디 더 물었다.

"한국은 과거 중국에서 넘어간 사람들이 만든 나라, 즉 중국인이 만든 나라가 아닌가요?"

정말 이날 제대로 걸린 느낌이었다. 다행히 한국에서 역사를 좀 공부한 게 그나마 할 말을 떠오르게 해주었다.

"한민족의 태동은 한반도에 국한된 게 아니라 과거엔 대륙이었을 확률이 높고, 대륙의 패권싸움에서 밀려 한반도에 들어와 이곳의 토착세력과 융화되어 오늘에 이르렀습니다. 다시 말해 중국에서 넘어간 중국인이 세운나라가 아니라, 한국인의 입장에서 원래 우리 땅은 대륙이었다고 말할 수 있는 부분입니다."

한국과 중국의 입장만을 얘기하는 민감한 말들이 오가니 갑자기 화기애애하던 강의실의 분위기가 급 냉랭해졌다. 숨소리도 안 들리는 어색한 분위기를 무마시키려고 나는 그 학생에게 '애국자'라고 칭하며 다 같이 박수를 쳐주자고 했다. 그날의 위기는 그렇게 마무리 지을 수 있었다. 생각해보니 나도 중국어 수업 시간에 왜 중국은 고구려를 자기네 거라고 우기냐고 따진 적이 있다. 학생 대부분이 한국 사람이라 당시 선생님도 딱히 입장 정리를 못했는데, 이제야 선생님 마음을 좀 알겠다. 하여간 인생이란 꼭 이런 식으로 돌려받는다니깐. '그런데 제발 서로 우기지는 맙시다. 일선에서 이렇게 고생하는 사람들이 생긴다구요'

오늘 꾸엔네 공개강의에선 별다른 문제는 없었지만 강의가 끝남과 동시에 신시원 본 강의가 기다리고 있었다. 식당 예약을 해놨다는 꾸엔을 멀리하고 택시 타고 쏜살같이 날아갔지만 결국 5분 지각했다. 날 향한 학생들의 이해한다는 넉넉한 웃음. 오늘도 힘차게 한국어 보급에 열을 올린다. 내일도 신시원 오전 강의와 꾸엔네 본 강의 그리고 저녁엔 땡빵 강의까지. 사람 잡는 스케줄이 기다리고 있다. 그래도 즐겁다. 교실에 들어서는 순간 날 바라보는 초롱초롱한 눈망울로 인해 새로운 힘이 솟기에.

'찌아요우(힘내자)'

축 처진 몸을 끌고 집에 돌아와 보니 학생으로부터 이메일이 와 있었다. 요사이 잘 안보이던 녀석인데. 내용은 다음 장에.

학생의 이메일
– 충격 받은 한국인의 중국관

선생님 안녕하세요.

오늘 인터넷에서 다음 내용을 보게 되었습니다. 내용인즉, 한국 사람들이 우리 중국을 굉장히 무시한다고 하던데 정말인가요? 아래 그 내용입니다 보시고 선생님이 중국에 온 이후 그 느낌을 알고 싶습니다. 이것을 본 후 마음이 굉장히 혼란스럽습니다. 꼭 선생님의 의견을 듣고 싶습니다.

첫 번째. 친구와 집을 구하고 이사 하던 날, 집주인이 찾아와서 우리에게 치약과 칫솔을 주셨다. 친구와 난 상당히 난감했다 왜 이걸 주는지 그땐 이것이 한국의 풍습이려니 생각했다. 그러나 집주인이 하는 말이 "이것은 이를 닦는 것이고 그건 치약이라고 해, 우리 한국 사람들은 모두 이를 닦거든 너희들도 한국에 왔으니 반드시 이 닦는 걸 배우도록 해. 기왕 선진국에 와서 배우기로 한 거 이런 것도 반드시 배워야지"

이것이 내가 한국 사람이 중국에 대해 굉장히 잘못 이해하고 있는 첫 경험이었다. 너무 불가사의하다. 이렇게 가까운데, 잘 모르는 것은 차치하고라도 중국을 아직도 까마득한 과거 속 나라로 아는 듯하다. 이후 난 한국의 정부와 언론매체가 중국을 어떤 식으로 한국 국민들에게 알리는지를 관심을 갖고 보게 되었다.

두 번째. 반년이 지나 한국 남자친구와 교제를 하게 됐다 그땐 언어를

슈위엔먼(書院門) 성벽 남문 근처의 전통 쇼핑 거리. 문방사우부터 도장, 옥제품 등 가장 중국적인 물건들을 접할 수 있다. 과거의 멋이 살아 있는 거리.

빨리 배우고 싶다는 생각도 있었다. 남자친구의 친구들과 술자리를 하게 됐는데 그중 한명이 내게 물었다 "어때? 한국 좋지? 중국에서 살 때 이런 소파에 앉아보기나 했어?" 남자친구가 말했다 "왜들 이렇게 무식해 중국에 가보긴 했어? 베이징, 다롄, 난징, 모두 엄청 발달됐어. 너희들은 꼭 가서 봐야겠다." 결국 그날 밤 남자친구는 그 친구들에게 두들겨 맞을 수밖에 없었다. 이유인즉 '대~한민국' 사람의 자격이 없다고.

세 번째. 역시 남자친구의 한 친구. 함께 집에서 TV를 보게 되었다. 마침 장이모감독의 "一介不能少"가 방영되고 있었다. 말 나온 김에 한국에 온 몇 년 동안 TV에서 중국 드라마나 영화를 종종 볼 수 있었는데 대개가 1970, 80년대를 배경으로 하는 작품이거나 농촌이야기뿐이었다. 한국의 매우 과장된 멋진 드라마와는 정말 극명하게 대비를 이루는 것들뿐이었다. 방송을 보던 그 친구가 물었다 "너도 중국에 살 때 학교가기 위해서 산을 넘어야 했어? 몇 개나 넘었는데?"

네 번째. 대학 친구가 물었다 "어제 TV를 봤는데 너희 중국에선 교통수단이 모두 자전거라며? 요 몇 년 동안 한류의 영향을 받아 이제 겨우 한국의 자동차가 얼마나 좋은지, 한국의 휴대폰이 얼마나 고급스러운지 비로소 알게 됐고, 듣자하니 한국제를 살 수 있는 사람들은 다들 돈 좀 있는 사람들이라는데, 너 자전거 탈 수 있지?"

다섯 번째. 자주 이런 한국 사람을 만난다. 내가 중국에서 온 걸 알고는 "와, 그럼 너희 집 틀림없이 굉장한 부자겠다 우리 한국에 올 수 있었으니. 우리 한국 사람들은 유학 갈 때 미국이나 영국에 가고, 제일 떨어지는 게 일본에 가는 건데."

여섯 번째. 작년 여름방학 중국에 돌아갔다가 많은 예쁜 옷을 사가지고 한국에 다시 왔다. 왜냐하면 중국에서 사는 것이 더 싸고 한국에 비해 전혀 떨어지지 않는다고 생각하기 때문이다. 개학 후, 한국 여학생들이 내게 물어왔다 "와, 그 옷 어디서 샀어? 신발도 참 맘에 든다. 정말 예뻐." 내가 말했다. "모두 중국에서 가져온 거야." 순간 당황하며 왜 한국에서 사지 않았냐고 되묻기에 "지금 동대문에서 파는 대부분의 상품이 모두 중국에서 들어온 거거나 중국에서 만든 것이야"라고 말해줬다.

일곱 번째. 아르바이트할 때였다. 사장님이 망고를 가져오시더니 같이 먹자고 나를 불렀다. 중국에선 망고가 매우 싸고 철이 되면 길거리에 널려 있는데, 한국에선 망고가 되게 비싸고 귀한 과일이다. 평소 먹는 걸 좋아해 바로 가서 먹고 있는데 사장님의 몇 마디가 입맛을 싹 사라지게 했다. "이게 망고라는 건데 못 먹어봤지? 중국에서 태어났으니 불쌍해. 참 안타깝다. 많이 먹어."

여덟 번째. 군대에서 막 재대한 한 친구, 쉬는 기간을 이용해 중국에 놀러 갈 생각이란다. 굉장한 집안에서 태어나 냉면이나 떡볶이 같은 보통 사람들이 먹는 그런 음식은 먹어본 적도 없고 매일 양식이나 일식만 찾던 사람인데 갑자기 중국에 간다는 것이었다. 이번 기회를 통해 중국이 얼마나 좋은 곳인지 알 수 있겠다고 생각했는데, 결론은 그의 엄마가 죽어도 중국에 못 가게 한다는 것이었다. 이유는 중국은 더럽고 지저분하다는 것 그래서 고급레스토랑에서 식사도 못하고 게다가 중국 사람들은 야만적이어서 만약 네가 한국에서 온 돈 많은 사람이란 걸 알면 총으로 위협해 강도질하거나 심지어 죽여 버리면 어떻게 하냐는 거였다. 난 그저 그 어머니가 존경스럽다. 그 상상력, 납치해 죽인다고? 영화 찍으시는지? 사실 강도나 납치해서 죽인다는 말들 분명히 한국인들이 중국을 굉장히 오해하고 멸시하는 것들이다.

아홉 번째. 쇼핑하거나 밥 먹을 때 중국 여행객이나 일본 여행객들을 자주 보게 된다. 이때도 가게 주인들이 일반적으로 일본 사람들을 먼저 부르는데, 웃는 얼굴로 맞고 일본 사람들이 갈 때까지 상냥히 기다렸다가 배웅한다. 그러고는 '확 바뀐 얼굴'로 중국 사람을 대한다. 일본 사람들의 에누리에는 주인들이 화를 안내는데, 우리 중국 사람들이 깎아달라고 하면 열에 여덟은 곧 굉장히 짜증을 낸다. 하나같이 "사지도 못 할 거면 살려고 하지 마!"하는 모습이다. 몇 차례 비싼 물건을 산 적이 있었는데 그때마다 주인들이 곧 묻고 했다. "일본 사람이세요?" "아니요. 중국 사람인데요." "그럼 화교세요?" 따지고 싶은 마음도 없고 그냥 간다.

제대로 해석을 했는지 모르겠다. 뉘앙스와 전체적인 의미가 해석해 논 거와 상통하니 알아서들 판단하시고. 이 보다 더한 내용들도 많았는데 번역하다가 쓰러질 판이라 여기까지만 한다. 메일을 읽으면서 얼굴이 화끈거렸다. 불과 얼마 전까지의 내 모습이었다. 그리고 굉장히 부끄러웠다. 이 글을 쓴 그 중국 유학생의 말처럼 우리는 너무나 중국에 대해 모르고 있다. 아직도 중국이 몇 십 년 전의 우리 모습이려니 그렇게만 생각한다. 역시 오해와 착각 그리고 편견뿐이다. 물론 최근 중국 유학이나 일 때문에 중국에 오간 사람들이 많아 이런 오해에서 많이들 벗어났지만 아직도 많은 사람들이 오해와 착각, 편견의 틀 속에 갇혀있다. 매일 TV에선 중국의 안 좋은 것만 보여주고 있고, 일상생활이 아닌 중국에서도 토픽감이 되는 그런 것만 그것이 마치 중국의 전부인 양 보여주고 있다. 그러니 다들 오해 속에서 살아갈 수밖에.

단지 우리 학생, 한국을 그렇게 좋아하고 한국 사람들에 대해서도 좋은 이미지만을 갖고 있었는데, 난데없는 인터넷 글 하나 때문에 맘에 상처를, 충격을 받고 말았다. 곧 답장을 보냈다.

음. 먼저 내게 보낸 글의 내용은 100% 진실이다. 하지만 모든 한국 사람들이 그렇게 느끼는 것이 아니라 아직 중국에 대해 이해하지 못한 사람들의 모습일 뿐이다. 지금 한중간 교류의 확대로 예전까지 전혀 모르고 지내던 중국에 대해 이제야 많은 오해들이 풀리고 있다. 나 역시 중국에 오기 전엔 많은 오해와 걱정들이 있었는데 중국에 오고 나서야 알았다. 한국과 다른 게 없다는 것을.   솔직히 경제적인 차이로 인한 무시는 있다. 그것은 중국인인 너희들도 분명 있을 것이다. 이런 모습들은 세계 어디에나 있다. 미국인들이 일본인들이 한국을 바라보는 것이라든가, 때때로 너희 중국 사람들이 한국을 상대로 말도 안 돼는 주장이나 행위를 하는 것도 많다. 한국의 인터넷상에서도 중국에서 생활하는 많은 한국 사람들이 중국 사람들의 사기와 폭행으로 피해를 본 사람들이 많다는 내용이 자주 올라온다. 그러나 이러한 것들이 전부가 아니라는 것을 알고 있지 않는가. 어떤 세상에나 이러한 문제가 있다. 하지만 중요한 것은 진짜 현실이다. 오해는 모두에게 있다. 그것을 풀어가야 하는 게 우리의 몫이 아닌가 싶다.

다시 온 답장
선생님 글을 읽고 많은 생각을 했어요. 세상 어디에나 그런 일들이 일어난다는 말 맞는 것 같아요. 중국 사람들도 그런 게 있으니까요. 꿈이 하나 생겼어요. 앞으로 한국어 더 열심히 공부해서 중국을 찾는 많은 한국 사람들에게 중국에 대해 갖고 있는 오해를 풀게 해주고 싶어요. 앞으로도 선생님 잘 부탁해요. 친절한 답변에 감사해요.

참!참!참! 중국이 대안이라고만 떠들지 말고 한류가 중국에서 열풍이라고만 떠들지 말고 그것을 어떻게 잘 이어나갈까 그 생각을 좀 하시길. 그리고 한국 사람의 가장 큰 착각, 한국 것은 당연히 중국에서 인기가 있을 거라는 믿음. 대체 어디서 그런 생각들이 나올까. 한국의 드라마와 가수들이 인기가 있는 게 사실이지만 요사이 이를 경계하는 중국의 모습들이 심심찮게 엿보인다. 즉, 인기 꺾이는 건 단 한 순간이다. 방송이나 신문에서도 제발 치우친 한 모습만 보여주지 말고 제발 현실을 그대로 알렸으면 한다. 우리가 상대를 업신여기는데 그 상대가 우리를 좋아할까? 정작 현명한 것이 무엇인지 다들 알잖아!

세계 정복자 남기화 아저씨와의 만남

특별한 만남은 오늘도 이어졌다. 간만에 시내에 나간 김에 잠시 눈 구경이라도 좀 할까싶어 전자상가에 들렀다. 점원과 사지도 않을 제품을 놓고 몇 마디 나누고 있었는데, 옆의 한 새까만 아저씨가 한참을 서서 날 쳐다본다. 내 중국어가 역시 이상하나보다. 발음을 듣고 외국인인 걸 눈치 챘나 생각했다. 그런데 잠시 후 내게 다가와 말을 건넨다. 한국분이셨다. 그렇게 반가워하실 수가 없다. 나도 반가웠다. 말투 아닌 생김새로 한국 사람의 느낌을 받았다고 해서 말이다.

러시아 블라디보스크에서 출발해 중국대륙을 종단하고, 동남아 인도를 거쳐 서유럽 포루투칼 리스본까지. 유라시아 대륙을 종횡으로 누비겠단 목표로 지금 출발 2개월째인, 자전거 한 대로 하루에 100킬로 이상을 이동하고 있는, TV에서나 보았을 그런 분을 여기 시안 땅에서 직접 만나게 됐다.

너무 멋있었다. 나이는(연세는) 48세로, 조금은 건강이 염려가 되는 데 힘이 펄펄 넘치셨다. 그간 햇볕에 그을려 새빨갛고도 검게 그을린 피부와 탱탱한 허벅지, 총총한 두 눈 그리고 시원시원한 입담, 감출 수 없는 기를 온몸 가득 뿜어내는 마치 초싸이어인을 마주한 느낌이었다. 무엇보다도 멋졌던 건 중국어를 한마디도 못하시면서 벌써 중국 대륙을 반 이상 종단했다는 사실이다.

갑자기 얼마 전 학생으로부터 받은 메일이 떠오른다. "중국은 너무 위험하고 강도가 많아 살인의 위험이 크니 절대 중국에 가선 안 된다." 그런데 누구는 중국말은 단 한마디도 하지 못하면서 벌써 대륙을, 그것도 자전거 한 대로 온갖 곳을 누비며 반 이상을 종단했다. 용기가 대단하다고 해야 할까. 그만큼 중국이 안전하다고 해야 할까. 아저씨 말을 빌리면 중국은 돈만 있으면 아무런 불편이 없는 나라란다. 돈 있어 불편한 곳이 있을까마는 그간 우리의 편견에서 벗어나 중국이 그만큼 안전하고 있을 거 다 있는 나라, 우리와 별 다를 게 없다는 그런 의미가 아닐까싶다.

뜻하지 않게 아저씨에게 저녁식사를 대접받고, 많은 여행 에피소드를 들을 수 있었다. 여행 시작부터 삐걱거려 러시아와 중국 국경지대에서 잡혀간 이야기, 여행 중 만난 중국 청년들과의 토론이야기, 굶주림에 손 내미는 동심의 가슴시린 이야기, 백화점에서 점원에게 바가지 당하고 한참을 한국말로 싸웠다는 분노의 이야기 등등, 중국 곳곳에 숨겨진 미처 생각 못한 아름다움들과 또 그 안의 슬픈 이야기들까지 생생한 중국의 모습을 제대로 공감하며 듣게 되었다.

2년 가까이 중국에서 살고 있는 나보다 2개월 밖에 안 된 아저씨가 중국에 대해 더 속속들이 알고 있는 느낌이다. 중국말은 한마디도 못하시면서 어떻게 저런 걸 다 알아냈는지 한편으론 부끄럽다. 나도 여기 와서 별의 별걸 다 겪은 거 같은데 아저씨 이야기가 무척 신선하게 다가왔다. 내게도 꼭 대륙을 종단하라고 격려부터 마음가짐 그리고 인생 성공에 대한 축복까지 빌어주시는, 마치 오래전부터 잘 알고 지낸 것처럼 편안한 인상을 풍기시는 남기화 아저씨. 예기치 못한 만남에 오늘 내 맘이 잔뜩 흔들린다.

머잖은 세계정복자(남기화 아저씨께선 유라시아 횡단 이후 북유럽에서 남아공까지 그리고 호주 일주, 칠레 남단에서 북미 알라스카까지 대략 10년을 예상으로 전 세계를 종횡으로 누비시겠다고 했다. 오직 자전거 한 대로). 저녁을 앉은 자리에서 3인분을 후딱 해치우신 아저씨. 2개월 만에 15킬로를 감량하셨다는 다이어트의 신화이기도 한 멋진 정복자.

'아저씨, 항상 건강하시고 찌아요우하세요!'

떠남을 결정

결국 시안을 떠나기로 결정했다. 이는 곧 중국을 떠난다는 의미다. 그간 이곳에서 할 일을 계획했고, 사실 투자의 손길도 있었다. 하지만 무엇보다 지금은 이렇게 하고 싶지가 않다. 말하고자 한다면 어찌 할 말이 없을까. 하지만 나만 바라보기로 했다.

'마음 가득 품은 소망을 소중히 하자. 그리고 하나하나 이루어가자. 무엇과도 바꾸고 싶지 않은 나의 꿈이니까. 간절히 바라고 즐겁게 만들어가자. 그래서 지금은 떠나야만 한다. 내가 먼저 바로서고 그 당당함으로 얼굴 가득 미소와 자신감을 품고 그렇게 다시 와야겠다.'

더 버틸까, 그냥 있을까? 그냥 이대로 머물자면 또 그럴 수도 있는데. 하지만 여기서 더 늦추면 나중에 더 깊은 후회를 할 것 같다. 더 스스로 성장하고 준비할 필요가 있다. 돌아가기 싫은데 이렇게는 돌아가기 싫은데 더 늦기 전에 어서 돌아가 새로운 시작을 해야만 한다. 너무 길들여진 나머지 편한 길만 가려했다. 결국 시간이 흘러 후회와 함께 현실을 직시하기 전에 시안을 떠나야 한다. 중국과 이만 안녕을 해야만 한다.

'할 일 좀 하고 좀 더 준비해서 오자. 이번엔 가득 품은 꿈과 여유를 품고서.'

짜이찌엔 시안 다시 찾은 청두

초등학교 습격한 날. 오후 수업을 기다리며 교문 앞에서 고무줄놀이를 하고 있는 꼬마 숙녀들. 교문이 열림과 동시에 아이들과 섞여 학교에 밀려들어가 봤다. 교실이며 책상이며 시설은 아직도 많이 낙후해 보였지만, 교정을 채운 아이들과 이들을 비추는 햇살은 참 따스했다.

시안을 떠났다. 아쉬움도, 후회도 많지만 소중한 것을 품었다. 결국 그렇게 중국에서의 생활을 정리하기에 이르렀다. 귀국을 결정하고 아직 남은 기간 동안 정리와 이후 구체적인 방향에 대해 생각을 하고자한다. 다시 청두로 향했다. 적응이 필요 없는 곳, 언제나 기억 속에 따스함으로 가득한 곳, 시작도 여기서 했으니 마무리도 이곳에서 하고 싶다.

거의 1년 반을 시안에서 보냈구나. 무슨 일들이 있었나. 1년 여선생님으로서 지낸 그 소중한 기억이 마음을 울린다. '그냥 남았다면...' 이젠 정말 능숙해졌는데, 한창 강사로서 전성기를 날릴 이 순간 정리를 하다니. 그래 정상에 섰을 때 멋지게 딱 은퇴하는 거야. 나중에 come back home.

시간이 역시 빠르긴 하다. 그동안 지나간 일들이 주마등처럼 스쳐지나간다. 재밌게 지낸 것만은 틀림없다. 살면서 이렇게 다양한 사람들을 만나봤을까. 이렇게 다양한 국적을 지닌 이들과 함께 어울려봤을까. 내 인생에 이런 삶도 있었다니. 살면서 중국에서의 기억들이 마음을 풍요롭게 할 것 같다. 안 좋았던 건 더 나은 미래를 위한 과정이라고 생각하자. 좋았던 기억들을 더욱 끄집어 내보자. 내게 열정을 품게, 꿈을 갖게 한 곳이니 미련이 남은 만큼 훗날을 더 크게 기대하자.

40도를 넘나드는 여름날 시안에 와서 영하를 오르내리는 강추위의 시안도 느껴봤다. 그렇게 계절을 두 번씩 겪었다. 안 가보던 데 없이 내외곽으로 엄청 돌아다녔고, 덕분에 고도의 멋과 맛을 한껏 느낄 수 있었다. 좋은 인연도 많이 생겨 언제고, 다시 찾을 수 있는 이유도 있고, 너무 눈에 생생히 뇌리 가득히 들어앉은 시안의 풍경은 훗날 그 자취를 그리워 발길을 향하게 하기도 하겠다. 아름다웠던 고도에서의 삶. 정말 많은 것을 배우고 갑니다. 씨에씨에 시안.

1월, 다시 청두로 오게 되었으니 청두의 겨울도 느껴보겠구나. 역시 생각대로 시안보다 훨씬 따뜻하다. 춥다는 생각이 전혀 들지 않는다. 처음 왔을 때처럼 하늘은 온통 회색빛이고, 눈에 익은 거리며 다시 찾은 쓰촨대의 교정도 예전 모습 그대로 날 맞아준다. 함께 누비던 그 때 그 사람들이 여기저기서 달려 나올 것만 같다. 어느새 이곳도 추억의 장소가 되어 가슴으로 다가온다. 포근하다. 하지만 분위기는 그때완 뭔가 다른 느낌이 든다. 나도 많이 변한 것 같다. 들떠 지내던 이곳에서의 지난 모습은 없고 살며시 눈가엔 미소만이 감돈다.

'남은 기간 잘 마무리해야지. 도와줘, 청두!'

제五장 귀국일기

짜이찌엔 청두, 40시간의 철길 귀국기

선생님 찾기2. 그래도 의미 있었던 나의 버티기. 수업평가에서 5.0만점에 4.9를 찍은 전무후무할 전설이 되었다. 아직까지는 말이다. 아직도 열심히 메일을 해대는 몇몇 블랙리스트들로 인해 지금도 까다로운 질문에 답변하느라 애 좀 먹고 있다. 보고 싶다 모두.

〈청두역 플랫폼. 날 향해 달려오는 카메라맨과 여기자〉

"안녕하세요. 지금 설 쇠고 돌아가는 길인가요?"

"네? 아, 네."

"고향이 청두인가요?"

"아뇨, 한국인데요. 지금은 한국으로 돌아가는 길입니다."

"네? 한국 사람이었어요? 중국말 잘하시네요. 청두는 무슨 일로 오셨어요?"

이 후 나의 중국에서의 장황한 삶이 이어졌다.

두어 달 잘 버텼다. 중국에서의 삶을 정리할 여유가 있어서 다행이었다. 그리고 막연하던 미래, 어느 정도 가야할 길을 보았고 보이는 데까진 갈 마음에 준비가 돼서 또 다행이다. 두어 달 동안 운동도 열심히 하고 여기저기 가보고 싶었던 곳들도 돌아봤다. 떠나는데 미련이야 없을까마는 그래도 이제 후회는 없다. 소중함만 가득 품고 떠나련다.

그런데, 난 꼭 기차표 살 때마다 일이 터진다. 왜 하필 춘절기간이랑 나 귀국하는 거랑 겹치는지. 몸 편히 비행기 타고 갈 거면 이런 걱정을 하겠나, 돈이 다 떨어져 배타고 들어가야 하는 신세라 어쩔 수 없다. 사실 2년 삶을 정리하는데 비행기 타고 서너 시간 만에 다른 세상(한국이 이제 다른 세상이 돼버렸다. 적응이 필요한.)에 들어오고 싶지 않다. 대륙을 완전 가로지를 마지막 기회다. 못가 봤던 중국의 산동지역, 대한민국과 가장 가까운 곳 그곳에서 천천히 고국을 향하고 싶다. 서해를 건너며 떠오르는 태양을 바라며 밝아오는 고국을 그렇게 만나고 싶다.

귀국하는 길에 시안에 하루 정도 들러 마무리하지 못한 일을 해결하고 다시 칭다오로 향할 생각이었다. 그런데 내 비자 기간이 끝날 때까지 시안가는 표가 없다. 그나마 다행으로 칭다오 가는 건 어떻게 기간에 딱 맞게 남아있어 천만다행으로 불법체류자 신분은 면할 수 있게 됐다. 일주일 전부터 서둘렀는데 확실히 설날이긴 하나보다 표가 없단다. 청두에서 칭다오까지는 기차로 무려 40시간 걸리는데 다행히 잉워(3층 침대칸)표를 구했다. 그것도 학생할인 받아 반값에 구했다. 처음엔 할인 안 된다고 하다가 해달라고 조르니 웃으면서 그냥 해주었다. 중국이 정이 있다니깐.

40시간, 뭘 하며 버티나. 이제 청두와도 안녕이구나. 청두. 처음 올 때도 카메라 들이대더니 떠나는 날도 들이댄다. 처음 중국에 도착했을 때의 그 '나와 나와' 는 아직도 뜻을 모르겠으나(분명히 사투리야) 마무리는 유창한(?) 중국말로 결국 인터뷰를 하게 됐다. 짐 많이 들고 기차에 오르니 설 지내고 돌아가는 중국 귀성객인줄 알았나보다. 마지막까지 유쾌했다. '방송엔 나왔나?'

40시간의 기차 여행이었지만 누워서 오니 힘든 건 모르겠다. 마음이

청두가 변했다. 레고놀이 하는 것 같다. 누가 초고층 건물들을 여기저기 왕창 꽂아놓았는지. 그 새 쓰촨대 주변으로 3,40층의 호텔, 아파트들이 빙 둘러쌌다. 그리고 또 하나, 기숙사 옆 쪽 길을 벗어나니 예전에 없던 클럽들이 엄청 들어서 있었다.

착 가라앉은 상태라 시간에도 둔감해진다. 대륙을 완전히 관통했다. 시 안만 빼고 예전에 찾았던 곳들은 다 지나서 간다. 안캉, 정저우, 뤄양 등 등 그때 그 시절의 기억들이 떠오르고 살짝 얼굴에 웃음이 감돈다. 추억 들을 떠올리다 보니 어느새 칭다오에 도착했다.

'아, 추워!'

청두에 비해 여긴 기온도 낮고 바람도 칼바람이다. 청두는 벌써 봄꽃 이 피던데 여긴 아직도 한겨울이다. 그래도 하늘만큼은 파랗다. 회색빛 의 청두에 비해 여긴 고국의 하늘과 많이 비슷한 모습이다. 벌써 한국에 온 것 같다.

'자, 이틀 남았다. 여기도 정복하자. 쉴 틈이 없다.'

칭다오 찌모루 시장과 엔타이

"저기 찌모루 시장은 어디에 있어요?"

'바로 여기잖아요.'

'네? 어디?'

찌모루 시장 출입문 바로 앞 포장마차에서 2년 만에 떡볶이와 오뎅 먹 고 나서 주인아저씨께 물었다. 찌모루 시장 어디 있냐고.

'세상에 저렇게 작게 써놓으면 누가 알아?'

칭다오. 한국과 가장 가까운 항구도시다. 그래서 한국인들이 많다. 중 국 진출 대부분의 기업이 바로 이곳 칭다오에 몰려있다고 한다. 과거 독 일이 차지했던 탓에 유럽풍의 건축물도 많고 항구를 중심으로 현대적인 도시의 이미지가 가득하다. 덕분에 맥주가 유명하다. 우리 부산과 비슷 하다는 느낌이 든다. 2008 베이징 올림픽기간 해양 스포츠 경기는 이곳 에서 열린단다. 시내 곳곳에 관련포스터와 가득한 선전물을 보고 알게 됐다. 국제도시의 이미지가 물씬 풍기고 한국이 가까워서인지 한국 관광객, 상인들을 위한 전문 쇼핑거리도 한쪽에 잘 자리 잡고 있었다. 더 이상 쇼핑할건 없는데 하루 칭다오를 돌아볼 시간이 있어 낮엔 종일 바닷가를 둘러보고(정말 바람이 차다) 추워서 점점 시내 안쪽으로 걸어 들어가다 거기서 '한국풍물거리' 라는 한글로 적힌 쇼핑가를 보게 되었다.

찌모루 시장. 국내 언론과 포털사이트에 소개된 칭다오 최고의 기념품 시장이자 짝퉁 시장이다. 역시 이곳도 온갖 짝퉁의 집합소였다. 베이징 여행 때 들렀던 곳들과 하나 다를 거 없는 짝퉁 전문매장이다. 4, 5층으로 된 건물에 지갑, 핸드백부터 여행가방, 시계, 의류, 신발 없는 거 빼고 세상의 모든 명품브랜드는 이곳에 모여들 있다.

도대체 중국엔 이런 곳이 몇 군데나 있을까? 짝퉁 전문매장, 전문빌딩이 없는 곳이 없다. 세상사람 다 아는데 단속은 또 안하는 모양이다. 제품의 정교함은 잘 모르겠지만, 주 고객은 역시 한국 사람들이었다. 나도 둘러보다가 CASIO 라고 적힌 전자시계를 하나 구입했다. 20위엔(한화 2500원)에. 이제 새벽마다 일어나 달려야 하기에 알람도 되고 불도 들어오고 방수도 되는 것으로 골랐다. 가격 흥정에서 전혀 밀리지 않는 내 모습에 사장 아저씨가 오히려 웃음을 보인다. 이 가격에 팔아도 남는다는 건데 대체 원가는 얼마란 소린지. 이 시계 과연 얼마나 갈까? 1년 버텨주면 감사하고 6개월만 버텨줘도 만족한다.

칭다오에서 최종 목적지 옌타이로 향했다. 깨끗한 고속버스를 타고 넓게 잘 닦인 고속도로를 시원하게 달린다. 도로 좌우엔 한글로 선명히 적힌 한국 기업들이 쭉 늘어서 있다. '이렇게들 자리 잡고 있구나' 정말 한국에 들어온 기분이다.

올림픽을 치러야 하는 동네다 보니 이곳의 서비스가 기타 중국의 지방도시보단 훨씬 나은 느낌이다. 어김없이 여승무원이 함께 탑승했고 공짜로 맛있는 쿠키과자도 나눠주었다. 중간 중간 차내 방송으로 친절한 설

칭다오 해변에서. 저기 저 바다 건너에 바로
조국이 있다.

명도 해주고, 목마른 사람들에겐 직접 물을 가져다주기도 했다. 실내 TV
에선 우리나라처럼 영화도 틀어주고 이것저것 신경을 많이 쓰는 모습이
다. 이런 서비스가 중국 전역에서 행해지면 좋으련만.

'대륙을 다 덮기엔 한참 걸리겠지. 모든 도시에서 올림픽을 개최하기
전까지는.'

2월의 마지막을 하루 앞둔 엔타이는 여전히 매서운 한겨울이다. 다음
날 출발할 한국행 페리를 어디서 타야하는지 미리 엔타이항 탐방에 나섰
다. 한국과의 잦은 교역을 알리 듯 항구로 향하는 길엔 온통 한글간판뿐
이다. 특히 고춧가루, 참기름 간판이 많다. 중국산 농산물 보따리상들이
이곳에서 이렇게 물건을 떼어가는 모양이다. 한쪽에는 또 어김없이 홍등
가가 자리 잡고 있다. '안마' '마사지'라는 한글이 적혀있다. 그만큼 이
곳을 찾는 주 고객이 한국인이란 소리일 것이다.

역시 산둥성에 오니 한국의 모습이 많이 보인다. 조선족이 하는 한식
당도 꽤 많아 간만에 따뜻한 방바닥에 앉아 밥을 먹게 됐다. 난 속일 수
없는 한국 사람이다. 김치 하나에 이렇게 행복하다.

중국 국적을 가진 우리 동포들 서로 이야기할 때는 오직 우리말로만
했다. 물론 이해야 다 하지만 쓰는 단어라든가 억양은 사뭇 달랐다. 재밌
기도 하고 어색하기도 하고 약간은 이질감도 없지는 않다. 중국을 부를
때는 중국이란 단어를 쓰면서도 한국 사람을 가리킬 땐 그저 '우리 조선
사람'이라고 한다. 이들에겐 한국도 북한(중국에선 북한을 챠오씨엔(朝

鮮) 또는 베이한(北韓)이라고 한다. 아마 상황에 따라 한국식 혹은 북한식으로 부르는 것 같다)도 모두 고국이 될 테니 부모의 나라를 어느 한쪽으로만 부를 수는 없겠지. 한글 간판도 많고 우리 동포들도 이렇게 많은데 여기도 우리 땅이면 좋겠다.

대륙에서의 마지막 밤, 잠이 오려나 모르겠다. 축배를 들자. 행복했던 나의 대륙생활을 기리며.

'나의 사랑하는 칭다오피지우(칭다오 맥주). 내 오늘 너를 밤새 취할 터이니 어서 준비하렷다. 설마 배 놓치는 일은 없겠지?

再見

화산(華山) 정상을 가득 매우고 있는 자물쇠들. 화목한 가정, 건강, 사랑, 우정……. 하늘과 맞닿은 그곳에서 간절한 소망을 그렇게들 빌고 있었다. 언젠가 다시 만날 그 순간을 위해 나도 온맘을 담아 굳게 채워본다.

'짜이찌엔' 헤어질 때 쓰는 중국의 인사말이다. 직역하면 '再' 다시, '見' 보자, 즉 '다시 보자'이다. 이대로 영원히 안녕이 아닌 '다시 보자', '또 만나자'이다. 기분부터가 좋다 '잘 가'가 아니라 또 보겠다는 의미가 헤어짐의 허전함 속에서도 다음을 기약하게 하니 그걸로 마음이 위로가 된다.

한국으로 가는 사람들이 꽤 많다. 상당한 짐들을 동반한 보따리장수들과 한국에 유학 가는 많은 중국 학생들, 그리고 자녀들을 환송하는 가족들이 이별의 정을 나누고 있다.

'이 학생들에겐 오늘이 외국 나가는 부푼 기대와 설렘 그리고 두려움

이 가득한 날이겠지? 내가 중국 올 때 그랬던 것처럼.'

여기 저기 눈물이 보이고 걱정 말라는 떠나는 이들의 상기된 목소리도 들려온다. 그러고 보니 나 중국 갈 때 우리 집에서도 한바탕 눈물잔치가 벌어졌었다. 그땐 정말 왜 그랬는지 지금 생각해 보면 웃음밖에 안 나온다.

고국을 향한 길. 서해를 가르는 배, 멀어져 가는 대륙을 한동안 바라봤다. 정말 좋았나 보다. 그냥 저 땅에서 잠시 머물렀던 것뿐인데 내 얼굴엔 미소가 가득하다. 날이 어두워 더는 눈에 들어오지 않는 대륙을 뒤로한 체 방으로 발길을 돌렸다. 라디오를 틀었다. 아직 중국방송이 선명히 들린다. 귀에 이어폰을 꽂고 지난 중국에서의 삶을 떠올려봤다. 두려움 가득한 모습으로 대륙에 첫발을 내딛었고, 나중에야 중국 신호체계를 알게 됐지만 파란불에 들이대는 자동차와 길거리구타에 주눅이 들었으며, 중국 여인들의 겨드랑이 털과 화장실 거시기에 한동안 충격에 빠졌었다. 중국말 배움과 늘어나는 중국 친구들에 행복했다. 또 무한한 자유를 만끽하다 난데없는 교통사고에 수술(?)도 하고 흉터가 생겼다. 그리고 외국 친구들과의 교류, 경찰 출두, 아름다웠던 지우자이거우, 시안으로의 이사와 베이징 여행, 자전거랑 휴대폰을 도둑맞은 건 통과의례, 한국어 선생님이 되면서 겪은 갖가지 일들, 그리고 지금도 가슴속에 품고 있는 대륙을 향한 꿈들.

중국에서 만났던 얼굴들을 모두 떠올려본다. 한명도 빠짐없이. 생각만으로 웃음을 몰고 오는 얼굴도 있고, 분노를 끓게 하는 얼굴도 있다. 그래도 좋았다. 다양한 사람을 만날 수 있었기에. 안 좋은 기억은 서해바다에다 빠뜨리자. 모두 나의 성장을 도운 소중한 인연이었으니 지금은 모두 감사하다.

깜빡 잠이 들었다. 역시 홀로 잡생각에 빠지니 나도 모르게 이렇게 잠이 든다. 어느새 귀에 꽂은 라디오가 이제 '치지직~' 하는 소리만 들린다. 중국을 벗어났나. 주파수를 이리저리 돌려봐도 잡히는 방송이 없다.

한국 영해에 들어왔나? 밖은 아직 깜깜한데. 우리 땅이라 생각하니 가슴이 갑자기 빨딱빨딱 띈다. '그래 이제 내 나라, 내 땅에 온 거야' 중국에서 내가 기죽어 지냈나, 왜 이렇게 갑자기 기가 살지? 여기 중국 학생들 많은데 죄다 모아놓고 한국에서 문제 일으키지 말라고 겁 좀 줄까. 말 안 들으면 다 그냥 콱.

역시 대한민국이 주는 편안함이 있다. 다들 무릎 끓엇!

중국, 정말 행복했다.

'再見中國'